格非
中短篇小说精品

锦瑟

格非 著

图书在版编目（CIP）数据

锦瑟 / 格非著. -- 杭州：浙江文艺出版社，2025.
8. -- ISBN 978-7-5339-8020-7

Ⅰ.I247.7

中国国家版本馆 CIP 数据核字第 2025MX5965 号

策划统筹	曹元勇
责任编辑	王希铭
校　　对	李子涵
营销编辑	耿德加　胡凤凡
责任印制	吴春娟　眭静静
数字编辑	姜梦冉　诸婧琦
装帧设计	金　泉

锦瑟

格非　著

出版发行	浙江文艺出版社
地　　址	杭州市环城北路 177 号
邮　　编	310003
电　　话	0571-85176953（总编办） 0571-85152727（市场部）
印　　刷	上海盛通时代印刷有限公司
开　　本	850 毫米×1194 毫米　1/32
字　　数	180 千字
印　　张	9.25
插　　页	4
版　　次	2025 年 8 月第 1 版
印　　次	2025 年 8 月第 1 次印刷
书　　号	ISBN 978-7-5339-8020-7
定　　价	69.00 元（精装）

版权所有　侵权必究

目录

001　青黄
027　风琴
051　蚌壳
079　夜郎之行
106　背景
132　唿哨
160　傻瓜的诗篇
209　锦瑟
249　湮灭

青　黄

　　九姓渔户作为一支漂泊在苏子河上的妓女船队早在四十年前就已经消亡了。民间有关它的传说却经久不息。《麦村地方志》（一九五三年版）是这样描述这个故事的：九姓渔户在官兵的追逼和当地帮会的骚扰下，它的最后一代张姓子孙在一天黎明从麦村上了岸。令人疑惑的是，这部由三个私塾先生编纂的书对那个"天空中飘逝着各种颜色"的黎明做了极其详细的描绘，但对于这几个船民上岸后的情况却语焉不详。在最新出版的《中国娼妓史》（谭维年著）一书中，有关九姓渔户模棱两可的论述部分完全是对《麦村地方志》的拙劣的抄袭。在谭维年教授头脑清晰的好些日子里，他为人的风度和著述的严谨曾使我默默地仿效过，可是现在呢？一旦他所论述的对象和麦村、九姓渔户这些字眼连接在一起，就会连续小段地出现错误。在那些飘忽不定的字句中间，我仿佛看见了谭教授在痛苦的晚年穿着肥大的马裤跨过一只火盆的滑稽身影。和许多其他学者一样，谭维年在那本书的第四百二十六页上，同样提到了那个颇有争议的名词——青黄。按照他的理论,传说中把"青黄"一词解释为一个漂亮少妇的名字"至少是不谨慎的",至于有些人将它说成是春夏之交季节的代称更是荒诞不经,凭着他先天的预感和固执,他认为"青黄"是一部记载九姓渔户妓女生活的编年史。他声称,如果不出意外的话,这部书依然散落在民间。

正是基于这样一个充满魅惑的说法,我决定再次到麦村去。在临走之前,我在一家私人酒店里碰到了谭维年,我向他谈起了我的计划。像往常一样,谭教授听完了我的话立即对我做了一个不耐烦的手势:

"你到了那里将一无所获。"

1

埃利蒂斯说,树木和石子使岁月流逝。对于一件四十年前发生的事,人们不至于忘记得那样快。我来到麦村三天后的一个傍晚,在苏子河边的一片低矮的榛树林里,我遇到了一个正在给羊圈加固木栅栏的老人。他和村里的许多人一样,对于那件"不光彩的事"不愿重新提起。悲伤的阴影重叠在他的脸上,使他的皮肤看上去像石头一样坚硬。我在那圈散发着羊膻腥的木栅栏前踯躅了好久,老人才开始和我搭上了话,他在回忆往事的时候,显得非常吃力,仿佛要让时间在他眼前的某一个视点凝固或重现。他说话时齿音很重,喉音混浊不清,这使我在记录时遇到了一些麻烦。在我听不清楚的地方,我让他稍做停顿或是重复一两遍。

那条顶着凉篷的破船是在黎明的时候到岸的。那时正巧碰上了仲夏时节的梅雨。那天早上天气有些凉,那个姓张的人带着一个瘦弱的女孩沿着泥泞的谷道艰难地朝村子里走来。从天空的东南角刮来的大风把他们吹得东倒西歪。村里几乎所有的人都看见了他们。在他们身后,停泊在岸边的木船上燃起了大火,竹篷在火中燃烧爆出清脆的声音。这是一个精明的外乡人,他也许担心村里的人不肯收留他们而放火烧掉了那条船。

这个疲惫不堪的中年人来到村里的时候,看见所有的大门都向他们关上了,心中忧伤,挨着他的女儿在雨中站立了很久。中午的时候,人们隔着门缝看见村头的一个给人摆渡的艄公将他们领走了。"直到现在,"老人回忆说,"我还不知道他的名字。他的女儿好像叫小青。现在她已经老了,在后村住着,也不叫这个名。"

"以后的事呢?"

"以后的事我也不怎么清楚。他们来的时候是端午节的前三天,也许是前四天,因为老艄公的船在端午节那天翻了,死了三个人。人们都以为灾祸是那两个外乡人带来的。那个中年人一直不大说话,很少笑,好像有什么心事,也许是对村子里的水土不大习惯。"

老人对我间或提到的"青黄"这个词没有丝毫的反应。他在叙述往事时给人造成的一个奇怪的印象是：他在揭示一些事情的同时也掩盖了另一些事。最后，在我打算离开他之前，他补充说："我几乎每天傍晚都要到苏子河边去挑水，我有时看见这个外乡人坐在门前的一只矮凳上，呆呆地看着他的女儿在一块长满蒿草的山坡上捉蝴蝶。但在大部分日子里，在太阳落山的时候，那扇旧松木门板早早就关上了。他也许是一个很好的父亲。又过了两年，他的女儿像是一下子长大了。"

现在，苏子河在我的脚下静静地流淌，河面微微透着凉意。这条河的边缘散落着一些破旧、坍塌的棚屋，有些房子的搁栅和屋顶都深深地陷了下去。眼下正是初秋的季节，田野上看不到耕作的人群。人们聚集在墙边晒着太阳，等待着棉花成熟。村里的人（包括那些四处走动的黄狗）对我的到来没有表现出什么兴趣。事实上，我第一天到达麦村的时候，他们费了好大的劲才模模糊糊知道了我的来意，然后，他们把我安置在村东的一家面粉加工厂里。这里的机器在一个星期之前坏了，被送到离村几十公里之外的集镇上去修。

我回到那座房子里，又闻到了麦屑令人窒息的粉尘的气味。我想，这是一个缺乏热情和好奇心的村子，不仅是那个可怜的姓张的人，任何一个来这里的外乡人都会感到孤独。时间还很早，我就在墙边的一张木床上躺了下来。就在昏昏沉沉地进入梦境之际，我突然记起了一件往事。尽管这件事讲起来也许并没有什么特别，但是，里面有一些地方想起来总让人感到哪儿不舒服。

2

九年前的一个炎热的黄昏,在通往麦村的大道上,我遇到了一个换麦芽糖的老头。当时,他坐在路边排水沟高高的土坎上,一棵楝树的阴影罩住了他。

他的模样看上去像一个正经的手艺人,面前摆着的两只竹篓由于日晒雨淋,颜色已转成灰黑。他手里握着一根竹笛,忧郁的目光像是在期待着什么。在他对面,西斜的夕阳将大片开阔的黄麻地染得橙红。我注意到他并试图和他说话,完全是他的神态吸引了我。我有一种无法说明的感觉,他仿佛整整一天都坐在那里,慢慢地吸着旱烟。当我在他身边停下来,察觉到岁月在他脸上留下的各种痕迹时,我才知道他是多么苍老。

他说他叫李贵,在横塘住。在我的记忆中,"横塘"是一个古典词学教科书中常提到的地名。他说大约在今天早上就迷了路,"这里的一切似乎已经被什么人修改过了"。我挨着他在那株楝树下坐了下来,他将手里的旱烟锅递给我。

"你的笛子好像没有膜孔。"我说。

"不过,它能够吹响,可现在我已经吹不动了。"

老人轻轻地抚摸着笛管,注视着远处蜿蜒的大路和它尽头的村落,像是已经听到了它的声音。

"你是本地人吗?"老人问。

"不,我路过这儿。"

随后,我们似乎找不到合适的话题来闲聊,便陷入了沉默。我觉得这一切都非常自然。最后,老人提出能否和我一起进村借宿,我答应了。

天完全黑下来的时候,我们沿着印有深深车辙和凹槽的大路朝村里走。我们穿过一座泥砌的院墙,在最先发现亮光的地方停下来敲门。住在这座房子里的是一个外科郎中,他仔细地打量着我们,询问了一些他想知道的枝节,最后勉强同意我们留宿。他把我们带到西厢房的一间堆满干草的屋子里,拨亮了墙上佛龛里的油灯。他的脸上流露出乡下人那种特有的担心和警觉的神情。在临走之前,他说他今晚要到外乡去出诊——那里一位妇女患了湿疹。

我和老人挨着草垛斜躺了下来,我们听见外科郎中在这座房子其余的门上都上了锁,然后他就走了。接下来就发生了一件奇怪的事。

半夜时分,天空突然下起了大雨。我从梦中被雷声惊醒。院子里空荡荡的,大门被风吹开了,咣当咣当碰撞着土墙。我住的这座厢房的窗子也没有关紧,有几缕雨丝飘到了我的脸上,我起身关窗的时候,在一道刺眼的闪电中,我似乎觉察到情况有些不妙。我摸到门边,重新点亮了那盏油灯,我突然发现那个换麦芽糖的老人不知在什么时候已经离开了屋子。门边的两只竹篓还在,我想这个老头也许到屋外去解手什么的,肯定没有走远。可是外面这么大的雨……到处是溪水汇集的哗哗声。在飘摇的灯光下,我看着刚才老头睡过的那堆干草上深深的窝痕,心中掠过一丝胆怯。

时间仿佛过去了很久,我在昏沉的睡意中,听到了厢房的门被轻轻推开的声音。那个老人拎着一双破布鞋,赤着脚出现在门口,他的裤管挽过膝盖,露出一截和他的年龄和身份都极不相称的白皙的小腿。他的身上沾满乌黑的泥水。他倚在门边,突然对我笑了一下。他的笑似乎在暗示我:他所做的事没有必要向我做出解释。他走回到原先睡觉的地方躺了下来,在微弱的光线中,我看见他的一只脚拇指被玻璃碎片或铁钉之类的东西划破了一块,正向外渗着血。

雨很快就停了,我毫无睡意。整整一个晚上,直到现在,我都在思索着这件事。第二天早上,那个郎中夹着一把油纸伞回到了家里。他的神情非常沮丧,他说那个妇女死了。我说我大约还要在他家住两天,郎中答应了。晌午的时候,换麦芽糖的老人挑起他的竹篓向我告辞。我看见他的身影迈出了门槛,走上了苏子河上那道窄窄的木桥。许多年的光阴已经把他缩小、磨光,就像流水使石块销蚀一样。在我的印象中,他好像是一个可怜而又忠实的人。后来的事似乎证明了我的判断。一九六七年冬天,我从洛州换乘长途汽车到阿川去,无意之中,我在行车路线图上发现了横塘这个站名。当我办完事从阿川返回时,我决定到横塘去一趟。我不知道为什么要去看望这个老人,也许是为了找到我在他身上失去的一种感觉,或者是消除掉一些莫名其妙的恐惧的意念。我下车后不久,就在一片竹林背后的小溪谷里找到了他。我记得那是一个阳光灿烂的中午,一个漂亮的姑娘在门前的池塘里为他拆洗被褥。在以后的日子里,我常常去洛州一带了解那里的方言,偶尔也去横塘看看这个老人。渐渐地,那里的人(尤其是那个姑娘)便把我当成他的一个忘年的朋友。

3

我的调查一无进展。时间的长河总是悄无声息地淹没一切,但记忆却常常将那些早已沉入河底的碎片浮出水面,就像青草从雪地里重新凸现出来一样。在麦村的日子里,我在白天像游魂一般四处飘荡,追索往昔的蛛迹,却把一个又一个的黑夜消耗在对遥远过去的悬想之中。一天清晨,我来到了九年前曾经借宿过的那个外科郎中家里,那间堆满干草的厢房又一次使我陷入了雨夜的回忆——在我看来它只不过是一个微不足道的插曲,看不出它和九姓渔户的故事有什么关联。那个外科郎中只是稍稍思索了一下便认出了我。

他对那个"影子一般的矮个子男人"没有太多的了解。他说:"那时候,我还很小。有一次那个外乡人患了疥疮,我跟随父亲到他河边的棚屋里去过一回。他看上去非常健康,没有人料到他会死得那么早。我记得他曾续娶过一个名叫二翠的女人。这个在我看来还算漂亮的女人并没有使这个外乡人开朗起来,阴影在他脸上似乎永远不会散去。当时,村子里流传着各种各样的说法。有人说他在那个装满妓女的长长的船队上生活了近三十年,至少和一百个女人睡过觉。"

"河里的鱼一旦上岸便会渴死,"外科郎中这样说道,"在他来到麦村的第十二个春天,光阴刚好转过一轮。一天晚上,二翠披头散发出现在我家的窗口,我记得当时我母亲长长地叹了一口气,说了一句:'那个倒霉的人死了。'夜晚非常寂静,那个女人的哭声和尖叫惊起栖息在刺树上的成群的喜鹊。第二天早上,我和母亲到河边的棚屋去看死人,当我们赶到那儿的时候,棺材的盖早已被钉死了。那口棺材本来是老艄公攒钱买下的,现在睡在里面的却是另外一个人。小青呆呆地坐在路坎上,丧父的悲痛使她的脸色变得非常古怪。中午的时候,人们匆匆忙忙将那个姓张的人安葬了。那天下着黄梅时节断断续续的小雨,我记得雨水把漆黑的棺材浇得锃亮。事后,当二翠向人们描述那个晚上的情景的时候,手指依然禁不住地颤抖:'他几乎一下子就断了气。'"

外科郎中用棉球擦着那把带有木柄的手术刀,显得有些心不在焉:"我从来没有和那个外乡人说过一句话,他的心思……也许……他的女儿……有几次黄昏的时候,我随父亲从外乡出诊回来,看见他带着小青划着一只小船在苏子河边的芦苇丛里打转。他或许一直怀念着水上的生活。"

当我询问起有关"青黄"这个词的种种传说时,他的回答几乎使我吃了一惊:"在这一带我没有听说过这个词,不过,它也可能存在,在九姓渔户的船上,妓女一般分为两类,'青黄'会不会是那些年轻或年老妓女的简称?女人们总是像竹子一样,青了又黄。"

临走之前,外科郎中把我送到门外,他好像突然记起了一件事,他告诉我有一个叫康康的青年住在村中的祠堂里,"他也许会给你讲一些别的什么事"。

4

站在那堵行将颓圮的院墙下,我对一只木质的稻箱凝视了很久。这是一座很大的院子,隔着墙头上那些在风中摇摆的马齿草,我能看见村后隐隐约约的一线青山和大片大片洁净的田野。秋风挟着半黄的树叶飘进院子,带来了寒冷的消息。

"这就是那个人的棺材。"康康指着稻箱对我说。看上去他是一个直率的青年人,他蹲在井边的一只碌碡上,手里摆弄着一些沙钵残破的瓷片,他对我拐弯抹角的提问显得很有耐心。

"那年夏天,暴雨断断续续下了二十多天,村子里的房屋和树木都浸在了水中。村里的人都逃到了山上去避水。几天后,雨停了,大水慢慢退去。一天清晨天刚亮,我站在这座祠堂的阁楼上,看着在水中露出的林子和房屋发愣,突然我发现不远处有一个黑乎乎的东西朝这边漂过来。我下了楼,蹚着水朝它走了过去。那是一口棺材。它也许是用上等的木料做成的,样子看上去很结实。棺材吸饱了雨水变得非常沉,我和弟弟费了好大的劲才把它弄到了家里。当天晚上,村里的郎中到我家来,看见停在院中的棺材吓得跳了起来:'我还以为又死了什么人。'起先我们不知道它从哪里漂来,我想一定是大水冲垮了村外墓地的围栏,把坟墓托浮了起来。墓地离村子至少有一二里路,奇怪的是它像一只认路的黑狗一样径直漂到村里。第二天我和弟弟来到墓地上,果然看见墓地外侧的那个坟被洪水冲开了一个巨大的豁口,露出了一个长方形的深深洞穴,那坟包看起来像一颗开花的棉桃。事后,我们才知道它是那个姓张的人的坟墓。我和弟弟用土把那个洞穴填平,然后把坟包重新堆得像馒头一样圆。那天夜里,我们全家围着那口棺材争吵了起来。我的弟弟是一个精明人,虽说他当时只有十七岁,可是已经在邻村找到了一个相好,他坚持要把那口棺材改做成一张大床,留着他结婚时用。最后,我的母亲用眼泪阻止了他。她说:'新婚夫妻躺在用棺材做成的床上就会整夜做噩梦。'在这件事情上,我的父亲坐在一旁始终没有说话。我知道他的心思,他也许想把这口棺材完好无损地保留下来,因为它看上去几乎和新的一模一样。最后,我们还是把它改做成了一只稻箱。在收割的季节里,我们用它来打谷子,其他的时候,我们就把它抬到屋内贮存粮食。"

"你有没有在棺材里看见什么东西?"我问。

"没有,"康康想了一下说道,"那个郎中好像也向我打听过里面有什么钱财。"

"我是说,你有没有看见一本什么书?"

"没有。"

我在和这个年轻人说话的时候,我注意到他像姑娘一样多变的眼神中掩饰着什么心事,这一点,在他向我描述那场洪水时,我就已经看出来了。

"里面总会有一些东西吧,"我说,"那个外乡人才死了几十年——不会所有的东西都烂掉。"

康康稚嫩的脸上出现恐慌的神色,沙钵的碎片在他手里捏得咔咔作响。过了好一阵,康康从碌碡上走下来,来到我的跟前,他的声音变得非常低:

"没有,我是说什么也没有,连尸骨都没有。"

我一愣。

"起先我心里也纳闷,这个狗日的外乡人怎么会连一根头发、一根骨头都不见?也许他的墓早已被人盗过了。这件事,除了弟弟和我,谁也不知道。现在我也有些害怕,有时真想把那只稻箱劈了当柴火烧掉。"

那只稻箱拘束地占据着院子的一角,菜畦中的一根牵牛花爬上了赭黄的箱壁。它仿佛是一个早已消逝的生命留下的依稀可辨的痕迹,又像是一句谚语——在民间的流传中保留下来的最精炼的部分。

5

重阳节的那一天,我在一个圆形池塘的边上找到了小青。她看上去五十岁左右,美丽的容颜像一支歌谣一样消失了,又如一只鸟永远飞出了它的巢穴,衰老仿佛是一道黑色的屏障把她与以往的岁月隔开。

她蹲在河边的一块背风的干地上,把怀里的一沓黄纸揉皱,然后点着了火。"我在前些天就见到过你。"她对我说。我说我想找她谈一件事。她抬起头,看了我一眼:"你莫非是想从我这儿买几只兔子吧?"我摇了摇头。她笑了:"如果你想买一张床或是几只椅子,最好和我的男人去说。"我知道她的丈夫是一个木匠。

"你在给谁烧纸?"我问。

"……"

"你为什么不把这些纸拿到你父亲的坟上去烧?"

"……"

我递给她一支烟。她接过烟,熟练地衔在嘴里。这时,那堆黄纸已经烧完了。她在一块青石板上掸了掸土,然后坐下来。这个看上去面目慈祥的女人不像我先前想象的那样难以接近,她也许早已习惯了让记忆死去,让痛苦的根在内心深处的荒原里发芽。在沉默中,她大口大口地吸着烟。我觉得她的神情,她的黑颜色的绸布衫,她胸前鼓荡的重重的乳房都浸透在往事中间。她在吸完第三支烟后,开始向我谈起了去年冬天发生的一件事。

那是一个下雪天的早晨,小青像往常一样在灶屋里做饭,她的丈夫坐在堆满木料和刨花的屋子中间。天气太冷了。他的墨绳被冻成了一团,他等待着女人在做饭时把它在灶壁里烘化。很久没有下过这么大的雪了。隔着半掩的门,她看见自己唯一的儿子在门外陷在雪中玩耍。从瓦缝里漏进来的雪花将干草打得濡湿。她好不容易引着了火,浓烈的回烟弥漫了整个屋子。在烟雾中,她看见儿子推开门浑身沾满雪片走了进来。他好像在父亲的耳边说了些什么,他的父亲正被烟熏得直流眼泪,就一把推开了他。等到小青做完了饭从灶屋走出来,儿子便拽住了她的衣角。他说有一个瘦老头在门外转来转去。小青跟着他走到门外——漫天的风雪中连一只鸟的影子也看不到。小青想,那一定是一个要饭的老头,就没有理他。中午吃饭的时候,她的儿子又一次提起了这件事,他说那个老头长得很古怪。接着,他便一五一十地把那个老头的容貌比画了出来。

"我儿子说起的那个人和我父亲长得一模一样,连穿的衣服都一样。那时,我的父亲已死去多年,"小青说,"我虽然觉得奇怪,但没有细想这件事,只是一整天总觉得哪儿不对劲,傍晚的时候,我的儿子就在门前的这个池塘淹死了。他是在冰上玩的时候掉下去的,我想这里面一定有些什么事情,可当我把这件事讲给村里的人听,他们没有一个人相信我的话。"

刚劲的风敲响了林中的树叶,吹得纸烬的碎片四处纷飞。小青木然地看着我,神情肃穆,恍若隔世。我想起了一本名为《图腾与火》的书,书中提到在中国南方的一些省份,常常发生一些灵魂重现的现象。我想,在乡间,人们往往把接踵而至的灾难归咎于冥冥中的天意,我不知道这个女人的叙述包含多少可信的成分,但显然,她的迷惑和不快立刻感染了我。发生在这个僻静的山村的每一件事,都仿佛是悬在屋檐下的冰凌——每一秒钟,它都在悄悄地变化着。

"你和父亲来到村里的时候,你母亲在哪儿?"我问。

"她或许早就死了,我没有见过她。我父亲也可能不是亲生的——可村里的人都这么看。"

"你父亲好像在村里一直不太习惯?"

"是的,那天我和父亲到麦村来的时候,刚好碰上了这一带的梅雨天气,村中的每一扇门都朝我们关上了……我们只能待在雨中。后来,一个老艄公答应我们住到他的屋子里去——他自己睡在船上。刚来的时候,我们对什么都不习惯,夜晚,我睡在老艄公的屋子里,在梦中都感到床板像船一样在水中摇晃。这个村子里女人很少。老艄公到了六十多岁还没有娶上媳妇……我们上岸的第二天,老艄公把我叫到了他的船上……他把我咬得浑身是血。我回到屋子里就发起了高烧。父亲给我解开衣服,用盐水擦洗伤口……后来,老艄公的船就翻了。"

6

夜晚,我坐在面粉加工厂冰凉的磅秤上,注视着窗外疾速移动的乌云和闪烁的树影,一夜未睡。对于现在看来完全可能是谭维年教授杜撰的那个词,我丧失了所有的兴趣。而传说中那个事件的片段——一排稀稀落落的房屋,一片柳树林,一块空地,却时常混杂着童年的记忆一起侵入我的梦中。

中午的时候,我在麦村的街角碰到一个看林人。他当时正蜷缩在一扇破旧店铺的门槛上卖茶。从嘴角流出来的口涎弄湿了他的袖管。他的目光注视着天空压得很低的黄色云层,辨别着他身边发出的各种声音。

"所有的事物都比人活得更长久。"看林人说。对四十年前的事,他能记住"村中每一株山药树的样子和河床里每一粒石子的形状"。正月十七的一天,也就是那个外乡人突然决定结婚的那一天,人们在清晨的时候看见这个姓张的人蹲在苏子河边,敲开河上的封冰用一把剃刀刮胡子。那时,看林人和母亲正在河对岸的林子里给新栽的枇杷树壅土。到了晌午,他看见一顶花轿摇摇晃晃地从一个山坡下闪了出来,慢慢地朝村子里走。花轿像是从很远的地方来的,轿夫们裹着绑腿,走路的架势看上去显得很累。母亲用手掌遮住耀眼的太阳光,朝村头张望着。"村里好像有什么人要娶媳妇了。"她说。

过了一会儿,花轿在河边的那间棚屋前停了下来。他看见村中的媒婆踮着小脚,比画着手势和轿夫们说着什么。在她身后,小青正把一张红纸糊在那扇泥窗的窗骨上。轿帘掀开,从里面走出一个高个子的女人。隔着飘满薄雾的苏子河,他看不清那个女人的脸。谁都不知道那个外乡人怎么把这个女人弄到手的。看林人丢开手中的铁锹,准备去村中看热闹的时候,听见母亲在身后咕哝了一句:"可怜的人,把婚事弄得像送葬一样。"

麦村的人似乎很容易忘记以往的事,时间过了几年之后,人们对这个安分的外乡人的态度渐渐变得亲昵起来。一些妇女给他送来了山枣和谷物,老人们也来到那间破屋里帮他张罗着。外乡人的脸色变得晴朗柔和起来。村中祠堂的老倌提出可以在祠堂里增设一个祖先的牌位,让这对新婚的"年轻人"在那里拜堂成亲,但是这个外乡人默默地拒绝了。他执拗地认为他的祖先不在祠堂里而在水中,他拉着那个高个子的女人来到了苏子河边,对着宽阔的水面跪了下来,吻了一下河边的烂泥。

那真是一个漂亮的女人。

晚上,林中那间木房的门被大风吹散了,看林人准备回村取来一些铁钉将它重新钉好。他提着马灯,踏着坚硬的冻土朝村里走,当他走到苏子河上那条窄窄的木桥上时,他看见河边的那间屋子里亮着灯光。那亮光在静谧的黑夜中将树木衬得橙黄。他的心剧烈地跳了起来。"一想到那个晚上的月光就使人莫名其妙地难受。"看林人说。他的眼前一次次闪现出那个女人的模样,脑子里出现了一个"荒唐的想法"。他朝那片灯光走了过去,脚步声越来越轻,最后,他在那扇暗红的泥窗下蹲了下来,捅破了窗户纸。

那年正月,已经开春二十多天了,而天气却像隆冬一样寒冷。刺骨的风从落光了叶子的树梢上吹过,在屋檐和瓦缝中发出低低的回响。那个女人坐在床沿的一边,男人在另一边出神地望着她。过了一会儿,屋子里传出女人上马桶的声音,看林人看见女人掀开帘子出来的时候,准备将裤腰带系上,男人走过去抓住了她的手,女人肥大的黑裤子一下子滑到了地上。

"我一辈子只看见过一次女人的身体,我的心一下子提到了嗓子眼,"看林人说,"现在看起来,女人是一件可有可无的东西。"他端起面前的茶杯喝了一口,抹了抹嘴角又稀又白的胡须,又重复了一遍刚才的话:"真的,可有可无——这事也许当你老了的时候,你就明白了。"

那时,看林人伏在窗下,在闪闪忽忽的灯光中,他看见那个外乡人把女人的衣服剥得精光,然后吻她,从她的小脚趾开始,沿着她身体的中间慢慢往上。女人的身体战栗着。她的神色看上去有些不对劲。她那老鼠一样可怜的眼睛中,像是在担心着一件什么事发生。男人的动作越来越粗鲁,她的身体颤抖得更厉害。随后,那个外乡人把她抱起来,放在床上。那张破床吱吱嘎嘎地响着,女人的身体像盛在杯中的水一样晃荡着。这时,看林人听见隔壁小青在睡梦中发出的咳嗽声,外乡人像是迟疑了一下,然后开始脱掉衣服,露出瘦蛇一样精赤的背脊。

"不久,我看到了一件让人纳闷的事——那个外乡人上到床上后不一会儿,又从帐子里钻了出来,他沮丧地穿上衣服,走到墙边的一张桌前坐了下来。我从来没有见过他那么可怕的脸色。他点上烟斗慢慢地吸着。女人在床上低声地啜泣。我不知道发生了什么事。原先我想也许是那个外乡人不会干那事,但后来我才听说那个叫二翠的女人屁眼边上少了一个小洞。"看林人说。

就这样,那个外乡人在屋子里一直坐到天明。后半夜,风停了,油灯也快燃尽了,看林人在窗外迷迷糊糊地进入了梦乡。天亮的时候,暖烘烘的阳光将他晒醒。

7

棉花成熟的时节,秋色渐渐地深了。这天早上,我又一次来到了那个圆形的池塘前。枯黄的树叶和草尖上覆盖了一层薄霜,鸟儿迟暮地飞走了,在它孤单的叫声中,空气变得越来越干燥。

在一间阴暗的屋子里,小青正在剥一只兔子。她黑布衫的对襟上也沾上了兔子的血迹。"昨天晚上,有两只兔子给狼咬死了,秋天快要过去的时候,村里的狼多了起来。"小青说。过了一会儿,她问我能不能帮她把炉子生上,我答应了。"我知道你在村子里四处打听我父亲的事。他已死了四十多年,我不懂那些事对你有什么用处。"她说。我笑了笑。

"你从哪里来?"小青问。

"城里。"

"城里干那种事的人也一定很多吧?"

"什么事?"

"我是说妓女。"

"过去有。"

"在我们的船上,这种事不算什么,"小青说,"可岸上的人都把它看得很重。我来这里后的四十多年,村里很少有人愿意和我说话。据说外地人经过麦村的时候,也绕着道走。本来,我们船上的人都是一些本分的渔民,后来我们的祖先帮助一个叫陈友谅的土匪打仗,姓朱的皇帝得到天下后,就下旨不准我们上岸。有一年,这一带发生了严重的饥荒,船上的妇女才开始上岸拉客,慢慢地,船队就变成了后来的那个样子。"

"你父亲死后,那个叫二翠的女人去了哪里?"我问。

"死了。"

"死了?"

老人许久没有说话。她把剥了皮的兔子放在盆里洗净,搁在一只铁锅里,炖在炉子上,回到她原先待着的那个位置坐下。

"二翠是一个善良的女人,她的死完全是因为我。父亲死后,她就被娘家的人接回去了,她的家在二十里外的山脚下。有一年夏天,二翠来村里看我,顺便给我捎来了几件褂子。她在村里住了几天,刚巧碰上了那件事。那天晚上,我和二翠正在桌边剪鞋样,听到村头响起了狗的叫声,二翠说,好像有什么陌生人到村子里来。过了一会儿,狗也不叫了,我们以为不会有什么事,可是墙上石龛里的油灯突然灭了。我起先还以为是风将它吹灭的,正准备将它重新点亮,一个黑影闪了进来。在暗中我们谁都看不清楚他的模样。我感到腰上被一个尖尖的东西顶着,那个黑影把我逼到了墙角。我终于知道那个人要干什么了。那个人抬手将我的衣服轻轻一捋,肩膀上就被撕开了一个大口子。我闻到了一股浓烈的酒气,他将嘴凑在我的胸脯上……"

老人双手交臂抱在胸前,她像是感到有些冷,又仿佛沉浸在那件令人心悸的往事中,脸上露出恐怖的神色。我注视着地上的兔子的内脏,心头一阵冰凉。

"二翠像是被吓蒙了,过了好久她才镇定下来。她从屋子的另一侧跑过来,跪在地上死死抱住了那个人的腿。二翠对那个黑影说:'她还是一个小姑娘,还没有出阁,你一定想干那种事,就和我干吧……'那个人像是笑了一下,稍稍转过身,我感到他手里的匕首在空中挥了一下,二翠的手就松开了。"

"现在想想,"小青说,"二翠当初真不该那样拦他。这种事我从小就在船上看惯了,每天晚上都有一些当官的和商人到船上来,有时候,天还没有黑下来,他们就在船舱里铺上一块草席,抱着妓女滚在了一起。那个男人将我按在地上,那时候,我并没有感到怎样害怕,开始的时候我只是觉得有些疼。在蟋蟀的叫声中,我听见二翠的呼吸变得越来越急促。那个男人走后,她的身体已经变得像铁一样硬了。后来,村里的媒婆有一天来到了我的屋里,她问我是不是愿意嫁人,我说好吧,几天后,我就嫁给了现在的这个木匠。他是一个老实人。"

"所有的事情全都会过去,只有人死了不能再生。"小青说。她走到那个火炉旁,用蒲扇在炉门前扑了几下,炉火渐渐地旺了,屋子里充满了一股兔肉的香味。

这时,太阳已经升高了,屋子里的光线也亮堂了许多。我看见窗外很远的地方,有几个农妇在摘棉花。

"你的父亲是不是写过一本什么书?"我问。

"没有,他不认识字。"

"那么,你们祖上是不是有一些书传下来,比如家谱之类?"

"不知道,如果有的话,也同父亲一起埋掉了,"小青说,"这件事也许父亲知道,可他死得那样早,谁都没有料到。要是活到现在也该有八十多岁了。我总也忘不了他那张脸。我常常到离村很远的集市上去卖花,秋天是金菊,春天是栀子花。每天我卖完花回来,他都坐在门前的山榆树下等我。"

老人用手背揩了揩眼圈,呆呆地看着炉子上冒起的轻烟出神。

"我现在还是非常想他。"小青说,"有一次,我正在洗澡……"

这时,她的丈夫推门进来,小青站起身帮他把刨锤和锯子从肩上拿下来,搁在鸡埘上。木匠径自走到水缸边,舀起一瓢凉水咕咕咚咚地喝完。

"地里的棉花该收了。"他说。

8

一个黄昏接着一个黄昏,时间很快地流走了,在村落顶上平坦而又倾斜的天空中,在栅栏和窗外延伸的山脉和荒原中没有留下一丝痕迹。我整日整夜被那个可怜的人谜一般的命运所困扰,当我决定离开这里的时候,我突然有了一种不真实的感觉。这个村子——它的寂静的河流,河边红色的沙子,匆匆行走的人和他们的影子仿佛都是被人虚构出来的,又像是一幅写生画中常常见到的事物。

在我离开麦村回到城里的当天,我在门廊里拿到一封信。信是一个姑娘写来的,一九六七年冬天,我去横塘看望那个叫李贵的老人时,她正在门前的池塘为他拆洗被褥。她在信中说,李贵患了一种"很严重的病",也许活不长久了,他在临终之前,为了许多年之前结下的一面之缘,很想再见我一次。晚上,我坐在灯下重读了这封信,我注意到信封上的邮戳已经模糊不清了,但依然能够看出这封信是一个月之前寄来的。这个昔日换麦芽糖的老人脸上凸出的颧骨和姑娘深陷的笑靥同时跃入我的眼帘。第二天早上,我踏上北去的火车。

当我在竹林背后找到那座低矮的平房时,已是三天后的中午。老人倚在墙边,在温暖的阳光下打盹。他很快就看到了我,扶着墙站起来,朝前走了几步。

"我知道你会来,"老人说,"前些天,死神和我开了一个玩笑,我在棺盖上躺了一个白天,晚上又醒了过来。"

我们挨着墙根坐了下来,在老人说话的时候,我仿佛看到了一架完好无缺的机器,它内部的每一个零件都生了锈,只是凭着惯性在慢慢运转着。他看上去没有什么病,只是自然的衰老将他带到死亡的边缘。

"我的侄女整天在念叨你,她说你也许由于事情忙不会来了,我想你一定会来。"老人说。那个姑娘正在一根铅丝绳上晾衣服,她转过身朝我笑了一下。

"我最近到麦村去了一次,回来后才看到你们的信。"我说。

"麦村?"

"就是我碰见你的那个村子。"

老人点了点头,他的灰暗的眼珠凹陷在眼眶里,注视着天空下飞过的几只鸟,像是要将一些光在眼前聚集起来。

"有一件事,我一直想问你。"我说。

"什么事?"

"你是不是记得在麦村的那个晚上?"

"记得,我们像是宿在一个郎中家里。"

"后来下起了大雨。"

"是的。"

"那天晚上你好像出去过。"

老人怔了一下,开始猛烈地咳嗽起来。那个姑娘走到他身边,在他背上捶了几下,老人转过身,将一口浓痰吐在了墙边的草丛里。他的嘴角朝两边撇了一下,做出一个笑容:"我从小就患了梦游症,你说的事我一点都不知道,那天晚上我以为一直睡得很好。"

"你确实出去过一次。"我说。

"也许吧。有一次我从梦中爬起来在外面的旷野上走了一夜,第二天黎明我的侄女才在一块麦田里找到了我。"

午后,我正想躺下来休息一下,连日的奔波已使我精疲力竭。这时,那个姑娘推门走了进来。她说天气渐渐冷下来了,风雨将屋顶上的稻草打得又黑又薄,她问我能不能帮她把稻草换成新的,我虽然从来没有上过房顶,但还是答应了。

这件事我干得非常慢,到了晚上,老人披着一件单衣,手里擎着油灯站在屋檐下,他的样子使我联想到一只被蛀虫啃空的核桃壳,我的心中掠过一丝忧伤。

我在那里住了三天。临走之前,老人坚持要把我送到竹林外,一条狗从后面追上了我们。我们走到一处断流的溪谷旁,老人停了下来。

"这一带人很少,每天傍晚我都到这里来散步。"老人说,"在黑夜来临之前,总是青黄陪伴着我。"

"青黄?"

"这是一条良种狗。它的毛色很特别,背上是青蓝色的,肚子的一侧有一个黄颜色的斑圈,看上去像一块膏药。"

我抬起头,看见那条狗嗅着田野上泥土的气息,摇着尾巴走远了。

9

几年之后,我在市立图书馆的二楼翻阅一本编于明代天启年间的《词综》,在这本书的第九百七十一页上,我偶然看到了"青黄"这个词条:

> [青黄] 多年生玄参科草本植物。全株密被灰色柔毛和腺毛。根状茎黄色。夏季开花。

此文献给仲月楼公

风　琴

冯　金　山

　　此刻,冯保长正从一间伞形尖顶的酒店里出来,走到了刺树林边灿烂的阳光下。他没有朝村外看——那里,秋后刚刚被收割的庄稼腾出大片赤裸的金黄色的田野。他注视着脚下的泥沼地,这些铺盖着枯草的泥地在某一时刻仿佛成了一种虚幻之物,在混沌而清晰的醉意中伴着阳光给他以温暖。掉落了叶子的刺树林在河边战栗着,那些树木以及它们的阴影遮盖住了河床的颜色。

　　冯保长冯金山走到了村头圆形的打谷场上。他看见场地的边缘有一个年老的女人正用长长的竹竿钩落高大楝树上干瘪的楝果。冯保长把目光移向别处,想象刚刚看到的一幕:那些楝树的果子像羊屎一样扑扑簌簌掉在皲裂的地上,一如水珠溅落的样子。冯保长朝前走了几步,又转过身:那根钓竿吊在树枝上,在风中晃荡,树下一只竹凳,楝树的果子撒满了一地。那个年老的女人不知在什么时候消失不见了。

这仿佛就是最初的情形。

他看见远处田野上到处都有人在跑,像鼠穴被刨开后慌不择路、东奔西窜的田鼠。这种慌乱的景象伴随着微弱的叫喊在村中立刻有了某种感应,冯保长跟跟跄跄走了几步,才看到了村外官道上簇拥而至的马群。阳光和酒使他的感觉在这时发生了令人惬意的偏差。突然之间出现的鬼子的马队并没有搅乱他宁静的内心,他站在打谷场上一动没动。马蹄声渐近,灾难也渐近。所有的灾难,冯保长认为,只不过是一场噩梦,或如大地突然降雪——它们如期而至,却又悄然隐匿。阳光之下,几匹枣红色、青灰色的马在旷野里不紧不慢地走着,从一个高高的土坡上升起来,随后又淹没在谷底,宛如在波浪中行进的小船。

到处都流传着日本要投降的消息。这些消息……冯保长抬起宽大的袖管擦了擦眼屎,沿着狭窄的河床朝村东疾走,他不断调整步伐,像一只正在加速的轮子,他看见老婆正在村东的桑树林边给入冬的小麦下种。老婆的浅红色头巾在桑树枝末梢上一飘一闪。远处,日本人的马群腾起的细细的尘土渐渐变得清晰起来,刺刀和马镫闪闪发光。秋后一年一度的花集戏队的到来正是这样的情形:这些靠卖艺为生的人会在一个晴朗的午后突然出现在洁净的田野上,他们衣衫褴褛,牵着瘦弱的小驴——那些黄色或银色的锡箔装饰的队伍,在锣鼓铙钹的声音中边唱边跳来到村里。他们在小孩的簇围中毫无生气地表演,一旦得到谷物便立即收锣赶路。冯金山像一只笨重的猪在刺树林里奔跑着……在某种意义上，冯保长是这样一个人：在平淡无奇的日子里他只是一个迟钝的酒鬼，灾难一旦降临，他所有的感觉都会变得锐利起来，正如粗粝的砥石使钢刀变得锋利一样——他将精力中最杰出的部分积攒起来，用来对付那些接踵而至的灾难。

冯保长跑到村头的一堵低矮的土墙边停了下来。他感到眼前的情景包含着某种滑稽的成分：他的老婆依然沉浸在一种由熟练的操作而产生的莫名其妙的诗意之中，她的左手以相同的姿势来回摆动，麦种均匀地撒在地里。冯金山压低了嗓音朝女人的方向吆喝了一声。他的喊声在寂静的空气中传得很远。冯金山看见自己的女人怔了一下，她浅红色的头巾微微左侧，像一只受到惊吓的小鸟聆听树林里的风声。在长满衰草的土墙的背后，冯金山仿佛看到了老婆安详忧郁的目光。女人用手掌遮挡住强烈的光线，朝村里张望了一会儿，一切又回复如初。

骑兵终于来到了女人的身后。

这些身材矮小的士兵像泥塑一样在马背上颠簸着，马群不安地刨动四蹄。那些渗着血污的绷带、绑腿，静伏的树木和低低的云彩在女人身后构成了一幅微微抖动的背景。

"喔唷……"女人叫了一声。也许是那些马的嘶叫惊动了她，冯金山看见她手中的畚箕被抛出了好远，那些金色的麦粒在空中散开，像夏天黄昏的田野上无数飞动的蚊虫。女人的身体向上急速反弹了一下，便摔倒在地里。冯保长看见女人宽大的臀部富有弹性地撅起来——裤子的皱裥上沾满了潮湿的泥浆和草茎。接着便是毫无目的的徒劳的奔跑。女人迈动着小脚在桑树林里仓皇逃窜的情形使他想起了围猎。冯金山看见几匹灰色的马高高抬起了前腿,露出纽扣一般整齐的马奶子跃过沟渠,几匹马在浓密的桑树林里遛了一阵,将他的女人圈住。

现在,阳光中土墙的阴影笼罩了他。这些天,不断有日本人即将投降的消息传来,这些消息……冯金山开始呕吐。日本人的到来有些使人猝不及防。这个在他身边蜷伏的孤单的村落经历了无数次蝗灾和祸乱,现在已经变得疲惫不堪了……前些天,赵财主的家眷躲往城里也许就是一种不祥的征兆。冯金山感到背脊一阵冰凉。

在腐沤的酒的香气中,冯保长看见日本人推着他的女人朝村里走来,她的一只鞋不知什么时候掉了,露出楦头一样的小脚。她的目光向那些刺树遮掩的屋顶上空搜索着,不断在马前摔倒。一个日本兵抽出雪亮的刺刀在她的腰部轻轻地挑了一下,老婆肥大的裤子一下褪落在地上,像风刮断了桅杆上的绳索使船帆轰然滑下。女人的大腿完全暴露在炫目的阳光下——那片耀眼的白色,在深秋的午后,在闪闪发亮的马鬃、肌肉中间,在河流的边缘,在一切记忆和想象中的物体,澡盆、潮湿的棉絮中间,在那些起伏山坡上粉红色的花瓣中蔓延开来,渐渐地模糊了他的视线……女人哆嗦着,双腿绷得僵直……两腿的空隙中是一些毛茸茸的错杂的马蹄……在几天之前,冯保长在昏暗的酒店里向老板的女人调情,在漆成黑色的柜台后面,那个风骚的女人跟他谈起了女人的小脚。"所有的女人必须夹紧两腿才能走路……男人总是渴望那些大腿的力气。"那个女人说。冯金山隐伏在土墙的背后,他的灼热的双颊感到土墙苔衣的冰凉的气息。在强烈的阳光照射的偏差之中,他的老婆在顷刻之间仿佛成了另一个完全陌生的女人,她身体裸露的部分使他感到了一种压抑不住的激奋。

那些人和马队拖着黑色沉重的剪影,在渐近的黄昏中进了村。

王 标

现在,稠密的黑暗在树丛潮湿的簇叶之间,在山谷的深处聚集着。秋天的风敲响了树木光溜溜的枝条。一些草垛和屋舍,宛如深黑色巨大的鸟的阴影静伏在远处的旷野里。在很久以前,王标就想象着这样一次伏击,一次真正的伏击:那些类似于神话中的马匹富有光泽的皮囊在子弹嵌入时发出凄厉的声音,马蹄的掌心铁撞击着山谷飞溅的碎石,那些盲目而又傲慢的士兵从马背上跃入深陷的坑槽,血腥和硝烟的气息裹挟着黎明的天空中无法捉摸的浮尘在山谷中飘浮——现在,一切都淹没在寂静的黑暗之中。聂老虎沿着浅浅的沟壕猫着腰蹿到了王标的面前:"天就要亮了,时间像是出了差错。"王标扫视着那条由碎碎的乱石铺成的大路——在它的尽头,东南角的天空透出一丝紫灰色的光亮。他撩开衣襟擦了擦黝黑的枪管上的露水,看了聂老虎一眼,在他高大而模糊的身影两侧,几个抱着长铳的年轻人正伏在草丛里打盹,他们已经在冰凉的山谷里守候了一夜。"你去将那些杂种统统弄醒。"王标说。聂老虎的身影在他面前闪了一下就消失了,随后,四周响起了一片慵懒而杂乱的呵欠声。几天之前,在一处僻静的山坡上,王标面对着这伙刚刚召集的人马,就隐隐地预感到了以后发生的一切。这些老实巴交的庄稼人逃避了老婆的纠缠,聚集到他的身边。他们拖着猎枪在被风吹倒的野草丛中东倒西歪地躺着,睁着迷惘的眼睛注视着王标和他的副手大麻子胡六。"打鬼子的方法和打猎其实是一样的。"胡六说。寒冷的风爬过山脊,在白杨树的顶梢响起连续不断的啸声。王标一动不动地注视着在清晨的微光中已经变得依稀可辨的石子大路的拐弯处,那里有几只小鸟在啁啾……这时大麻子胡六像个幽灵突然闪到王标的左侧:"来了……树篱的后面……"

  王标拉着胡六在沟壕里趴下,他看见一行重叠的阴影沿着石子路朝这边慢慢移动。嘈杂的脚步声夹杂着叽叽喳喳被惊动的鸟的鸣叫在空中滞留了很久。王标看见四周一支支闪闪发亮的枪管像栅栏一样在沟沿上铺开。现在,黑夜的大幕已经悄悄地拉开了……秋后的田野像一个修剪了枝条的花园慢慢呈现出它原有的轮廓,王标看见那片灰色的人群的侧影逐渐清晰……就在两个人影一先一后栽入路面上早已挖好的坑槽(像房屋的倒塌)时,他听见人群中传来的女人的怪叫。

有些事情在王标看来是不可想象的,就像母亲在世时常常提起的:"在地里撒下荞麦的种子,却收获了一袋芝麻。"许多年前的一个下雪的冬天,父亲扛着一只野猪回到家中,他正准备将那只血肉模糊的猎物卸在地上的时候,野猪沉重地喘息了一声,咬住了他的脖子……王标懊丧地将手里的驳壳枪放下。"屄!"他听见大麻子胡六低低地咕哝了一句。

那是一支迎亲的队伍,在日占时期,这一带几乎所有的迎亲仪式都在夜间举行。王标领着他的那伙沾满尘土的人马朝那片树篱走去,空气中弥漫了一股墙粉的气息,那些装饰着大红剪纸的货担,那些半新半旧的绿色的被褥、镜子、梳妆台、马桶和圆形的脚盆搁置在坑槽的边缘,迎亲的人群簇拥着新娘头上鲜红的遮巾摇摇晃晃地向后退缩。两只稚嫩的灰色小驴驮着印有蓝色花纹的坐垫撒开四蹄在石子路上跑远,沿途撒下一堆亮晶晶的粪蛋。

那两个深陷在坑槽里的人,一个老头和一个年轻人已经爬了上来,他们全身覆盖着厚厚的粪便,脸上被竹尖扎破的地方正朝外渗血。老头两腿颤抖着朝王标走过去,王标记得他是邻村王庄的一个佃农。

"刚才的情形可把我们吓坏了,起先,我们还以为遇上了土匪。"聂老虎嘿嘿干笑了两声:"你怎么知道我们就不是土匪?"老人脸上的笑容陡然消失了,有如大地突然封冻。王标朝聂老虎瞪了一眼,在道路的另一侧,他看见另外几个人正提着猎枪朝那堆货担走去,他们径自掀开那些马桶或木盆的盖子,拿出染成粉红的鸡蛋和花生;在他们身后,大麻子胡六已经走到了林边新娘的跟前。王标朝那两个冻得瑟瑟发抖的人笑了一下:"王庄的?"

"是,是。"老人回过头朝树林边的那伙人瞥了一眼。"这年头迎亲,偷偷摸摸的,"老人压低了嗓门,"就像出殡一样。"

"谁成亲哪?"

"就是村头的那个小木匠。"

王标的眼前浮现出一张秀气而白净的脸,一双粗糙灵巧的手,卷曲的刨花散发着木料的香气在他四周跳动着。这些往年平静生活中细碎的场景在他的记忆中变得模糊而遥远了。这时,王标看见大麻子胡六已经凑到了新娘的胸前。他想揭开那顶遮巾的手被一个涂满胭脂的女人挡住了:"兄弟,抽锅烟……"胡六接过女人伸过来的烟锅,又伸手朝新娘头上鲜红的绸布遮巾抓去。

"算了吧,胡六——"王标说,"让新娘唱支歌。"

太阳初升的光亮从山谷背后巨大的岩石上方迸射出来,当黑暗在清晨的空气中被完全驱散之后,沉寂中的房屋、圆包状的草垛,和远处伸展的河流都在裸露的天空中慢慢苏醒过来。王标蹲在一处低缓的土坡上,重温想象中那次伏击的情形:那些四处逃散的士兵,那些正在倾覆之中的马匹……新娘裹着的绸布遮巾被揭开,露出处女天真烂漫的面庞。她的呼吸从嘴唇红色花形的边缘散开,在湿漉漉的空气中浮动。有时,一个人的出现和一个人的消失同样使人感到难受,王标想。正如春天突然在这一带的原野上降临,上涨的河水中散落的深红色的花蕊唤醒了人体肌肤的力量,王标手里捻捏着植物的叶子,感到了姑娘毫无遮拦的眼神……那战栗的腰肢……镶嵌在秋天宽阔的田野上,红色的身影收拢在他的腹部,沿着他的喉噪上升。胡六讪笑着来到王标的身边:"这个美人的奶子看上去是一对好枕头。"

这天夜里很晚的时候,一个还俗的和尚告诉王标:鬼子在黄昏时分开进了距离他们的驻地十二里之外的赵庄。

赵　谣

连绵不断的琴声在延续……在残存的、被岁月弄得褪了色的漆皮的斑点中间,风琴的琴键像牙齿一样洁白。窗外,整肃、沉静的花园草坪有一部分被高大院墙的阴影遮盖着。那些剽悍的马拴在落满黄叶的香樟树下,在午后的阳光中喷着响鼻。几个日本人盘腿坐在草坪的一角,他们的背影像是留意着琴声,又像是注意着别处。在老式风琴沉闷芜杂的乐音(伴随着脚踏板吱吱嘎嘎的响声)中,赵谣完全忘记了时间。清晨的时候,那些在日本人的刺刀下牵着枣红色、青灰色的马去河边饮水,或者驮着大捆草料走进赵家大院的农民,神情沮丧地看着他(在这个僻静的村落被日本人占领之后,所有的东西在一夜之间都像是被更改过了)。他想起家中那些早被辞退的朴实的女佣和园丁。所有和昔日相连的感觉被斩断了——在昨夜的睡梦中,他的脑海里灌满了日语中"风琴"这个词糟糕的发音。清晨,日本人军马的长嘶惊醒了他。一首歌谣在琴键下陷时发出连续的音符有如光阴的消逝。赵谣的眼前出现了如下的场景:那所大学的校园像被冰雪覆盖后的菜园,突然荒芜了;高大的榕树和紫薇树丛的背后是教堂般静默的建筑;那个昔日的琴房——曾经贮满了令人心醉的乐音——在日本人的马蹄声中,在那些想象中开阔的战场上,在枪栓拉开后发出的冰凉坚硬的金属声中,永远关闭了它的大门。一天深夜,他的母亲,一个年纪和他不相上下的女人扭动着腰肢走下楼梯,她狭长的身影在烛光下悄悄漫过琴身。"太妙了……"她说。赵谣的手停了下来,那些断断续续的余音在桃花木桌椅,在白色的墙壁,在屋内盛开的木槿花丛中被吸走了……过了一会儿,稀稀落落的麻将骨牌的碰击声沿着阴暗的楼梯传出来。几天之后的一个早晨,当他的父亲携带着两房姨太太逃往城里时,他似乎已经预感到了日本人的渐近。他不知道自己为什么要留下来——他的四周是一个空旷而沉寂的院落,就像秋季河水退缩后空出的大片裸露的滩涂。在临走之前,父亲捧着水烟袋在门槛外转过身来看着他,自相矛盾的浓眉突然错动了一下。"日本人就要投降了……况且,我刚刚从城里回到乡下,眼下说不上哪一座城市比乡下更适合居住。"赵谣说。琴声在延续,隔着窗口在风中微微抖动的窗幔,赵谣看见一个日本兵站在墙根撒尿。那堵墙的顶端是明朗的天空,云层堆积得很厚……在午睡醒来的时候,赵谣发现自己躺在香樟树浓密的树荫中,温柔的阳光不知在何时离开了他。他想将躺椅挪动一下位置,就听到了突然响起的马蹄声。慌乱嘈杂的人群跑过深巷,村里的狗开始叫起来。赵谣刚好来得及拉开院子的大门,一队日本兵已经拥到了他的屋前,他看见冯保长的女人赤裸着下半身,两条雪白的大腿在强烈的光线下刺得他的眼球隐隐酸痛。在赵谣的记忆之中,时间常常在人们毫无准备的情况下出现错乱。"当你在睁开眼睛之后发现你待在地狱里,人就死了。"他记得家中那个年老的女佣曾这样说过。日本人发亮的刺刀,高大的马身上早已被晒干的血迹,以及散发出来的浓烈的膻腥气,在女人两腿之间战栗的阴影中完全被他省略了。他第一次看见女人成熟的身体。在这伙人身后,赵谣看见冯保长冯金山佝偻着身子从一个低矮的土墙下像一只老鼠逃往树林,他那荒唐而夸张的身影仿佛成了被日本人占领后村庄的某种象征久久停在他的视线之中。那个完全被吓傻了的可怜的女人一下子扑到了赵谣的眼前,抱住了他。赵谣感觉到她的双腿(由于裸露得太久)正用力地夹紧他,像在父母衣襟后躲藏的孩子的脸。她的双手在他羸弱的后背上箍得很紧,像青藤的枝条嵌入树干……赵谣几乎还没有来得及在眼前的场景中镇静下来,鬼子的皮鞭已高高扬起,他感觉到脖子上一阵被火灼伤般的疼痛……

……红色的鸡毛掸子拂去风琴上细细的尘土,赵谣揭开风琴的盖子,在那张桃花木椅上坐下来。一个日本兵站在他的身后,他的双手痉挛着,老是按不准琴键。他想起了第一次坐在琴房那富丽堂皇的钢琴边,伸出十指在钢琴上不知所措的情景,那个慈祥的音乐教授微笑着站在他的身边:"你想怎么弹,就怎么弹……"他的手指重重地敲击着这架老式风琴丧失了弹性的琴键,耳边灌满了日语中"风琴"这个词糟糕的发音。过了一会儿,当音乐响起,当那匹想象中的神奇的马在起伏的乐句之间跳跃时,他僵直的手指才变得柔和起来……

现在,室内的光线渐渐消退了,那盆木槿花枯萎的花蕾散落在瓦缸潮湿的泥土上。窗外,日本兵拎着酒瓶来来回回走动的屎黄色的身影飘飘忽忽,寂静之中传来玻璃器皿碰撞发出的清脆的响声。昨天夜里,在黑暗之中,赵谣又看见一个女人被带到院中。这个脸上涂满了锅底灰的女人是村头理发匠的女儿,她披散的发丛中是鹰隼一样锋利的眼光。赵谣站在庭院的回廊上,看着自己笔挺的中山装的影子发愣。有时,在灾难中的幸运会成为一种耻辱,他想。晚上,这个女人的尖叫声从楼上传下来,赵谣不由自主地走上了楼梯,一个日本兵抬起枪托朝他的肩胛砸了一下,他就沿着木质的楼梯骨骨碌碌滚到了客厅里。随后,他听见女人撕人心肺的哭声和呕吐的声音,床板、桌椅和墙壁撞击着,天花板上的石灰粉末扑扑簌簌掉落下来。

风琴的声音依然在延续……所有的一切,战争、恐惧、屠杀和愤怒都在琴声中变得遥远了。赵谣完全能够感觉到那些昔日挥舞着军刀,在马上东奔西突的野兽听懂了他的曲子,在他由于疲倦或是走神偶尔弹错了某个乐句的时候,窗外那些正对着他的背影就会转过身来……他完全习惯了那种纯粹产生于演奏者和听众之间默契的喜悦,在音乐的间隙,在那些日本人假意或者真心地拍了几下巴掌之后,他的意识中萦绕着一种从未有过的不协调的感觉。一方面,在日本人的刺刀下,那双手毫无感觉地敲击着琴键,同时,那些低沉或激昂的乐音又会在某一个瞬间突然攥住深邃的内心,像盛开在荒草中的一枝带毒的花蕾使他沉醉……他想起了这架老式风琴第一次出现在客厅里的情景,家中年老的仆人压低了嗓门悄悄问他:"那只木匣子里究竟装了些什么东西?"

冯金山和王标

现在,夜色正潮。冯金山沿着漆黑的河道朝村外跑了好一阵,才像一只狗一样停下来喘气。他听见河床淙淙的流水在黑暗的旷野里喃喃自语,静悄悄地隐伏着,在他身体的四周到处流淌。月亮刚刚升起来,在天边紫灰色的熹微光亮中,他依稀看见那片山谷浓重阴暗的外壳。他撇开那条被行人的脚步踩得发白的小路,钻进了矮树林。他的脸、手背和脚踝被树枝、荆棘丛和开镰后庄稼露出的坚硬的残根划破了,汗水浸湿了他的衣衫,冰凉的秋风迎面扑来钻入他的肌肤。

"究竟发生了什么事?"

村里的理发匠一瘸一拐地来到他的屋前,冯金山叼着烟斗坐在门槛上问他。晌午的时候,阳光隐没在厚厚的云层中,天色阴沉。"日本人抓走了我的女儿……"理发匠说,他走到冯金山跟前,挨着墙脚坐在地上,"我的女儿从村后埋山芋的地窖中出来,到村里找东西吃,在村头碰见了鬼子——我看见鬼子把她掳到了赵家大院。"

"我的老婆也在里面。"冯金山说。

"老婆也就算了。"

理发匠叹了一口气。在屋前的空地上,树叶的残片在风中贴着地面飘动,一只猫在拨弄着空的玻璃瓶。

"这些天,村子里又响起了那种像牛叫一样的声音,那声音真叫人难受,在夜里,我的耳朵、头发,整个屋子里都被它灌满了,我常常在梦中惊醒过来。"

冯金山没有吱声。

从赵庄赶到王标那伙人的驻地约有十二里的路程。冯金山跑到一座窄窄的石板桥上,放慢了脚步。桥上灰蒙蒙的流水斜斜地通向远处夹岸的树林,赵庄飘飘忽忽的灯光已经被越来越浓的黑暗吞没了。风琴的声音像个幽灵一直在背后追赶着他,在那些黑魆魆的坟堆、起伏绵延的丘陵、倒塌的砖窑烟囱的上空萦绕着。在他身边向后飞驰的夜幕中,冯金山不断在一些溪壑和稻田里摔倒,他浑身沾满了潮湿的泥浆和香苞树成熟的花籽。"鬼子好像跟我们开了一个玩笑,"王标说,"我们在七里店的官道上守候了一夜,连鬼子的影子都没有看到,天快亮的时候,撞上了一班迎亲的人。"昨天中午,王标带着大麻子胡六突然出现在村头的一棵榆树下,起先冯金山还以为是两个染布的手艺人,他们在午后明朗的阳光下一前一后走进了冯金山的院子。"那真是一个漂亮的新娘,"大麻子胡六说,"所有的娘们都是骚货,那沉甸甸的奶子真是一对好枕头。"冯金山从床下抱出一个瓦罐,揭开风干的烂泥盖子,给王标斟了一碗酒。"鬼子是那天午后进村的,"冯金山说,"我那天喝得烂醉,好像有消息说日本人就要撤退了,那班人马不知从哪里突然钻了出来,一下子出现在村头——"

"鬼子来了多少人?"

"大约二十来个。"

隔着门帘,冯金山只看见大麻子胡六拎着两支盒子炮,懒洋洋地斜倚在院中的一堆柴火上。"那天下午,我的老婆正在村东的麦地里……""你有没有注意鬼子的那些枪炮?"王标说。"没有,我只看到了一些马……"王标长长地吁了一口气,像是在盘算着一件什么事。他抬头注视着屋顶筑巢的燕子,有一些枯草和泥块的细微尘粒掉落下来。"这些天,村里有些什么事?"冯金山托腮想了一会儿:"村头的理发匠死了——那天早晨邻居看见他的脖子上被刺刀划开了一个大口子,血流了一床。他的女儿让日本人掳去了,还有,我的老婆……"冯金山像一只被围困的狼在山谷中跳跃着,在山谷的深处,道路变得非常崎岖,到处都是低矮的藤蔓植物和腐殖的烂叶、野果,以及被雨水冲刷成的深长狭窄的溪沟。大片刺梨树黑色的枝条缠绕着他(在他的记忆中,这些刺梨树在春天开着白色的花堆满了山冈,在秋后结成酸涩的果子)。天刚一擦黑的时候,冯金山在慢慢消失的微弱光线中,看见鬼子灰色的影子正悄悄地穿过赵家大院门前的竹树,朝村西移过去。那些温驯而漂亮的马甩着长长的尾巴走上了通往江边的官道。冯金山远远地跟随着这些马群沉重的影子,过了一会儿,他看见赵谣喝得酩酊大醉跌跌撞撞地走在队伍的前面。他的眼前一阵晕眩;一个巨大的阴谋正悄悄地在寂静的黑夜中潜伏。王标擦了擦嘴角胡须上酒星乳白的泡沫,朝前欠了欠身子,压低了声音:"后天早上,鬼子要到江边的船上运东西,我们准备打一次埋伏。"

"什么地方?"

"多尚庙。"

"那儿离村子太近了,只有二里——"冯金山说。"你的村子不会有什么危险,我们把他们收拾得一个不剩。""可是——"冯金山锁紧了眉头,陷入了沉默。过了一会儿,冯金山说:"可是——我们这一带到处都是鬼子。"王标大笑起来:"你他娘的完全叫鬼子吓破了胆。"这时大麻子胡六挑开门帘走了进来,天已经快黑了。冯金山不再吱声。他注视着对面这个无所顾忌的年轻人,眼前浮现出另一张近似的骄傲的脸——在风雪弥漫的树林里,常常可以看见他提着猎枪踽踽独行的模糊身影。"什么声音?像一个女人在哭。"胡六警觉地问。"有人在弹风琴。"冯金山说。

冯金山赶到王标那伙人驻地的时候,月亮已经升高了。在一处松林的背后,他看见了一排像鸡棚一样低矮的房屋,隔着菜畦的篱笆,他看见那些棚屋旁有一个竹舍亮着灯光,一个和尚从里面走了出来。

"王标那伙人在十几天之前就驻扎到王庄去了。"和尚说。

"王庄？"

赵谣和冯金山

午后，赵谣坐在客厅的窗前，一种强烈的躁动不安的感觉笼罩了他，时间对他来说是凝固不变的，消逝的光阴总是按照同样节奏重现相似的场景，他的双手老是按不准琴键，他不得不把一个曲子的开头弹上二十遍。有些时候，他喘着气，停下来吸支烟。客厅里巨大的玻璃镜映照出他颓唐的脸颊，他的每一根神经都绷紧了。天刚亮的时候，赵谣从屋外的竹林里解完手出来，碰到了冯金山。当时他正拖着一头花白的乳猪走到赵家大院的门前，几个持枪的日本兵拦住了他。在清晨没有完全褪尽的曙气中，他瘦弱的身影显得有些不真实。赵谣想起了成熟的稻田边为了驱赶麻雀在一根竹竿上挂着的空荡荡的衣服。院前高大的樟树上弥漫着斑斑点点的阳光，几只小鸟在树丛中鸣咽。他看见一个日本兵在冯保长的身后拍了他一下，冯金山的身体突然朝空中蹿动了一下，像河水深处泛出的一只木质瓶塞。日本人笑了起来，牵过那只乳猪，朝冯金山挥了挥手。他的沉重的背影像是被地面上枯萎的草皮粘住了，脚步缓缓移动着。他的心中也许一直记挂着他那倒霉的老婆,赵谣想。冯金山走到赵谣的跟前,这些天冯金山一下子老了许多,疲倦和沮丧似乎在他脸上留下了永远无法抹去的痕迹,眼珠像知了一样从巨大的脸壳中凸现出来。在他散乱的目光中,赵谣发现冯金山的嘴角微微努动了一下。他们穿过茂密的竹林,看见了不远处汩汩流淌的河水。他们在河边干涸的沙坎上坐下来,好久没有说话。隔着河岸上的一排枯柳,赵谣能够嗅出河湾的气味,斜斜的光线懒洋洋地依附在像镜子的残片一样颤动的河面上。"我的老婆——"冯金山脸上的肌肉费劲地抽搐着,他的手指已经在草地上抠开了一个浅浅的洞穴。"她一直被关在阁楼上,和那个理发匠的女儿在一起——我已经有好几天没有看到过她们了。"赵谣说。"明天早上鬼子去江边运东西——"冯金山说。一切都是预想中的情形,几个日本人在院中架起了劈柴,尖尖的火苗慢慢地从潮湿的木器中升腾起来,裹着浓烟,把黑色的木屑的灰烬送往空中,有一些树叶烧焦的碎片飘进窗户。现在,樟树的阴影像被吞食过的巨大的桑树的叶子,遮住了客厅的一角。令人窒息的烦躁有如不安的睡眠,有如某种记忆的突然消失。赵谣想起了童年时的一个令人费解的梦,在梦中,他看见一条蟒蛇在雪地里一寸一寸地吞食自己的尾巴——如果这种情形一直持续下去,结果又怎样呢?"我的老婆——"冯金山说,"鬼子怎么弄她?"赵谣闭上了眼睛,他的眼球感到那些陡然间消失的锋利的阳光绿色的影子像水中滴落的油垢正慢慢地向四周扩散,周围一片漆黑,河水静静地流淌,散发着单调而稳定的气息。在悬浮于河水上空清晰的流水声中,他听到楼板、衣柜、桌椅、整个房间都在剧烈地震荡着,天花板上的石灰噼噼噗噗掉落在地上。女人的尖叫和呻吟每天都会从阁楼上传下来,有时,赵谣觉得这些声音像日复一日的闹钟的鸣叫,渐渐使他感觉中最锐利的部分变得迟钝。"我已经好久没有见到她了——"赵谣想了一会儿,说道。

明天早上鬼子去江边运东西你知道去江边的官道上有一座庙门前有几排紫穗槐树那座快要倒塌的房子里到处都是老鼠游击队的王标昨天到村里来他说要在多尚庙打一次埋伏日本人可不是闹着玩的打仗又不是打猎他们接上火村子就毁了那个庙离村子只有二里你想个法让鬼子绕开那儿去江边的路有好几条——

在断断续续的风琴声中,冯金山颤抖的嗓音一直缠绕着他,他看见那条半明半暗的长廊中一个日本人的影子正朝客厅的方向挪过来,那个影子在呛鼻的烟雾中变得影影绰绰难以辨认。当赵谣离开冯金山往回走的时候,在竹林边碰到了一个日本人,他显然已蛰伏在密密的竹林里窥探了好久。他的脊背一阵冰凉。现在,日本人像一堵墙一样在他背后的楼梯口站住了。他不知道背后的这个鬼子是不是在竹林碰到的那个,不过这也许已无关紧要了……他的手老是按不准琴键,他注视着风琴像牙齿一样洁白的琴键,不断重复着一个曲子的开头……他的衣服湿透了,双手僵直……从午后到现在,恐惧和烦躁一直没有离开过他……当他勉强弹完了一个曲子,转过身,他看见那个日本人对他笑了一下,消失在楼梯的拐弯处。

一切都是预想中的情形,就像令人担心的事早晚要发生。傍晚的时候,他被日本人带到了一个宽大的房间里,这儿原本是母亲的卧室。在过去的岁月中,他的母亲一直躺在靠窗的木床上,赵谣注视着那片床板拆走后腾出的空空荡荡的角落,记忆之中母亲的体香仿佛一直残留在那儿。现在,一切都变得陌生了:朱漆的圆桌上蒸发的菜肴的香味伴随着窗台上飘进来的树脂气息弥漫了整个房间,墙壁上布满了蜡烛飘忽的影子,一个高个子日本翻译坐在赵谣的身边,在他面前的杯中斟满酒。好久没有像样地吃过东西了,他大口大口地喝着酒,胃中一阵痉挛似的疼痛。所有的日本人都看着他笑,那个翻译将酒杯一次次伸到赵谣的面前,他说话时的语气和神态使人昏昏入睡。他知道自己的处境,日本人的盛宴对他来说意味着什么,他大口大口地喝着酒,日本人的笑有时像桌上烤乳猪的油脂一样凝结住了,他们在暗示……等待着。母亲临终的时候,一个仆人把他带到这间熟悉的屋里,那是一个炎热的夏季的夜晚,他看见成群的蚂蚱和蚊子在尸体的气息中从树荫、墙脚聚拢到纱窗前。时间仿佛过了很久,赵谣感到房间像倾斜在河面上的小船一样摇晃起来,眼前的一切都成了梦境中的事物:杯盘晃动,烛光摇曳,日本人的声音像是从遥远的地方传来,房间突然变得非常宁静。他看得出那个日本翻译的笑是装出来的,他想起来冯金山那张不真实、沮丧的脸也是伪装的,他所有的忧虑和恐惧都是为了那个女人,他大口大口地喝着酒,他的脑袋滑落到椅子的一侧,他看见日本人灰蒙蒙的身影朝他围拢过来,在昏沉的醉意之中,在微微颤抖的烛光椭圆细长的影子中间,他感到所有的东西都没有意义,就像一个钢琴家将一首单调的练习曲弹上多少遍对于他日后腐烂的躯体毫无意义一样……

赵谣和王标

"我好像听到了什么声音,一些鸟被惊动了……"

"传说中那座破庙常闹鬼……"王标打了个长长的呵欠。现在正是午夜时分。那座颓圮的庙宇灰黑色的影子已经出现在紫穗槐丛的背后。王标领着他的那伙人马绕过一排排低矮的树丛,走到了庙前闪闪发亮的池塘边。秋天寒冷的风吹得树叶、枯草纷飞,他们杂乱的脚步声伴随着一些铁器清脆的碰击声,在寂静的旷野里回荡。王标注视着微微战栗的树篱和远处深灰色夜幕的背影,那些转瞬即逝的感觉使他久久回味:扁圆形的紫红色嘴唇散发着幽幽的野果的香气;那些类似于神话中的马匹富有光泽的皮囊在子弹嵌入时发出凄厉的叫声;那一对饱含奶汁的乳房,深褐色的乳头与嘴唇之间白色的水线……她的胸脯在浆得铁硬的上衣上磨蹭着,马蹄的掌心铁撞击着飞溅的碎石,血腥和硝烟的气息裹挟着黎明无法捉摸的浮尘在空气中飘浮……这是一场真正的伏击。他们已经来到了庙前,在冰凉的夜色中,他们能够隐约看见庙前的石狮和屋顶瓦片被风掀掉后露出的栅栏般的椽子。

现在,王标那伙人已经出现在狭长的沟壑中,黑暗中他们的咳嗽声和油漆桶之类的铁器碰击的声音越来越近了。赵谣趴在庙中一扇透风的木窗前,庙中飘满了烂稻草发霉潮湿的气息。现在,皎洁的月光清澈如洗。那群稀稀落落的人影已经走到了池塘边上,赵谣看见了王标高大的身影,他不紧不慢地在草丛中走着,好像在想着什么心事。看起来他对周围的一切都充满了信心。远处,村落影影绰绰的轮廓依稀可见。那伙人走到了庙前的一块空地上——那儿原来是庙宇的一个宽阔的围院,现在,倒塌的砖墙露出凸凹不平的残迹。突然,他看见走在最前面的聂老虎——这个方圆几十里力气最大的人像一尊泥塑一样挺立不动了,有如正在匆匆行走的路人由于想起了一件往事而收住了脚步。他模糊而夸张的身影在寒风中伫立了一会儿,然后像大山轰然塌下的一角向前跌倒。震耳欲聋的枪声响起来的时候,赵谣看见了老鼠四处逃散在墙壁上留下的黑乎乎的影子。在浓烈的硝烟的香气中,被机枪震碎的砖块和瓦片像雨点一样飞溅到他的脸上。迷蒙的月光下,他看见王标挥动手臂,那伙人簇拥着朝庙前冲了过来,在他们的身体像开镰后的玉米秆纷纷倒落腾出的空隙中,赵谣看见有几个黑影已经窜到树篱的边缘。

大麻子胡六浑身是血,他拖着那条受伤的腿一瘸一拐地爬到王标的眼前,一把揪住了他的衣领:"你他娘的怎么回事?"王标没有吱声。寒冷的黑夜黏附在他的脸上,血腥的空气,硝烟,呼啸的弹流在漫无边际的夜色中四处弥漫,有如大雨初至。在闪闪发亮的池塘的边缘,那几个伏在围埝上的猎手正朝庙宇的方向瞄准,宁静的神情仿佛是在丛林里打鸟……这是一场真正的伏击。在鬼子枪声暂停的空隙,王标意识到自己半跪在一条浅浅的水沟里,残留的溪水和泥污使他的双脚冻得像石头一样僵硬。在天空消散的硝烟中,他看见身边只剩了十几个人,那些猎手猫着腰大声喘息着朝他围拢过来。四周一片漆黑。王标凝视着寂然无声的旷野,母亲的话依然在他身边延续:在地里撒下荞麦的种子,却收获了一袋芝麻。透过纸糊的窗格,他看见父亲驮着沉重的猎物出现在村前齐腰深的雪地里。他的身后拖着一长串歪歪斜斜的足迹。他的身影越来越近,最后终于在他眼前变得模糊不清了。一簇斑驳的马的影子出现在左侧的榆树林里,鬼子的马队带着一缕马刀的亮光开始朝池塘边掩杀过来。钉了薄蹄铁的马蹄在砖堆中发着沉闷的声响,在马奔跑时肌肉的摩擦声,皮制品、鞍辔和金属的碰击声中,俯卧在马背上的闪闪烁烁的骑手像水上的漂浮物上下颠簸着。"喔唷……"王标听见身边有人嘶哑着嗓子叫了一声,仿佛看到戏班舞台上另一出剧目的重新上演。鬼子的马队已经冲到了他们跟前。大麻子胡六摇摇晃晃朝前走了几步,在几声零碎的枪声中,有两匹马在池塘边栽倒了,那些黑影跌入水中溅起高高的水花。"麻子……"王标叫了一声,一股鲜血飞溅到他的脸上,鬼子的马蹄掠过他的头顶……随后,一切归于沉寂。

到处都是尸体……天边泛出紫灰色，月亮隐没在光秃树梢的背后，赵谣小心翼翼地跨过那些残缺的肢体——在那些血污和尸体中间，他战栗的双腿几乎找不到一点空隙。在稠厚的血腥中，在被鲜血浇得湿漉漉的草丛中，赵谣看见了一副熟悉的面容：这个本分的小木匠什么时候加入了王标的队伍？在他的记忆深处，在那些飘散着新鲜木料的刨花中间，那张像女人一样稚嫩、柔弱的脸在他眼前闪现了一下，随后消失了。在他躯体旁边，一个鬼子朝空荡荡的油漆桶踢了一脚，咣咣当当的声音在初升的黎明中走了很久……

尾　声

　　一九五〇年八月七日，冯金山在留下一份自相矛盾的供词后，以汉奸罪被处决；一九六七年春天，赵谣在一个细雨蒙蒙的清晨被押往刑场。他隐姓埋名在一个偏僻的小镇居住了多年。那年夏天，江南一带发生了罕见的洪水。大水消退后的第二天，赵谣照例来到小学门前修钢笔。他发现日复一日伴随他的音乐课的风琴声突然中断了。一个学生告诉他，风琴在洪水中淹坏了……早已消失的烦躁和不安又一次笼罩了他。几天之后，赵谣在教室里修理那架陈旧的风琴时，他熟练的动作和惘然若失的神情引起了一个女教师的注意……

蚌　　壳

> 如果我对你说过谎,那是因为我必须向你证明假的就是真的。
>
> ——让·凯罗尔《异物》

1

我从蝙蝠大街七号的那家私人诊所出来,发现自己的感觉有些不妙,我不知道是夏季的阳光刺酸了我的眼球,还是空气中柏油化开的气息让我感到不舒服。对我来说,沮丧的情绪一旦笼罩了我,不但难以驱散,而且还会上瘾。这个私人诊所距离马路对面我的住处只有一步之遥。我走到马路当中时,突然记起自己随身携带的一串钥匙丢在了诊所里。

我重新回到诊所的时候,我的朋友,一个著名的神经科兼内科大夫正坐在一扇门的背后,将手里的扑克牌在桌上摆成蔷薇花朵的形状。我的那串钥匙和一把镍质的镊子在方形的白瓷托盘里泛着清冷的光。我说我来取回我的钥匙,我的那位朋友张了张嘴,又低头洗牌,我想他大概本想跟我说些什么,可突然改变了主意。我走到桌前,从托盘里抓过钥匙就迅速离开了诊所,将药棉和碘酒的气味抛在了脑后。

街上突如其来的风追逐着树队下的落叶和纸品包装壳,在远远的街角拐弯处掀开女人的裙子。

我跨出诊所的门槛没走多远,就感到肩上被人轻轻地拍了一下。我回过头,看见一个女人倚在马路边上刷着白漆的铁栅栏上看着我。她的脸上有着我梦中的人物常有的笑容,而且她像是一直就待在那里似的。我怔了一下。"噢,是你——"我说。其实我根本不知道她是谁,我的记忆之中早已尘封的区域像冰一样化开了。流水四溢,寻找归宿。

"我站在马路边看了你好久——"女人说,"你从诊所里出来,走到马路当中,然后转过身又回到诊所,然后再从诊所里出来——"

"我的钥匙忘在那儿了。"我说。

"走吧。"

"去哪儿?"

"我的家在起义大街的广场附近。"女人说。

"我们第一次见面是在什么地方?"我说,我没敢说我还没有认出她来。

"我是小羊——"女人显得有些不高兴,"那年春天,你到我家来……"

我记忆的黑夜中出现了一个亮点。她是一个土匪的女儿,那年春天,我在G省的乡间随外祖父去看望一个早先声名赫赫的土匪时,曾经碰到过她。当时,我坐在她家的院子里,听那个秃头的老土匪绘声绘色地讲述五十年前的一次伏击,她站在屋檐下的一张木椅上,用一根长长的竹竿捅燕窝。我记得她的身上覆盖着碎碎的干泥块和草屑,她伸展的手臂和胸部左侧之间的衣服破了一个大口子,露出了大半个乳房。想起那种往事就叫人莫名其妙地激动,我仿佛又闻到了麦子抽穗时原野上奇异的香味。

"你是什么时候到城里来的?"我说。

"前天。"

"听说前天在通往G省的铁路上出了点事,两列火车不知怎么搞的撞在了一起。"

"是啊,"女人说,"我乘坐的那趟火车在经过出事地点的时候,我从车窗上看见一些戴着红袖章的人正把挤扁的尸体朝河边的小树林里运。"

我们说着这些话,不知不觉已经走到了起义大街上。这条街因六十一年前的三次工人武装起义而著名,是这座城市最繁华的地段。

小羊说,她到城里来照顾一个老头。我想大约是那个土匪的朋友之类。也许是对城市的噪音感到不习惯,她试图让我听清她说的每一个字。我说其实你用不着这样费劲。城里人在交谈时从来都是只顾自言自语,而不在乎别人听不听。

小羊笑了笑。

我们在穿越马路的时候,一辆橘黄色的小车在距我们不到一尺的地方停住了,轮胎底下发出一阵尖厉的怪叫。司机的脸上镌刻着恐怖和愤怒,从车窗中探出头来,我看见他的嘴张得很大,声音却在人流的巨大响动中淹没了。我说这个城市对两性关系极为敏感,可却在无意之中给人创造了无数性冲动的机会:在大街上,公共汽车上,铁路和码头的售票处,屁股、乳房和脊背紧紧缠合在一起。小羊没有说话,我的胳膊在这时刚好抵在她那饱含乳汁的胸前。她面红耳赤,而我则一次次陷入了对那个浸透在梅子酸涩气味中的春天的回忆。

我们来到起义大街广场附近。小羊在一扇涂着红漆的低矮的门洞前停住了。我手里汗涔涔的钥匙像是被捏出了水来,从海上吹过来的潮湿的风带着咸鱼的气息寻找我们的鼻孔。

现在正是中午时分,我站在小羊阁楼卧室的窗口俯视窗外巨大的广场,广场中央矗立着一尊雕像:一个戴近视镜、剪着短发的少女(少妇)左手抱着一本书,右手托起一个球体。我想那个球大概是水星或者木星之类的东西。人群围绕着那堆丈把高的石膏,像磁铁上跳荡的铁屑一般毫无目的地转动,我的身后,小羊趿着塑料拖鞋在木质地板上踩出吱吱嘎嘎的声音。

"你结婚了没有?"小羊走进浴室之前,问了我一句。

"结了。"

"几个孩子?"

"没有。"

我觉得我的双脚在踏进这个令人窒息的门洞时,我就预感到了以后将会发生的一切,这一点也许在那年春天我离开原野上那座孤零零的瓦屋时就已感觉到了。起先,我们坐在这间小屋的窗前聊着一些无关紧要的话题。谈话像是被冰冻住了,我们只能在一些无聊而又断断续续的句子之间尴尬地徘徊。过不多久,这些干涩的句子又一次次被重复,我觉得在我和小羊之间,一个像注定要发展成为癌肿的小疖正在急剧膨胀,这一点让我兴奋不已。

小羊也许是一个不错的姑娘。我在蝙蝠大街看见她的那一刻就已看出了这一点。她的眼神和身体散发着这个城市里女人早已消失的聪颖、率直和力量。

没过多久,当我在窗口转过身来的时候,她正赤裸着身体从浴室里走出来,她未加修饰的胴体闪着黝黑的光亮。一些水珠顺着她的肚脐和股沟流到地板上。我站在窗前好久没动。也许是这种预料之中的狂喜来得过早使我迟迟不敢挪步,我在隐隐地感到我的那个倒霉的忧郁病症又一次朝我袭来的同时,发现自己对于乡间人的做爱方式感到惊惧和陌生。

我被钉在了窗前。她是我除妻子之外见识的第一个女人。我想冷静地考虑一下这件事。

小羊走到我身边,开始吻我的脖子。她的身上有一股发脂的香气和自来水的漂白粉味。

小羊说:"别怕,我不是第一次干这种事了。"

小羊真是一个不错的姑娘,我想。

我在离开那个红色的门洞时,天色已晚。广场上没有什么行人。我走到那尊石膏像旁,突然想起了两个人曾经说过的话。一位伟人在一次非正式的谈话中说道:"在每一扇为你打开的门的背后都潜伏着一个阴谋。"

另一句话是我的一位山东朋友给我的赠诗中的句子:

她赤身裸体地坐在我对面
我看见
一根剥了皮的树桩
长出了新芽

2

午后,父亲拉着他的手,沿着那条飘满金黄色芦柴花的深深的沟渠跌跌撞撞地朝前走。天空滚过几道沉闷的雷声,惊起藏在茭白丛和水草底下的梅鸟和斑鸠。天空格外晴朗,像是要向地面滴下蓝色的颜料。太阳蒸烤得远处的矮树林腾起了白色的烟雾。他感到脚下布满尘泥的小路有些发烫。

他的父亲肩上扛着一个扁圆形的铁箍木盆,不紧不慢地走着,他要不断蹦跳着才能勉强跟上父亲的步子。村子边缘的桑树,褐黄色山丘上的茶林和村头那架破烂不堪的水车渐渐地被抛在身后。他回过头,还能看见村里的跛腿剃头匠一摇一摆地从井边提着铅桶朝那道很旧的土墙里走。

父亲有时在路上停下来,和那些被太阳晒得昏昏欲睡的农夫打招呼,他看见那些人将手里的烟斗递来递去,最后传到父亲手中,父亲猛吸了几口,又将烟斗还给他们。远处,一条大河像银色的带子缠绕在密密的防风林的背后。

他和父亲来到那条大河边时,村子已经看不见了。稻田里的秧苗刚刚开始返青,叶子卷曲着,河面上不时吹过来几阵凉风,他觉得非常舒服。

父亲将木盆扔在一棵老水杨树的浓荫下,把他抱到河里,他觉得河水的水皮像火一样烫,但水底却异常清凉。他在河里浸了一会儿,父亲又将他托到岸上。

"你坐在树下别动。"父亲说。

"嗯。"

"等到你身上的水被太阳晒干了,我再带你游水。"

"嗯。"

父亲说完,抓过岸上的木盆,潜到水中摸河蚌。河水没到父亲的脖子和两腮,他的眼睛盯着河面和岸边的黄泥交接的水线一动不动,不断地朝水面吹出水花。他踩到河蚌时,就沉到水底去摸,有时碰到小的,他就用脚趾将它们从河底的污泥中夹出来。除非摸到特别大的珍珠蚌,父亲才炫耀似的朝他挥挥手。在他的记忆中,父亲很少跟他说话。

父亲像木瓜一样的脑袋在河面上越漂越远。田野里没有一个人影。坚硬结实的蚌壳砸到木盆里发出清脆的声音,他倚着树根,渐渐感到瞌睡了。

过了好久,他睁开眼睛的时候,云层在天空堆积得很厚,空气还是那样燥热,时间像是静止了。他身上的水分早已被太阳吸干,他模模糊糊地听见父亲像是和一个什么人在说话。

河的对岸是一处茂密的苇丛,他看见一个女人坐在椭圆形的大木盆里采苇叶。这是一个高大健壮的女人,长长的辫子缠在头顶。她不时地抬起湿漉漉的手臂擦一下额角的汗,转过身冲着父亲笑。他想,这个女人也许一直就在那里采苇子,父亲和他原先都没有看见她。

父亲说:"小心你的木盆翻了——"他的嗓门很大。

女人说:"你小心×叫蛇咬了。"

父亲说:"蛇在水底不咬人,你翻到河里,肚子就要进水了。"

女人不再说话,只是咯咯地笑,过了一会儿,他看见女人把身体移到木盆边上,褪下裤子,露出白白的屁股朝河里撒尿。他听见河水咕咕咚咚地响。

父亲说:"我可看见了。"

女人说:"你看见个屁!"

父亲说:"我看不见,我可听见了。"

女人说:"只怕是树荫下你那个傻瓜儿子听见你的话,做父亲的没了脸面。"

父亲说:"他不懂这号事。"

女人掖好裤子,不再吱声。

他在那棵水杨树树荫下,用一根枯树枝拨弄着地上的蚂蚁,装着没有听见他们的话。他看见父亲深深地潜入了河底。河面上漾开了一个磨盘大的漩涡,过了一会儿,父亲在离那个女人的木盆不到几尺远的地方露出脸来。他听见那个女人高声地尖叫一下,父亲从水面上蹿起来,一下就把那个女人的木盆弄翻了。女人像是呛了几口水,他听到了河水被搅动时发出的巨大的声响。

女人说:"我的丈夫可在附近捕鱼。"

父亲嘿嘿地笑了两声。

又一阵沉闷的雷声炸过之后,天空陡然阴沉了下来。远处,一座破庙被埋在深深的蒿草中间,和尚敲钟的声音在宽阔的原野上走了好久。

雨幕在地平线上织成了一道灰色的墙,不一会儿,一团白色的雾气将那座破庙罩在了雨中,他看见破庙周围有一些扛着锄头的农夫从河坎和大豆地里钻了出来,在雨中狂奔着。雨水在秧田里溅起的水花跳跃着朝他漫延过来,那条大河转眼之间就让噼噼啪啪的雨珠砸得坑坑洼洼。

河的对岸,在东倒西歪的芦苇丛中,父亲和那个女人像两条水蛇一般缠绕在一起,水面上漂满了芦苇青黄的叶子,女人张着嘴在水中扑腾着。雷声响起来的时候,闪电像燃烧的树枝一样在空中飞舞着,那个女人的叫声被雨声淹没了。

他倚着树干,静静地看着对岸。雨水模糊了他的视线,渐渐地,他对苇丛中那两个像墨鸭一样翻腾的人不再感兴趣。他看见父亲的那个盛着河蚌的小木盆在河中间打着转朝下游漂去。

雨还是没命地下着。

雨停的时候,父亲顶着那个木盆,搀着他的手朝村里走。

"刚才那场暴雨真大——"父亲说。

他没有吭声。

太阳从云层中重新钻了出来,阳光被雨水过滤后不像先前那样炙人。村头的地上落满了吸饱了雨水的白白的刺树花。

院子里的沙地被雨冲得很板,那棵木桃树上溅满了泥浆。他走进堂屋的时候,看见母亲蹲在一张草席上缝被角。

"刚才那场暴雨真大——"父亲对母亲说。

"孩子一定让雷声吓坏了。"母亲说。

"他蹲在一棵水杨树下,没事。"父亲说完,走到里屋去换衣服。

母亲朝他笑了笑,她俯下身咬断被角上的那根长长的白线。阳光从土墙上窗骨的缝隙中照到她身边的地上。

那阳光让他难受。

3

女人俯卧在诊所靠墙的一张单人床上。这张急救担架似的小床的底部装有四个橡皮轮子，随着医生的手在她背脊上的腰窝里重重按下，她的柔软的躯体像浮在杯口的酒一样不停地晃动。面色红润的医生将听诊器支在耳朵上，让听筒顺着女人的背脊滑行。

医生："你小便的颜色黄不黄？"

女人："不。"

床头的一个简易竹篓里装满了裹着脓血的纱布和棉团，一股浓烈的血腥恶臭刺激着女人的鼻孔，女人看见门的背后有一张铺盖着白布的圆桌，桌上的扑克牌摆成蔷薇花朵的形状，余下的一沓牌在桌子的一角被洗得很整齐。

女人："医生，你也用扑克牌算命？"

医生将口罩朝下拉了拉，露出刮得很干净的两腮。

医生："有没有呕吐的感觉？"

女人："没有。"

医生朝女人做了一个手势。女人顺从地调整了一下身体的姿势，她平躺在床上，双腿屈起，两臂伸开，眼睛看着天花板。医生拿听筒在她的衬衣底下贴着她的肚脐往上推，女人感觉到那个冰凉的东西在心脏周围的区域内慢慢滑动，身体痉挛抖动了一下。

医生："将裤腰带松开！"

女人照办了，医生紧锁双眉，目光紧盯着对面白色的墙壁，手指顺着女人腹部的曲线朝下移。女人更加剧烈地颤动了一下，她的腹部僵直地耸立起来。

医生(笑):"不要紧张,肌肉放松。"

天色已近黄昏,街道上卖冰棍的老人用木块有节奏地敲击着木箱。洒水车开过的时候,诊所的门前扬起一片灰暗的尘粒。诊所门边的一条长椅上坐着一个秃顶的中年人,他一边用食指蘸着唾沫翻着一本很厚的书,一边自言自语地说着什么。屋子里很静。风吹起墙上人体穴位图的一角。纸张在空气中发出摩擦的声音。

女人从床上坐起来,倚在墙上系裤腰带。医生将听诊器揣在白大褂的衣兜里,搓了搓手。

医生:"你到楼上来一下。"

女人跟着医生朝阁楼上走。楼房很旧,有几处已经出现裂痕。女人的高跟凉鞋踩在上面,发出空空洞洞的声音。他们走到楼上的时候,一只老鼠顺着结满蛛网的电线爬上了屋顶。这个阁楼的窗户正对着城市中蜿蜒流动的一条黑河,一些装满木料和蔬菜的小船停泊在一座铁架斜拉桥下。女人不知所措地站在窗前,她看见夕阳下河对岸的店铺门口,一个身材矮小的人正把一筐筐湿漉漉的东西从拖车上卸下来。

医生在屋子的另一角朝女人做了一个和刚才在楼下几乎是一样的手势,女人走到屋子中间的那张木床边,坐在床沿。

医生:"我来为你仔细地检查一下,把衣服脱了——"

女人犹豫了一下,在床上躺倒,打了一个响亮的喷嚏开始脱衣服。屋子里光线很暗。医生的高大的背影对着她。屋角的桌椅和柜橱在尘封的空气中显得影影绰绰的。

女人:"医生,你为什么不打开电灯?"

医生:"电线让老鼠啃断了,电工一直没来修。"

医生拉开一只抽屉像是寻找着什么东西。女人静静地躺着,闭上了眼睛。过了一会儿,医生捏着一杆装有三节电池的铁皮手电筒,走到了床边。

医生:"你的裤衩为什么不脱掉?"

女人愣了一下,随后扯下了裤衩。

医生:"你其实不用害羞,这种事没什么。我常常为女病人做这样的检查。"

女人感觉到医生的声音变得越来越柔和了。

女人:"医生,袜子要不要脱掉?"

医生(习惯性地皱了皱眉头):"不用了。"

女人听见医生的手指揿了手电筒的揿钮。一束强烈的光柱跳荡着细微的尘粒在她的眼前晃来晃去。医生举着手电仔细地检查着她身体的每一个部位。女人感觉到手电筒的光亮在身体的一些地方停留了很短的时间就挪开了,在另一些地方,医生察看了足有十分钟之久。

医生:"你和丈夫最近的一次房事是在什么时候?"

女人:"一个月前。"

医生:"没觉得有什么异常?"

女人:"没有。"

医生在说这些话的时候,女人觉得他的嘴唇离她很近,他的声音像是被她的浓密的长发过滤了一样,纯净但很陌生。

后来医生在她耳边的低语使她很难听清。他的胡茬蹭在她的脸上，像石头一样坚硬，女人感觉到医生的左手压在了她右边的乳房上。女人迷迷糊糊地用手勾住了医生漂亮的脖子。

医生："不要这样不要这样不要这样不要——"

女人的脸上露出了妩媚的微笑。医生揿灭了手电筒，站起身来脱衣服，他的动作太急，皮带的金属搭扣在寂静的屋里发出悦耳的声音。她看见医生强健肌肉的暗红色的影子在她的床边跪下了。

医生："我的美人我第一次见到你深不可测的目光就让我心慌意乱我只要想到你的眼睛睁着我的眼睛就永远不能闭上你长得如此美丽难道是我的过错吗——"

医生俯身狂吻她的脚趾、她的细长的手臂、她的乌黑的眼睛、她的散发着浓郁果香的长发。

女人："我的丈夫从来没有让我这样快活过。"

时间过去了很久。屋子里完全黑了下来。海边塔楼的钟声不紧不慢地响了九下。街上混浊的路灯光衬照着阁楼微微起伏的窗帘。女人身上缀满了汗珠，医生已经在她身边入睡了。女人侧过身，推醒了他。

女人："你这儿有没有手绢，我的汗都把床单浸湿了。"

医生从床上坐了起来，他抓起手电筒在床上照了照，从枕头底下翻出一条手绢递给女人。

女人借着手电筒的光亮，看清那是一条蓝色的纱质手绢，绢面的一角有个被烟头烫穿的焦黄的小洞。

医生迅速穿好衣服,恢复了先前沉静自信的神态。

医生:"你的病症像是非常奇怪。"

女人:"怎么?"

医生:"你第一次来月经是什么时候?"

女人:"十三岁。"

医生:"你的病眼下也没有什么特殊的办法治。"

女人:"很重吗?"

医生:"也没什么,吃几副蛇胆试试吧。"

女人:"蛇胆?"

医生:"城里的每一个角落都有毒蛇出售。"

4

事情发生后的第三天中午。

警车停在蝙蝠大街上那个破烂不堪的红色拱门前。一个矮个子警察站在门槛的外侧,挡住了试图进入那座房子的好奇的人群。

"现在天气太热——里面没有发生什么大事——只不过死了一个人……"矮个子警察一遍遍地重复着这些话。那些围观者并没有很快散开,他们在闷热的阳光下摇着折扇,显得很有耐心。

房间里呈现出什么也没有发生过的样子,那个在前天夜里猝死的人的尸体已在昨天被法医运走了。人的死有时和一些易碎物(譬如杯子、酒瓶之类)的破碎没有什么两样——随着垃圾被清除,一切又恢复了原先的面目。死者的妻子倚着厨房的煤气灶坐在地上,从她的脸上看不出极度悲伤的样子,她那苍白而又平静的面容仿佛正在进行一场冗长的回忆。

房间里光线充足,桌椅摆放得很整齐,一架老式的电扇在屋角吱吱嘎嘎地转动着。穿短袖衬衫的警官静坐在桌边的靠背椅子上,他的身体挺得笔直。在他身后,一名女警察正用皮尺在地上丈量着距离,然后在一个蓝色笔记本上留下记录。

警官双手交叉着放在膝盖上,眼睛正视前方:在靠近墙角的窗户底下有一张双人床,死者的尸体在搬走之前就停放在那里。雪白的床单上有一个小小的血圈,血是从死者身体的伤口里流出来的。如果那个人是被平放在双人床上,那么他的伤口可能在背部,由于流血不多,甚至很难说床单上的血印和死者被耗尽的生命有什么必然的联系。越过那扇半开着的玻璃窗,可以看见街道另一侧的那些工厂灰色的巨大房顶和建筑物,一直起伏延伸到竖着烟囱和电线杆的灰蒙蒙的天边。

警官点燃了一支烟,在桌边慢慢地站起来,走到厨房里,他的脸上流露出比那个坐在煤气灶旁的女人更多的难过。

"前天——或者更早一些时候,你有没有察觉到你丈夫的举止有什么反常的地方?"警官问。

"没有。"女人想了一会儿,回答道。

"这真是一件不幸的事。"警官说。

女人没有搭腔,她的因饥饿和疲劳显得憔悴的脸上泛出青黄的光。也许自从她的可怜的丈夫命归西天之后,她就一直坐在厨房潮湿的地上。

"你的丈夫身体是不是一直很健康?"

"死之前他从来没有得过感冒。"女人说。

警官也许觉得站着和女人说话有些不合适,就挨着她蹲了下来。

"恕我冒昧——"警官顿了一下,"你和丈夫性生活和谐吗?"

女人的嘴唇微微动了一下,摇了摇头。

"为什么?"

女人脸上显现出为难的神色,警官焦躁地打了一个响指,有时候,问题过早地触及这些敏感的区域反而容易受阻。

"他在和我干那种事的时候,常常一个劲地翻看电影画报。"过了一会儿,女人终于说道。

这时,那个女警察也来到了厨房的门前,她揩了一下额前的汗水,将手里的笔记本交给警官。警官把那个笔记本匆匆翻了一下,又重新合上递给他的女助手。

"死者——你的丈夫,精神上是不是一直很忧郁?"

"他有一种奇怪的病。"女人说。

"什么病?"

"他看见光从玻璃窗中投射到墙上就感到紧张,我实在看不出墙上那块白色的光斑有什么可怕,可他总是一个劲地喘息,浑身颤抖。自从在一个平常的午后他突然犯病之后,我们家的窗帘就一直合着,即使夏天也是这样,不过,有时风还是会把窗帘撩开……"

"你丈夫在户外看见阳光也这样吗?"

"不。"

女人的眼神中显现出某种警觉的机敏,她看见那个倚在门边的女警察一字不漏地记下她的话,感到有些不自在。她看了看那个姑娘,又看看警官,像是突然想起了什么。

"我丈夫的死和你们有什么关系吗?他又不是死于谋杀——"女人说。

"应该说……没有太大的关系……不过……我们想弄清楚一些细枝末节……我们总要对死者负责吧……你是不是觉得你丈夫神经有些不大正常?"

"不,他很正常,我能断定他很正常,他比我们活着的每一个人都正常。"女人说。

警官搔了搔头皮。

"当然——"警官吐了一口气,"对一个人是否患有神经病不像以前那样容易界定了,我们这个城市的神经病发病率比一九五六年整整提高了六倍,你丈夫的病也许没这么严重,可能只是一种妄想症……从尸体背部的伤口来看,你的丈夫死于非命,但我们认为他极有可能是自杀。"

"他不可能自杀。"女人说。

"不,是自杀。昨天晚上,我们接到了医院送来的验尸报告,你的丈夫在死前感染了梅毒,我们可以确切地告诉你,梅毒是从 G 省的一个妓女那里传染上的。为了确保市民的生活安宁,我们在几年前就建立了市民行动档案,你丈夫的行踪很早就引起了我们的注意。一天黄昏,我们的一名便衣在起义大街的广场附近看见你丈夫和那个妓女待在一起。所以,我们认为你丈夫由于感染了梅毒,精神极度恐惧,导致了你所说的那个奇怪的病症,然后他选择了一种奇特的方式自杀。他之所以选择这样的方式,是因为他不愿意让人看到他的胆怯,故意造出一种自然死亡的假象,把死亡的罪责推给第三者。"

"那个 G 省的妓女已经被我们收容了。"倚在门边的那个女助手说了一句。看得出,她一直想找机会插话。

这间厨房毫无生气,煤气灶上布满油垢,一套紫色锅子和勺子成排地挂在墙上,看不出任何日常做饭的痕迹。女人双手抱着膝盖,蜷缩在地上,她的身架随着轻微的啜泣而颤抖,警官抓过她的一只手,使劲地捏了一下,仿佛要使她更加镇定些。

"这真是一件不幸的事,太不幸了。"警官说,"不过,你其实……也用不着过分悲伤……自杀也许是你丈夫所能采取的最恰当的结束生命的方法,因为即使他不这样做,梅毒也会很快……"

"就是这么回事……"女助手附和道。

警官慈祥地拍了一下她的脑袋,从地上站起来。他的头有些晕眩,也许在地上蹲得太久了。

"你晚上一个人在屋子里是不是害怕?"警官问。

"害怕什么?"

"我的家就住在附近,晚上,我可以……"

"不,我一点也不害怕。"女人说。

警官和他的女助手下楼的时候,那个矮个子警察仍然站在门槛外侧,驱散着围观的人群,太阳永不衰竭的光芒烤炙着长长的街道。

"……里面没有发生什么大事……你们即使进去了也看不见尸体……尸体昨天就运走了……"

5

晚上,马那坐在餐桌旁翻看一份发黄的旧报纸,显得有些心烦意乱。他的妻子一边打着长长的饱嗝,一边用火柴棍剔着牙缝。屋子里光线半明半暗,用旧的白炽灯管发出持续不断的颤抖长音。

墙上挂钟镀铜的长短针指向六点,时间还早。马那将手里的报纸翻过一页。第二版上刊登着一篇追踪报道:六月二十七日,两列火车在通往G省的干线上相撞……这篇报道马那已经看过六遍了,每一次看它,在那些陈旧不堪的语汇、标题和插图中总会依稀浮现出一个女人的脸。许多天之前,马那在蝙蝠大街上碰到了这个来自 G 省的女人。她的深邃的目光使马那不寒而栗,她的美貌混杂着泥土和青草的气息使马那意识到自己在这座城市里已虚度了多年。后来,这个女人成了他的情妇。现在是六点零五分,差不多再过一个小时,马那将会在这个城市中心的广场上再次见到她。眼下,在出门之前,马那必须编造一个妻子能够接受的外出理由。

妻子收拾完了桌子上的杯盘碗碟,将油腻腻的双手在围裙上擦了擦,走到马那面前。

马那欠了欠身子,慢慢地进入了角色:

"我有一个朋友,名叫……"

"扑克牌搁在哪儿啦?"妻子问。

马那用手指了指窗台。

"我有一个朋友,名叫蒋平……"

"嗯,怎么?"妻子将手里的扑克牌在擦得锃亮的餐桌上摆成一个蔷薇花朵的形状。这个城市里的每个人几乎都喜欢用扑克牌算命。

"他已经拿到了去澳大利亚的签证,明天上午搭机……"

"嗯。"

"明天上午搭机去悉尼。"

"我的命牌总是梅花 A,算来算去……"

"今天晚上,我们几个老同学约好去向他道别,我……"

妻子一连打了十几个饱嗝。

"我今天忙了一整天了,累得腰都直不起来,看起来没有什么办法,我必须去一趟,老同学嘛……"马那说着,站起身来。

"你要去哪儿?"妻子突然提高了嗓门,将手里的牌放在桌子上,紧张地看着马那。

"我去看蒋平。"

"蒋平是谁?"

马那这才意识到妻子刚才压根儿没在听。在妻子苛刻的目光注视下,马那只好将刚才编造的谎言又重复了一遍。妻子的脸上露出了笑容,马那从妻子脸上迅速逃遁的笑意(像一次退却的洪水)中闻到塑料的气味,他冷不防打了个寒战。谎言一旦离开了合作者便无法存在,妻子像是看穿了他的心思,却不忍心将它戳破。

"你现在就去吗?"妻子问。

"不,我先洗个澡。"

"酒别喝得太多。"妻子开始低头洗牌。马那意识到妻子的合作使他的谎言勉强幸存下来,他松了一口气。

马那准备去浴室的时候,隔壁的一个老太太掀开门帘摇身走了进来。她是街道居民委员会的副主任。马那几乎每天都能看见她站在蝙蝠大街71路公共汽车站的站头,在烈日下挥动着一面小三角旗维持秩序。她的身体虽然一天天衰老下去,可是在她爽朗的笑声和有力的步伐中却洋溢着过剩的精力。老人进屋后,径直走到妻子的身边,挨着她坐下,谈起了最近在中国北部发生的一次特大的森林火灾。

"东北的一片树林失了火。"老人神秘地说。

"是的。"

"烧死了很多人,毁坏了大片的林子。"

"我知道。"

"我来和你商量一下给灾区人民捐款……"

"我们家没有很多钱。"妻子果断地说道。

这个浴室很小。浴缸的旁边有一个白瓷板砌成的洗脸池。洗脸池左边的边沿很宽,上面放着一些肥皂盒和盛有牙膏牙刷的玻璃杯,紧挨着洗脸池是一个老式的抽水马桶。

马那在浴缸里躺下,头枕着双手,看着慢慢上升的水线漫过了肚脐。他又一次沉浸在不久后和情人幽会的幸福的预想中。客厅里妻子和老人絮絮叨叨的谈话声清晰地传进来,马那闭上双眼,不再留意她们谈话的内容。

马那在浴缸里泡了大约半个小时,也许他意识到时候不早了,他从浴缸里坐起来,用脚趾拨开浴缸下水孔的橡皮软塞,伸手从墙上的一根不锈钢横杆上取下干毛巾,擦着身上的水迹。他的心绪完全飞到了市中心空旷的广场上。为了不使激动和喜悦来得过早,他竭力控制住体内的骚动的兴奋。浴缸里的水晃动着,在下水孔四周形成一个漩涡,一寸一寸往下缩。

马那从浴缸里站起身,他感到背上一阵奇痒。也许是让蚊子叮了一口,马那想。他伸手在背脊上抓了一下,他看见指甲缝里渗着一丝血迹,他不知道是指甲破了,还是背上让他抓破了。他的一只脚刚刚跨出浴缸,一条大蛇扬着菱形的扁头挨着他的脚背游走了,它那美丽而富有弹性的身体沿着靠墙的一根木棒爬上了洗脸池,碰翻了上面的玻璃杯。

浴缸里的水一寸一寸往下缩。

马那感到头部一阵晕眩,他想起妻子因为生病每天都要吃一副蛇胆,但他不知道这条蛇是怎么钻到浴室里的,是它自己从蛇笼里钻出来游到浴室里,还是妻子……马那觉得背上一阵剧烈的疼痛,白色的墙壁开始在他眼前摇晃起来。

外屋妻子和老人争吵的声音在浴室里形成了嗡嗡的回响,马那听见老太太破碎的嗓音发出一些互不连贯的词汇:"西伯利亚……干旱的六月……林子……空军……二十三……问题就不好办了……可怜……"

马那跨出浴缸,跌跌撞撞地拉开浴室的门,赤身裸体地冲着他面前两个女人的背影吼了一声:

"蛇在我的背上咬了一口。"

6

在一个炎热的黄昏,我说不准确切是哪一天,我突然得了一种奇怪的疾病。这种病说起来连我自己都觉得有些莫名其妙:我看见阳光从窗户中射进来,照在墙壁上,就感到惊慌失措。眼下这种病并没有对我的躯体造成任何可见的危害,譬如说它还没有影响到我的食欲,但是,在极度的忧郁中,我预感到它也许是另一个更为可怕的疾病的先兆。现在,我坐在蝙蝠大街七号的一家私人诊所里。我的朋友,一个著名的神经科兼内科医生坐在我对面,他双手相扣,支撑住不断下沉的头颅,脸上露出疲惫的神色。我想我大概已经在这个诊所里待了很久了。

"后来呢?"医生说(由于他的嘴巴一时疏忽,一缕口涎从指缝中流到了桌上)。

"后来,"我说,"后来雨就停了,我跟父亲回到家里。我推开堂屋的门,看见母亲正蹲在一张草席上缝被角。她对我笑了笑,俯下身体咬断被角上那根长长的白线。阳光从土墙上窗骨的缝隙中照到她身上,她穿着青蓝色的布衫,乳房……"

"你后来看到过芦苇荡里遇见的那个女人吗?"

"没有,从那以后不久,我的父亲就死了。"

"怎么回事?"

"我父亲的死是因为那些河蚌。你知道河蚌分为两种:一种是活的,用刀将它的硬壳劈开,就可以看见里面的新鲜蚌肉;另一种是死蚌,里面盛满了污泥,也就是说只是一些蚌壳。但两者在水下摸上去几乎没有什么区别。有一天,我父亲端回来满满一木盆河蚌竟全是蚌壳。这听上去似乎不大可能,但这是真的。第二天清晨,我们发现父亲吊死在羊圈里。只有我知道他的死因:在乡间的习俗中,蚌壳和性之间似乎存在某种联系……"

医生打了一个长长的呵欠,显然他对我的叙述有些不耐烦。

"我知道你读过很多弗洛伊德的书,"医生说,"我不否认你刚才讲述的那个蚌壳的故事对治疗你的疾病具有一定的价值。据我所知,童年的记忆对一个步入成年的人的精神疾病的诱发并不像弗氏所吹嘘的那样神乎其神。事实上,弗氏如果懂一点中医的话就不会那样狂妄。我想一切事物的真谛只存在于它的表面,正如一切生命都活跃于肌肤是一样的道理。你只要关注一下周围的平常事物,病症的源头不难找到。当然,这还要看你在多大程度上袒露你的内心世界。"

"我……"

"你和妻子性生活和谐吗?"

"不。"我说。

"你用不着那样紧张。"医生笑了笑,"我对你们这些具有很高知识修养的病人总是感到很为难。在治疗精神疾病这个问题上,知识似乎已经成为一种障碍。你们这些人往往会自己编造出荒诞不经的理由为疾病做出解释,什么蚌壳,恋母情结,全是自作聪明——对我谈谈周围发生的事吧。"

"前不久的一天早上,"我试探着说,"我从你的诊所回家,走到马路当中发现我随身带着的一把钥匙忘在了诊所里,我返身来取,你当时正坐在屋角用扑克牌算命……"医生肯定地点点头。"我拿着钥匙刚刚跨出诊所的门槛,就感到有人在我的肩上轻轻地拍了一下,我回过头,看见一个女人停在马路边上刷着白漆的栏杆上看着我。过了好久,我才认出她来,她是G省乡间的一个土匪的女儿,我小时候曾随外祖父到她家去过。这件事真是一个巧合,太巧了,告诉你你也许不相信。后来我就去了她的住所,在起义大街广场附近,后来我们……"

"我明白了——"医生双手互揉,指关节咔咔作响,他陷入了沉思之中。

现在已是深夜,窗外高大的梧桐树在风中摇动发出沙沙的响动。附近像是有一幢大楼正在施工,打桩机发出的有节奏的声音不断被夜晚的天空吸没。诊所里异常宁静,靠墙放着一张装有四个橡皮轮子的单人床。在我和医生之间的桌上,有一盆塑料花,在塑料花的阴影之下,诊所里的一切仿佛都感染了塑料的性质:桌子,墙壁,吊灯,人……

过了好久,医生抬起头来:"故事对你写小说也许很重要,可医生需要的只是一些现象,譬如说陌生人的一次奇怪的眼神,你和妻子的一次争吵,甚至梦境中出现的下雪的场景……"

"我有一次做梦梦见妻子……"

"很好,往下说。"医生兴奋地在椅子上坐直了身体,目光炯炯地看着我。

"我梦见妻子要杀掉我……"

"杀掉了没有?"

"没有。"

"她用的是什么凶器?一把剪刀?一根绳子?"

"记不清了。"

医生搓了搓手,从椅子上站起来。

"你患了眼下颇为流行的臆想症,"医生说,"由于这种病在我们这个城市里刚刚被发现,我们一时还搞不清楚它的来龙去脉。前些时候,有一个和你患了同样疾病的人来到我的诊所,告诉我他梦见妻子用芦苇杀人。几乎每一个病人都声称在梦中发现妻子要谋杀他,但妻子使用的工具则各不相同,有时是芦苇,有时是猪的一段肠子,有时是一条蛇。"

我一愣。

"这种梦境的出现和丈夫发现妻子有外遇有关。正如你所说,这种病对人的身体一时还构成不了太大的伤害,但久而久之,人就会出现死亡和性的幻觉。"

医生在房间里来回走了几步,又回到我对面的桌边坐下:"一般来说,到了这种病的后期,幻觉就像海洛因一样容易使人上瘾。他们不是沉浸在妻子和另一个男人交媾的场景中不能自拔,就是设想自己死后出现的种种现实。"

"这病还能治吗?"

医生咳嗽了一下,他侧过身擤了擤鼻涕,掏出一块手绢来擦了擦脸,然后将它放在桌面上。我看清那是一块蓝色的纱质手绢,绢面的一角有个被烟头烫穿的焦黄的小洞。"你不是害怕墙壁上的反光吗?"

"是啊。"

"戴副墨镜试试吧。"医生想了想,说道。

夜 郎 之 行

我为什么来到夜郎

我的夜郎之行事后被证明是一个错误。首先,典籍和想象中的夜郎正在消逝。"遍地芦荻""在风中摇摆的金银花丛"中已经长出高楼。我原指望能够住在郊外一座院中爬满葡萄藤蔓的茅屋里,清晨被啼鸟唤醒;实际上在夜郎,我的住处是一个阴暗的地下室,隔壁的锅炉房整日整夜响个不停,使人不断感到要撒尿。其次,我原以为夜郎人过着与世隔绝的生活,人人充满自信(历史上,夜郎一度以过于自信闻名于世),我设想这种自信会感染我从而治愈我的抑郁症。可是,我在夜郎人脸上看到的尽是和我一样颓废的神情。

夜郎坐落在松子湖边,我乘了一个星期的轮船来到这里,正巧碰上了一连串的坏天气。

换季的郁闷气氛深深地笼罩着这个陌生的地方。这里看上去一切都显得灰蒙蒙的:天空、树木、厂房、烟囱……天色阴晦,云层压得很低,一年一度的梅雨已悄然降临。

街面上光秃秃的，剥落的柏油下裸露出赭红色的沙石，汽车扬起尘土，厚厚地黏附在街道两侧的白漆栏杆上，灰色的砖楼一座挨着一座向天边伸展。

在这座城市的郊外，我看到了另一类事物，一座坍塌的古塔，一座钟寺，一处古井……几只鸽子栖息在上面，它们仿佛是城市一夜之间蜕下的陈旧的壳，以自相凭吊的方式和过去牵扯着。

我和几只老鼠在环球旅馆潮湿的地下室里度过了这个多雨的春天。当我决定离开这里的时候，在夜郎的一家市立医院里，我被医生告知得了肝炎。

梅　雨

眼下，四月的梅雨已飘然而至。雨雾追逐着行人的脚步，将街道和它两侧的围栏浇得锃亮，使数不清的雨披和伞堆积在东站广场上。

我是一个不合时宜的人，在过去的一个偶然的瞬间，我被时尚的潮流抛在了一边，像一条鱼被波浪掀在了河岸上。我凭借回忆和想象生活在过去。

在雨中我感到快慰。

年 轻 时 光

我的住所的窗户有三分之一露在地平面之上。天气晴朗的中午(一般来说,这样的时候并不多见),当我拉开窗帘,我刚好能够看到窗外树木的根须,在地上随风飘行的柳絮,转动的汽车轮胎,女人匆匆行走时叉开的小腿。

地下室被一种腥酸发霉的气味包裹着。被子沉重而潮湿,常常压得我喘不过气来,吊在天花板上的电灯总是雾蒙蒙的,像刚出壳的绒鸡。桌布上留下了老鼠或其他更小的动物的爪迹,使人辨别不出它原先的颜色。我仿佛感到墙壁、地面、桌椅上都爬满了苔藓。

通向走廊的门看上去像纸一样薄,我怀疑本身就是纸做的,它挡不住任何来自外界的声音。那扇门上没有装锁,每个人随时都可以推开它走进我的房间。

这天晚上,旅馆门房的朱氏太太又来到我的屋中找她丢失的花猫。她的身体像秋后的衰草一样颓败了,稀疏的枯发丛中是一张浮肿的脸。这一次,她没有很快离开我的住处,也许想跟我说些什么。她战栗着坐在我的对面,点上一根烟,开始拉拉扯扯地谈起这座城市和她的过去:茂密的桑林,树木,小河,知更鸟,她的青梅竹马的伙伴,她的年轻时光,她出嫁的日子……我看得出她完全沉浸在充满"桑葚"气息的往事之中,她的描述一次次感染了我。她的记性已经坏了,她用相同的词语形容每一件事物,把经年的流水账压缩成一个简单的句式,在记忆中断的地方不断重复,在语塞、长时间的停顿中显出悲伤而又无能为力的样子。她是一个垂死的人,一个装在玻璃瓶中的植物标本,一面镜子。我注视着她苍白、变形的面容,正如注视我自己衰竭的内心。

....

朱氏在言谈的间隙总是称我为"大叔",我几次想阻止她,但又未能说出口。事实上我非常年轻,可好像没有人愿意看到这一点,男人,女人,过去,现在。衰老是年龄的符号,而我的衰老却是天生的,我的年轻时光在出生之前就已被剥夺,我内心的花园早已枯死。

我看上去是显得老了一些。在我读小学的时候,校长就让我在学校自编的剧目中扮演一个老农。所有的人都认为这很正常,我也没有觉得这事有什么不妥,实际上我在很小的时候就演遍了所有老人的角色。我还记得有一天,我们这支演出队在乡村巡回演出,我的母亲出人意料地冲上戏台狠狠地揍了我一个耳光。我那时就已明白:衰老是可耻的。以后,我的母亲常常用镊子给我拔胡子——直到现在,一想起镊子,我的眼泪就忍不住要流下来。还有一件事。几年前的一天,母亲到H学院来看我,晚上我带她到学院对面的街道旅馆住宿。她几乎从来没有住过旅馆,一走进房间,她的神色就显得慌乱起来,眼睛东瞅西看,一个年轻的侍者手里捏着一串钥匙悄悄

走到我们跟前,诡秘地笑了一下,然后低声问道:

"开一个夫妻房间?"

朱氏老人纵声大笑起来,肥胖的身体像盛满水的皮袋不停地晃动。不过,她很快陷入了沉默,笑容冻结在她的脸上,目光痴呆地望着我。

她从我的叙述中感到了什么?

女服务员推门进来冲开水。我看见两个男人在门外走廊上聊天。他们谈论着木材生意,谈论最近的一次物价上涨,谈论女人,兑换外汇,谈论商人之间永不厌倦的话题——钱的数目。

这时候,电突然停了,窗外的舞厅旋转的灯光熄灭了,街道换了一副面孔。屋里一片漆黑。在暗中我能分辨出两个女人不同的呼吸,甚至我能够听见你的呼吸,在关闭了路灯的校园中……在枕边,在酒后,在潮湿多梦的春季,在被时间磨钝的记忆深处,在你的脖颈,你的唇,你的脚趾、眼睛,你散发着桉叶香味的发丛中……在你的背影匆匆消失的时刻。

那只花猫蜷缩在朱氏的膝间,床下老鼠的叫声使它瑟瑟发抖。

老　　张

黄昏,我来到夜郎的河边。污秽的河水在灰色砖楼的缝隙中静静地流淌,散发着腐殖的果物和劣质柴油的气息。随着雨季的来临,河水开始上涨,装载着木材、煤、造纸用的稻草、粪便的船只像一个松散的村落,堵塞了航道。

久居水上的人像是过着另外一种生活。木船的桅杆之间拉起了绳索,上面晾着衬衣、短裤、背心、连裤袜以及女人用的花花绿绿的带子,像破碎的旗帜在风中飘拂。我看见一个中年人用铅桶从河中打水,他的女人抱着婴儿朝河面上撒尿。一只木筏驶过他们的船头,站在木筏上的老人拿着一根套有网兜的竹竿,打捞水上漂浮的杂物。所有这些人看上去都是懒洋洋的,在一度变得温暖的阳光下,显出刚刚睡醒的样子。

老张是浙江桐乡人。他的船停在桥墩的阴影中。我到这一带散步的时候,常常看见他佝偻着背到岸上的一家杂货铺买香烟。他穿着一双旧式解放鞋,裤管挽过膝盖,走路一拐一瘸的,他的脸上覆盖着一层厚厚的油垢,看上去没精打采,一副倒霉的样子。我见到他的时候,他刚出狱不久,剃光的头发还没有完全长好。两年前,他离开了执教多年的夜郎大学,到河边去贩鱼。

"在学校,我学的专业是甲骨文,"老张说,"实际上,甲骨文是一门很有用的学问,它是历史学和考古学的基础。在夜郎大学,选修这门课程的学生越来越少,最后只剩下了三个人。我在学校资料室待过一阵,后来改行学公关和英文打字,但我的手和脑筋都已经不灵便了,我已经老了……那个学校的钱少得可怜。我福建的老婆和三个孩子都等着钱用……学校的一个姓李的同事介绍我到河上贩鱼……我对水上的生活不太习惯,不久就染上了关节炎……"

现在,我已经记不清用了怎样的借口逃离了他的住处——那只破旧的小船。在寂寞的雨后黄昏,我们坐在船头抽着他刚买来的光荣牌香烟,喝着黄酒。船尾的顶篷上裂开了一个口子,船底的隔板中已渗出水来——在他的船舱里,我到处都能嗅到一股霉烂、死亡的气味。

老张絮絮叨叨地讲述着贩鱼的琐事,火车一辆接着一辆从河面的铁路桥上驶过:

"去年春天,我在郊外贩了一批河豚到鱼市上去卖。收摊的时候,我的鱼筐里还剩下几条。傍晚,我回到船上,准备自己烧来吃,你知道河豚的肉质鲜美,可它的鱼子和内脏都有剧毒,弄不好会送命。那天晚上,我的那位姓李的同事到河边来看我——他在夜郎大学教授古典文学。也像今天一样,我们在船头吃着河豚,喝着黄酒,闲聊。那天晚上,我们喝得很痛快,老李有些醉了,很晚的时候,他才起身离开。我看着他走上河岸高高的堤坝,突然感到一些恐惧。因为我看见他喝酒的那只蓝边碗碗底黏附着几粒鱼子——我想起从河豚中掏出的鱼子和内脏起先就搁在那只碗里,由于一时疏忽,我将鱼子倒入河中却忘了将碗洗一下。我犹豫了好一阵子,琢磨着要不要追上他把这事告诉他。我站在船头,看着他的背影在夜幕中消失,终于没有叫住他。第二天他就死了。我被关进了监狱。"

现在,我又看见老张佝偻着背,左右倾斜着身体去河边那家杂货铺买香烟。

老张和我一样都是不走运的人。我想也许只有我一个人知道老张当时为什么没有叫住他的同事,把那个致命的讯息告诉他。

语　　言

许多年前,随着繁荣在生长,中西部、东南沿海以及北方的一些人开始迁移到夜郎定居,这些操着湘、闽南、客家方言的人和当地的居民混杂在一起,通婚,繁衍,使这一带的语言变得极其复杂。这些不同语言习惯的人为了便于交流,不得不使用各自语言中浅显、通俗的部分。在这个基础上形成的这种现行语言,其表现力已大大退化了——名词越来越多,而形容词却显得极度匮乏。此外,夜郎的语言还有一个显见的缺陷——缺乏幽默感,语调无力,词汇枯燥乏味。不过有一些情况也许例外,比如夜郎人相互间的争吵。在吵骂声中,那些古老的、冷僻的、粗野的、生动的词常常会沉渣泛起,使人耳目一新,也许是在争吵时,人们无须理解对方语言的所指,而仅凭声音的夸张程度和脸上的表情来判断对方的用心。在生意人之间情况也是如此。在潮湿的菜市、货栈、木材公司、服装街,商人们的谈吐显得温文尔雅,热情豁达。

在我看来,夜郎人的语言非常适合于讨价还价,而不大适宜用它来谈情说爱;适合于互相争吵,不大适宜朗诵诗歌。

一九八二年,H大学著名的日裔语言学教授颜逸明先生曾带领他的五名研究生来到夜郎，对这里的语言系统进行全面考察。结果，他们在划分方言区域这个基本问题上一筹莫展，不过，在一年多的时间内，颜教授还是写下了长达四十万字的巨著《夜郎语言概要》。这部书现藏于夜郎图书馆。我在夜郎整天无所事事，有时也到图书馆翻翻那里的书籍。在三楼靠左的一排书架上，我发现了这本书。书脊上覆盖着厚厚的尘土，看上去已经很久没人翻阅过它了。

在这本书的开头，颜教授就饶有趣味地分析了一系列夜郎最常见的语言现象，它们的缘起、发展和演变，譬如"乡巴佬"这个词。

十八世纪中叶，随着丝绸、酿酒、织布业的发展，大规模的手工作坊开始兴起，夜郎的城镇格局初步形成。每天清晨，运送蚕茧、棉花的牛车和人群排成长龙出现在夜郎城外的大道上，这些押送货物的人大都是年轻的乡村小伙儿，夜郎人亲昵地称他们为"乡巴佬"。事实上，这个词本来不含任何贬义。这一带一度曾流行一出秧歌剧，剧情的基本内容就是几个城里的纺织姑娘同时爱上一个运茧的"乡巴佬"，最终，那位幸运的"乡巴佬"居然同时娶了三位美丽的妻子。十九世纪末期，夜郎城镇延伸到松子湖边，湖边的一些渔民过着自足的捕鱼生活，他们对纺织业和酿酒毫无兴趣。他们生性愚钝、粗鲁，和城市生活格格不入，渐渐地，这批渔民和他们的后裔被人称作"乡巴佬"。本世纪初，"乡巴佬"这个词第一次和"等级"挂上了钩，夜郎人用它来称呼那些"看上去显得贫穷的人"。五六十年代，这个词的外延进一步扩大,夜郎人把所有异乡人,包括生意人、小偷、作家、演员、建筑工人等统称为"乡巴佬"。到了最近,用颜逸明教授的话来说,"乡巴佬"这个词的词义发生了空前的混乱。有钱人用它来揶揄那些"看上去显得贫穷或经济状况不如自己的人",而那些穷困、自卑、很少受过教育的夜郎居民则把他们"看上去不太顺眼"的人称为"乡巴佬",就像在五十年代,欧洲青年习惯于把他们不喜欢的人称为"法西斯"一样。

商　　店

星期天的上午,梅雨的间隙中出现了难得的好天气,空气变得燥热起来,吸饱了雨水的柳絮、树木的叶子在街道两侧的阴沟边腐烂。

夜郎人被连绵的梅雨困得太久了,阴暗的表情终于被阳光驱散,老人、孩子、穿着厚长裙的姑娘、容颜已逝的母亲乘上拥挤不堪的电车,来到商业街、公园、游乐场、咖啡厅,忙忙碌碌地度过一天的闲暇。

我混迹于来来往往的人群中,看着街道两边那些颓圮或兴旺的店铺、砖楼,那些兜售"肯特"牌香烟的青年人、卖棉花糖的妇女、伏在木凳上卖茶水的老人,那些晾在墙边受潮的衣服、旧式马桶、桥头花担上被太阳晒蔫的栀子花蕾……孤独的情绪淹没了我。

"有兑换券吗?"一个穿着时髦的小伙子悄悄地跟上了我。"没有。"我说。到处是吃着冰激凌蛋卷的行人,浓妆艳抹、结伴而行的少女,到处是屁股、手、头发、酥胸,廉价香脂的气味、喧闹的声音。我的鞋被挤掉了。

炎热的夏天,是苍蝇施虐的季节。成群的苍蝇跟着你,黏附在你裸露的臂膀上,脸上,你裙子后摆的皱褶中,怎么也驱赶不掉。"我们好像老是来这样倒霉的地方。"你说。你的笑是装出来的。我手里捏着几张揉皱的纸币,仿佛要渗出水来,我们总是在一处处装饰华丽的铺子前停下来,看看新式样的皮鞋、连衣裙、腰带,然后继续往前走。我们总是东瞅西看,却什么也不买,连价格都懒得问。有时候,人群把我们挤散了,你正好找到借口独自一人走在街道的另一侧⋯⋯

街道对面的加油站上,两个汽车司机正在互相殴打,其中一个穿牛仔裤的年轻人头被铁棒击中了,流了很多血,围观的人很快遮住了我的视线。

柜台后面一个少妇悠闲地剔着鲜红的指甲。"你想买些什么?"她站起来,对我说。她表情冷淡,语调沮丧,让人望而生畏。"不买。"我说,"我只是想随便看看。"

我来到商业街,只是想随便看看。就像李琳在一首诗中写过的一样:

> 我们的周末,
> 只不过到处走走。

在电线杆下停留,
到河的对岸
散步。

李琳,我潦倒的朋友,你是否仍在那间不透风的房子里写诗?你在一张又一张的白纸上写着爱、爱、爱,把头发都写白了。

女　人

我从一家廉价的酒馆出来,走到了半明半暗的街道上,在一处阴暗的拐角,迎面而来的一个女人用肩膀碰了我一下,我转过身看了看她。

天色已晚,街道上行人稀少。偶尔开过的汽车闪着刺眼白光,我的眼帘中留下了她模糊的身影。看上去她是一个少妇,身体的各个部分被昏暗的路灯衬得非常显眼。她的脸上红扑扑的,像是化了妆,怀里挟着一把黑伞。

"你要不要布?"她朝我走过来。

"什么布?"

"布料。"

她说她是一个外地人,一个星期前随着厂车到夜郎的一家服装公司送货。交验的时候,她发现布料多出了几十匹。"我打算把它卖了。"她从怀里掏出一张皱巴巴的单据递给我。

我看不清单据上的字,何况我对布料没有什么兴趣。

"不想买。"我说。

女人走到我跟前:"也许,你还想买一些别的什么?"她的声音压得很低。我能够闻到她嘴唇中散发出来的腐沤的肉汤的气味,我看不清她的脸。

"你还有什么?"我问。

"你要什么?"

我想,这个聪明的女人也许正在考察我早已衰败的心智。她丰腴的胸脯起伏着,语调含着暗示,目光中弥漫了一股哀怨、温柔的气息。我们站在那处潮湿的拐角聊着一些无关紧要的琐事,她显出很有耐心的样子,她像是看出了我的犹豫,拉了拉我的袖子:"你到我那儿去看看货总可以吧。"她说她的住处离这儿不远,"门前有一条长着芦苇的小水沟"。

我说我可以到你那儿看看。我们沿着那条狭长的街道朝郊外的方向走,我不知道自己为什么要跟她走。她的表情和言谈就像广告画上浓妆艳抹的女郎,充满了诲淫的味道。十字路口的红绿灯下,有几个年轻人在闲逛,影影绰绰的。我看见街道两侧的小吃店、卖水果和香烟的零散的铺子正在收摊关门。展览馆西侧的一家舞厅还在营业,播放着英国威猛乐队那支著名的曲子——《走前唤醒我》。隔着茶色的玻璃,我能隐约看见灯光中扭曲的人的身影。他们的世界和我不相干。

我们转过了一条街道又一条街道,两旁树木的剪影越来越浓了。我们并排走着,女人一声不吭。我们的胳膊时时碰在一起。我感到了她富有弹性的肌肉。我依然看不清她的脸,她的皮肤、发脂的香气唤起了我内心深处对于女人重叠的记忆。我的心跳加快了。

我们来到一幢低矮的房屋前,房子的内部透出隐隐的亮光。我发现这所房子的前面的确有一条椭圆形的小水沟,只是芦苇早已枯死,新芽还没有长出来。水沟边有几只鸟被我们惊动了,在草丛中鸣叫。

这里的一切看上去显得极不真实,房屋、树木、天空、身边的女人。房屋的门厅前坐着一个老太太,她伏在一张木桌上打盹。我们轻轻地从她身边经过,沿着一条很陡的木质扶梯上了楼。

她的卧室朝南有一个小小的阳台,隔着纱幔,我依稀看见不远处城市上空飘浮的灯火。床头灯罩的外壳是黑色的,床上的被褥、枕头、床单在灯光下非常清晰,屋内其余的部分都浸在黑暗之中。

我坐在床头不知所措。我的呼吸很重。女人给我泡了一杯茶,然后坐在我的对面,怔怔地看着我。

"你结婚了没有?"

"没有。"我说。

"看上去,你还很小。"女人笑了一下。她的语调使我感到温暖。她比我想象的要苍老一些,脖子上的皮肤松弛了,眼角挤满鱼尾纹。

"你想要什么?"女人脱掉了高跟鞋、袜子,裸露出惨白的脚趾。

我把身上所有的钱连同几枚硬币都掏了出来,放在床前的台灯下。室内非常宁静,房子外的树木在风中发出沙沙的声响。

我像一只识路的骆驼,急不可待地在沙漠中行进,寻找泉眼,寻找绿洲,寻找那处湿润而神秘的入口。用食指和中指小心地分开它,进入它的深处。

我又一次感到了你肌肤的温馨,你的唇,你的跳荡的胸脯,你的双乳,你凸起的耻骨的曲线,你的呼吸,你梦中的絮语,你肉体中散发的死亡的气味……

清晨,我醒来的时候,太阳已经升高了。在环球旅馆院内的草坪上,门房的朱氏太太正在打着太极拳,那只花猫伏在台阶上,一动不动。

老　　张

老张的背比先前更驼了。他的腿得了关节炎,走起路来一拐一瘸的,远远看上去就像是驮着一个沉重的包袱。自打我们认识以后,他常常来到我的住所闲聊,在雨中他从不带伞,淅淅沥沥的雨点总是把他的衣服濡湿。

他的脸好久没有洗过了,睫毛上沾满了凝结的眼屎。年轻的种种特征已经从他的身体上消逝了,犹如季节的嬗递,可是他的内心却是那样渴望它的再现。他渴望听到"年轻"这个词,渴望谈论一去不复返的年轻时光。

他一支接一支地抽烟,一边咳嗽,一边朝地上吐痰,然后用鞋底擦去痰迹。看着他颓唐的外表,我有一种无法说明的感觉,我感到他的病症和我的是一样的,我们按照不同的方式生活在过去。

鱼贩的生涯并没有能够改变他,却在他身上留下了不可磨灭的印迹。近来,他不断地谈论他的那些鱼,鱼的种类、颜色、习性、死亡以及甲骨文中"鱼"字的几种写法。我们在那间阴暗的地下室里,常常一坐就到天亮,他总是唠唠叨叨,欲言又止,连我都感到厌烦了。

梅　雨

雨季已到了。天气变得更加阴冷。长久以来堆积在空中的黑云正在消散。天空露出灰白的缝隙。凉飕飕的风改变了方向,使树叶的颜色加深。

在夜郎,我的大部分时间是在雨天度过的,恶劣的气候感染了这里的每一个人,我的内心越来越感到忧郁。

夜郎郊外的松子湖依然沉寂。低低的回廊、稻草顶篷的凉亭、湖边的柱石在雨中静默着。到处都是褪掉了颜色的花瓣,几只鸟在蒙蒙细雨中傍水而飞。倾圮的城墙一段接着一段,沿着宽阔的湖边逶迤远去,深褐色的墙壁爬满了枯藤和苔藓。习惯于都市生活的人,一到天气晴朗的闲暇日,便成群结队来到松子湖边。湖边的草坪上,树下到处是游人留下的旧报纸、瓜子壳、被雨水泡发的面包屑、冰激凌包装纸。

在雨中,我看见一个钓虾的老人穿着雨衣,正用钩竿捞起水面上的虾网。他的身后是几家化工厂、一家煤气公司,一座新建的楼房正在施工。

"什么声音?"你对我说。我们隔着一张旧木桌相对无言地坐了很久。桌上放着一盒蛋糕,几块橘子皮,一副散乱的麻将。几个月前,你终于离开了我,跟着一个陌生的公司老板去了南方。你拎着一盒蛋糕敲开了我的房门,搅乱了一副麻将残局。我看着朋友们相继离去。孤独的阴影又一次攥紧了我。

"什么声音?"你说。

"好像是隔壁的人在钉钉子。"

"再听听。"

"脚趾拍打着盆里的水……"

"仔细听。"

"附近的一家宾馆工地正在打桩。"

"难道是……"

那声音煽起了我们的情欲,你脱掉衣服。你身体像一棵剥了皮的树,爬上了我的床,帐子里和外面一样炙热,汗水顺着你的脖子、胸脯、腿,在我们之间流淌,浸湿了你的头发,浸湿了床单。我们一遍又一遍做着熟知的一切,等待着那个时刻的来临。你闭上了眼睛,脑袋在枕巾上摇晃。我想象着刚才的那副牌,那张孤零零的"八万",我在等待之中的娇滴滴的小"八万"。

在我们初见的时刻,那个同样潮湿闷热的夜晚,我的轻信和无知使我写下了这样的诗句:"我已将密码注入/你雪白的琴键/别人不能/开启你的锁。"可是你离开我才几个月,你稚嫩的身体一下就成熟了,被人攀摘过的枝条长出了新芽,告诉我,谁的嘴唇啜饮过你肢体的清香,谁的手拨开了你甜蜜深邃的门,怎样的躯体催开了你肌肤的花蕾?

天空更加阴晦了,云流的飘浮加快了速度,在水中投下变幻不定的影子,湖边的一所中学正在放学。姑娘们的花伞在树木的背后闪现,遮住了她们的脸,在风中她们的身体瑟瑟发抖,步履倾斜。伏在树篱中的小鸟,它们的啁啾被雨声削得非常尖厉,几乎让人听不出来。

在湖边的一座凉亭里,一对男女正在谈情说爱。我走过他们身边,女人突如其来的叫声刺痛了我。

公　司

一九八二年,一个姓孙的人在夜郎偏僻的一角办起了第一家公司,就是现在濒临倒闭的夜郎服装有限公司。随后,各类公司雪白的门牌就像栅栏一样出现在夜郎几条主要商业街的两侧。夜郎证券公司。南方木料公司。太平洋信托公司。北冰洋饮料公司。一剪梅装潢公司。黑熊电子集团公司。企鹅自来水公司。逍遥旅游公司。夜郎床上用品公司。滋生堂药材公司。沉香扇子公司。王麻子剪刀公司。龙虎驱虫剂公司。夜郎盲女按摩公司……

医　　疗

夜郎的市立医院紧挨着一座废弃的教堂,在没有宗教信仰的人看来,教堂灰黑色的尖顶和肃穆的外壳包含着某种可怕的象征意味,恐惧感镌刻在每一个前来就诊的患者的脸上,死亡的气味在医院外很远的地方就能嗅到。

随着雨季的来临,医院的病人陡然多了起来,病床从室内延伸到走廊里,延伸到院中临时搭起的棚屋里。到处都是药棉和碘酒刺鼻的气息。

肝炎病房设在医院左侧的一幢低矮小楼内,圆形的铁栅栏和蛛网般的铁篱把我们和其他的病人隔开。住在这幢小楼内我并没有感到太多的不自在。这里所有的东西看上去都是阴森森的,但却异常宁静。天气晴朗的黄昏,我总是来到楼前的铁笼里散步,在已经开败的海棠或金钟花丛的阴影中翻着当天的报纸。

夜郎似乎永远只适合于那些精力充沛的人居住,他们日复一日地忙于生意、经营、婚姻,永无休止地劳作和游乐,不知疲倦。生病和死亡与夜郎人忙忙碌碌的习惯显得极不协调。在肝炎病区,即便是星期天,前来探望的家属也很稀少,我每天都能看见那些面容沮丧的患者在被梅雨浇得凹凸不平的泥地上不安地徘徊，等待着家属的来临。那些姗姗来迟的探视者照例小心翼翼地将食品、书籍之类的东西从铁栅栏的小门洞口塞进来，然后迅速在栅栏外的自来水龙头下使劲搓洗他们的手，和病人说上几句就匆匆离开。

我的同室病友是一个五十岁上下的人。他总是在家属前来探望的时候打击他们的耐心——他的整天沉湎于麻将牌桌的妻子，他的晚上要去看演出的女儿，他的正忙于服装生意心不在焉的儿子。他和亲属的攀谈往往不欢而散，他得了肝硬化，面部浮肿，脸色萎黄，看起来一只脚已踏上了死亡的门槛。我们常常在楼房外的石凳上下棋。事实上他是一个很有幽默感的人，不时跟我说一些令人作呕的无聊的笑话。

"我的肝病是由于喝水引起的，"他说，"我从小就有喝生水的习惯，可是夜郎的饮用水中有三分之二的成分是尿。"说完他便端起面前的茶杯猛喝了一口。我想起了夜郎泛着油垢的浓黑的河水，河面上运送粪便的船只……

"你知道这家医院怎么给病人治疗肠炎吗？"有一次，他对我说，"医生把病人的肚子剖开，把肠子拖出来，一段一段地浸在盛满了水的脸盆里，看着它哪儿漏气——就像修补自行车胎一样。"

我知道他在想方设法使自己快活起来，使我快活起来，可是，他的脆弱、灰色的笑容一旦出现在脸上便立刻消逝。哪怕再深的皱纹也无法使它稍做停留。

在夜阑人静的晚上,我常常在睡梦中醒来。在昏暗的灯光下,我总是看见他手里捏着从食品盒上解下的尼龙绳呆呆地发愣。什么时候他才会有勇气用它结束自己的生命?

医院的对面是一家银行,一家理发店,一家出售鲜花、花篮和花圈的铺子,一家饭馆,一家丧服店……在这些破烂不堪的店铺、砖楼背后,矗立着殡仪馆高大的烟囱。

感　觉

我对这里的一切都感到厌倦了。夜郎是一座毫无想象力的城市,它的外观和东南沿海一带的城市难以区分,居民的生活方式、习俗、表情和别处也大致相同,这里所有的事物都似曾相识。我的感觉迟钝了。

我在每一个商店的玻璃橱窗中都能看见你的笑容,在每座桥旁看见你的背影,在悄然落地的树叶中间嗅到你的鼻息,在不安的睡眠中听到你的叹息……

鞋　楦

在夜郎广场的一角,我看着一个年轻的鞋匠出神。看上去他是一个未谙世事的青年,沉浸在劳作的醉人的气氛中,忘记了周围的行人和毛毛细雨。他的身边放着两只破旧的轮胎,一摊豆角似的薄铁片,一盒芝麻钉,几把鞋锥。中午的时候,来这里修鞋的人渐渐多了起来,他用幽默的语调和人们讨价还价,用粗鲁、充满暗示的话逗女孩乐,在姑娘们脱鞋的时候,嬉皮笑脸地搔挠她们的脚板底——看起来,他生活得很自在。

如果天气晴朗,我的父亲一定会把他的那些鞋楦搬到阳光下来晒。

我的记忆衰竭了。我记不住昨天发生的事,但童年的事物——一堵布满蜂眼的土墙,盛开着油菜花的洼地,一片被麦穗覆盖的池塘——却在我的记忆中变得越来越清晰。约翰·韦恩曾说过,童年记忆是诗意的谎言。我以为他说得很对。

在乡下,梅雨要来得稍早一些。瓦舍、树木、行人都浸在蒙蒙细雨之中,秧苗和桑叶在雨中悄悄生长,道路变得泥泞不堪。农民赤着脚在田埂上踯躅,在屋檐下聊天,享受着一年中第一个闲暇的时节,等候雨季过去。

我家院前有一棵高大的杏树。春雨打落了残剩的杏花,在树上结出和叶子的颜色难以辨别的青果。从春到秋,我看着那些果实慢慢长大,由青变白,由白泛黄。

我的父亲是一个沉默寡言的人。年轻的时候,深深的皱纹就爬上了他宽阔的前额。他的脸上毫无表情。他很少对一件事物发表议论,流露出兴趣或显出不满,即使在杏子成熟的秋季也不例外。我记得许多个这样的午后和早晨:父亲搬来一张木梯,拿着竹篮爬到树上,不紧不慢地摘着杏子,用绳索吊着装满黄澄澄杏果的篮子垂放到地上。我和弟弟更加喜欢母亲的方式：她用长长的竹竿噼噼扑扑地搅打着树枝，杏子便像雨点一样落下来，砸在我们头上，手上，背上。杏子酸涩的气息包围了我们。每次摘完杏子，地上总是铺着厚厚的一层树叶，父亲看着它们忧心忡忡，一声不吭，我想他也许担心杏树受到损害，没有人会理解他为什么对树木那样爱护。对于收获的杏子，父亲一直很少吃。母亲给我们留下一筐，把其余的送到很远的集市上去卖。

　　我的祖父是当地有名的制作鞋楦的人。父亲的手艺也还凑合，只是到了最近，鞋楦背时了，他的铺子和身体一下子垮了。父亲对农活没有太大的兴趣，种植庄稼几乎成了我母亲一个人的事。他偶尔也背着手，踱着不紧不慢的步子，到田野里转上一圈，估算植物的收成，想着他无边无涯的心事。在我的记忆中，他对什么事都能将就，碰到他发怒的时候也是如此。有一次，我偷了他做楦头的一块木料做乒乓球拍，他知道后，举着一根木棍朝我打过来，我冲出了家门跑到屋外的田野上，眼看着就要被他追上了，不料，他却在田埂上滑了一跤，半天没有爬起来。

　　我和弟弟渐渐疏远了他，很少跟他说话。

　　去年冬天，我回到老家。院前的那棵杏树已经枯死了。父亲将它锯倒，用树干做成了几十只鞋楦，如今，穿布鞋的人越来越少，父亲的鞋楦堆积在屋角。南方的潮湿气候使那些圆滚滚的木头长毛，发霉。碰到天好，父亲就把它们一只只搬到阳光下来晒。

"我花了七十天的时间才做成,"父亲指着那些鞋楦对我说,"可到现在还没有卖掉一只,看上去,它们都快要发芽了……"

父亲的话比以前更少,皱纹更深。他总是默默地坐在门槛上晒太阳,沉浸在他的玄想中。他的皱纹下似乎掩藏着什么,他是否有力量回顾一生的琐事,对生命的生长和消逝做出勉强的解释?

我永远不知道怎样和他相处,碰到只有我们两个人的时候,我们常常看着屋檐上的那片天空,一言不发。

什么东西离开了我的身体?

镜子是一件危险的道具,我从中看出了自己的不真实。每天都有令人振奋的消息传来,我的那些风华正茂的同伴,正好赶上了令人称颂的大好时光。他们踌躇满志,前途无量,让人羡慕。他们建立了一家又一家公司,学会了七门外语,当上了没有帽子的博士,他们东渡南下,漂洋过海……而我却待在一个陌生的地方,整天和一些灰色的东西为伴:天气、老鼠、蟑螂……没人知道我为什么来到这里。我还很年轻,在未知的将来,有的是时间培育我的自信,使我振作起来。可是,衰老的阴影过早地撵上了我,我的血液干涸了,我的身体成了一具空壳。

什么东西离开了我的躯体?

我的手碰到了剃须刀就去刮脸，我的眼睛接触了窗外的景色就沉湎于遐想，我的身体碰到床就被粘住了。在我清醒的时候，我拿起笔，写下一些无聊的字句：

> 随着岁月的流逝
> 谴责你的声音越来越多
> 随着岁月的流逝
> 和你对话的声音愈少

车　　站

临近中午的时候，空气逐渐增加了它的热度和湿度，暖烘烘的阳光使人恹恹欲睡。我坐在车站广场上一处花坛的边沿，等待着班车的到来。

在医院一个多月的隔离生活，使我的感觉变得更加粗糙。所有的声音都离我十分遥远：行人的喧闹，列车启动时沉重的喘息，货摊上的叫卖声，远处时隐时现的汽笛……压路机在广场中心新铺的柏油上碾过，一阵阵沥青的气味扑鼻而来。

我注意到那个可爱的小姑娘在我身边已坐了很久。她不时地察看我的脸色，察看我周围的行人。她将那只汗津津的小拳头伸到我面前，张开手指，我看到有一枚小圆镜似的东西在阳光下闪闪发亮。那是一枚古币。

"想不想要?"姑娘对我说。

我接过那枚古币。它的分量比真正的银圆要轻一些,钱币正面袁世凯的头像已变得模糊不清,看上去像一个慈善的和尚。我知道这枚银圆是伪造的,在夜郎已经是第三个人向我出售这些伪币了。我想着那些铸造伪币的人怎样将崭新的镍币放在煤渣里弄脏,在石头上磨掉它的棱角,使它显出陈旧的样子。

两名高大的警察朝这边走过来。姑娘脸上露出慌乱的神色,她从我手里抓过那枚伪币头也不回地朝前走,我看见她的背影穿过熙熙攘攘的人群,在河滨的一棵树下停下来,朝我招手。我站起身,走到她身边。

"这是一块真正的银圆,"她将伪币在河边的桥栏上敲了一下,"我是外地的民工,前些天,城里的一座寺庙被推土机推平了,那儿将新建一座宾馆。今天早上我在清除垃圾的时候发现了它。"

"你有多少块?"我说。

"很多……"

她显然不太善于说谎。她的脚不停地踢着河边的砾石,鼻尖上沁出了汗珠,不安的眼睛盯着河面。我想我应该帮她一下。

"你说的那座寺庙是不是在邮局附近?"

"是的。"她松了一口气。

"这些银圆很值钱,每块至少值四十元。"我说。

"可我只想卖二十元。"

"你为什么不把这些银圆交给父母?"

"我需要钱,我想买一条裙子……"

"我买一块吧。"我说。

"一块?"

"就一块。"

"一块不卖。"

她转过身沿着河边径自朝前走。我倚着桥栏没有动。她缓缓朝前走,脚步越来越慢,最后她终于站住了。她不知道怎样应付眼下的尴尬处境,显得有些犹豫不决。她有着一副纯洁无瑕的外表:漂亮的前额,微微上翘的嘴,富有光泽的肌肤。我不由自主地走近她。

"还是卖一块给我吧。"我说。

"你真的只想买一块?"

"我身上没有带多余的钱。"

自信的表情在她脸上慢慢恢复了。她表现得相当出色,她没有立刻答应我的要求,装模作样地想了一会儿,用施舍的语气对我说:

"好吧,卖一块给你。"

不管怎么说,这件事让我感到愉快。离开夜郎之前,我一直在想着它。我的那趟车像是晚点了,黄昏的时候才来,我捏着那枚伪币,走过检票口,走过一条又一条长廊来到月台上。

月台右侧挨近厕所的地方竖着一块木牌,上面写着:

欢迎您再来夜郎。

背　景

　　他把那份电报交给我，转身走开了。他灰色的背影沿着阴暗的长廊缓缓前移，在那堵赭红的拱门下打了一个寒战，像某种不经意的笑容被突然收敛。拱门外阳光如风，我看见校园中被修饰过的草坪在晚秋的空气中显得整肃而安详，一如收割后的庄稼腾出的大片坦荡的田野。那些脸上沾满泥水和草籽的农妇在摇曳的谷穗中直起腰，摘下草帽驱赶着蚱蜢和闷热的空气。田里的淤水被太阳晒得发烫，蒸腾的热流裹着青苔的气味爬到我的脸上。从稻丛中突然窜出的黄鼠狼撞疼了我的脚踝，它金色的毛皮像一道微微颤动的光线消失在河边。等到那股刺鼻的臊臭气慢慢消散之后，我再一次闻到了成熟的谷子的清香和楝树果酸涩的气息。

　　电报是我的弟弟泥打来的。他赤裸的背脊弯成一张黧黑的弓，在田埂上寻找鼠穴。他在洞穴上堆满了干草，然后点着了火，浓烟熏得他直流鼻涕，可老鼠却怎么也不肯出来。我握着卷刃的镰刀走近他，他抬起那张泥迹斑斑的脸看了我一眼，又看看远处喊着沉重号子挑着稻谷的如蚁人群，像是突然想起了一件什么大事：

你说，大寨在什么地方？

当然很远，父亲说，比洲上可远多了。他瘸着腿，用一根剥了皮的柳枝抽打着那头哼哼唧唧的壳郎猪，歪歪斜斜地消失在炽热阳光下深灰色的背景之中。我来到了车站上。当天去南方的客票已经全部卖完了。我手里捏着那份电报，走过广场上一排排覆盖着灰尘的玻璃橱窗，来到了一尊雕像下。一个背着蜡染蓝色包裹的老人朝这边走过来。我钻入人流挨近他，密集的人流把我们挤在了一起，我的左手伸进他宽大的裤兜，我的手指碰到了他铁一般坚硬的大腿。两个并排过来的姑娘再次把我们隔开，我走到检票口，那个蓝色的包裹像河上的浮流物朝这边艰难地漂过来，塔状的红色航灯在离江岸不远的水中颠簸。我们赶到渡口的时候，天还没亮。泥裹着母亲的那条绿短袄，脖子上绑着毛巾，在二月的冷风中冻得直跺脚。

我们到洲上去吗？

是的。

可为什么要起这么早？

太阳出来，路上的封冰就化了。父亲说。

江岸上的一切都显得灰蒙蒙的，东边的天空刚刚泛出鱼状的橙色。风从没有遮拦的水面上吹过来，在身后黑压压的房舍顶上发出巨大的啸声。江面上往来的船只亮着暗红的尾灯，像一个打着手电的人在夜晚的旷野中行走。我们等了好久,艄公才来。他打着呵欠跳到木船上,放下跳板。船帆张开时泼刺刺的声音像林中被惊飞的鸟,我看见那张打满补丁的帆开到一半就停住了,父亲走过去帮他,已经起锚的船在江边打着转。我和泥待在船舱里,感觉不出船在走,江水顺着船帮疾速向后流动,我感到水是从我们头顶上流过去的,卷翻的泡沫打进倾斜的船舱里,打湿了我们的衣服。我们终于看得见对岸了,看得见房子和树,看得见岸边等船的人影,也看见了瓦。

我通过检票口朝前走了很远才回过头来,那个背着蓝色包裹的老头倚在刷着白漆的栏杆上,神色慌张地在裤兜里找那张票,他把所有的衣兜都翻遍了。你不用找了,你找不到那块手绢了。泥得意地对我说。

你是从哪里弄来的这块花手绢?父亲问。

…………

是瓦送给你的吗?

是的,她送给我的。我说。

不是的,是他从瓦的裤兜里偷来的。泥叫道。

是偷来的吗?父亲问。

偷的,偷的又怎么样?你不也经常——

父亲已经走到我身边,他扬起手狠狠地抽了我一个耳光。

父亲再一次朝我走过来,我知道他想干什么,我站着没动。天空阴沉沉的,飘飘扬扬下起了小雨。平板车就停在那里,大片的竹林如墨的阴影遮盖了它。现在就剩下了我们两个人。我们身后不远处那扇红漆的大门已经关上了。我的耳边还残留着它关上时发出的嘭的声音。屋檐下有一排鸽笼,我能记住那些鸽子每一根羽毛的颜色。瓦说当鸽群在天空飞过时,她能分辨出它们各自的声音。有一只花鸽的腿被泥用弹弓打伤了,瓦说,它的声音像哭一样难听。

它能飞得很远吗?泥问。

当然,瓦说,它能飞过江去,飞到你们家,或许更远的地方。

它不会迷路吗?

它飞得再远也能记得回来的路。

我爸爸说它能飞到镇上大麻子的饭铺叼回一根油条来呢。泥说。

噢,那大概不行。

父亲站在离我很近的地方看着我,我看见他泪流满面。但这次他没有打我。蒙蒙细雨打在竹林上,然后滴落在竹园中腐烂的叶子中间,发出噗噗的声音。父亲走到了那辆平板车前,将拉车的帆布带套在肩上,俯下身体拉动了板车。板车的轱辘很久没有上过油了,转动时嘎嘎吱吱地叫个不停。我知道车上草席和蒲包底下盖着的是什么,我不敢朝那里看。那两道浅浅的车辙在春天酥松的泥地上歪歪扭扭地朝前延伸,中间夹杂着父亲走过留下的鞋印。四周静悄悄的,早起的上茅坑的老头在竹林深处传出一两声咳嗽。雨倒是越下越大。隔着雨水四溢的车窗玻璃,我看见父亲依然站在那儿。

去学院的班车朝前开了几十米就被堵住了,所以我上车之后仍能看见他。他抬头看了看路牌,迟疑不决地朝东走了几步,又回来朝西走。我想他压根儿就不知道往哪个方向走,雨幕模糊了他身后建筑物灰褐色的背景。他的腿比先前更瘸了,身体影子般干瘦,像院中被岁月的风雨渐渐销蚀的那棵枯萎的杏树。

列车喘息了一下,静静地朝前开动。车外掠过一排排水杉,涂满蓝色颜料的广告画矮墙,破败的街道和店铺,成群结队骑自行车的人。火车渐渐驶出市区,我闻到了郊野深秋的气息,远处灰色的山峦和山下衰败的枯草像磨盘一样转动起来。我的对面坐着一个穿米黄色横条衬衫的年轻女人。她扎着俗艳的头巾,身上散发出劣质香水刺鼻的气味。她像是哼哼唧唧地唱着一支什么歌,同时用手指轻轻地敲打着车窗。村里的小脚女人用手掌重重地拍打着窗户的玻璃。窗户外突然出现的那张衰老的脸把我吓了一跳。屋子里,梳着齐耳短发的幼儿园教师正在给我们领读拼音字母:

啊——啊啊啊,喔——喔喔喔,噫——噫噫噫……女教师看见了那个窗外的老人。她放下了书本走到了外面。她重新进来时朝我挥了挥手。吁吁吁吁……我走出去,那个老人脸上被一种激动的情绪笼罩着,我不知道发生了什么事,跟着她离开了那座孤零零的破庙。午后的阳光将地面晒得像烙铁一样烫,我远远看见村头的水塘边聚集着很多人,嘈杂的声音传过来像梦一样不真实。一条黄狗摇着尾巴在田野中穿行,它伸出长长的舌头,舔着刚刚泛青的秧苗卷曲的叶子。踮着小脚的老人将手放在我的头上,我用力逃脱了它们。她那双给死人合上眼帘的双手让我感到不吉。

在冬天碰见蛇是不吉利的,父亲说,应该将手指放在嘴里。

可是我看见了,泥说,他还摸了它。泥用手指了指我。我们借着月光爬到草垛上,然后爬上屋顶,俯下身子到屋檐下的瓦缝中掏鸟蛋。我的手碰到了蛇。我原先以为它的身子是光滑的,可是摸上去像老人的皮肤一样干燥。

你摸着了吗?泥问。

一条蛇。我说。

刚劲的北风越过落光了叶子的树林,树木和墙的影子在风中一会儿分开,一会儿又衔接、重叠在一起。月光是不动的,有些光线滤进树缝,随着树木的摆动不停地跳荡着。

你摸着了吗?瓦说。

她的声音中掺和了兴奋和胆怯的成分,她焦灼地等待着,几次企图阻止我。我已经说不出话。我冻僵的手触摸到了她润滑灼热的肌肤。她的衣服在干草垛中摩擦发出轻微的窸窣声。我嗅得出她发丛中凝固的香气,那些香气和稻草的霉味混杂在一起。我的身体紧贴着她。她战栗着,身体在草垛中越陷越深。

你晚上吃了什么?我问。

她的嘴里发出咕咕哝哝的声音,在月色中我看见她晶亮的双眸闪耀着迟疑的光泽,她的嘴唇、舌尖上喷出的气息像酒一样。

杏果也可以酿酒,父亲说。杏树枝剧烈地摇晃着。父亲在树下噼噼啪啪搅打着杏树,杏果夹带着翠绿的叶子像雨点一般落下来,砸在我们的头上,在地上跳跃着。到处都是杏果的气味,那些酸涩的杏果招来了无数的苍蝇。它们晃动着沉甸甸的大脑袋,搓着细长的小腿,麋集在墙角下腐烂的杏果上,怎么赶也赶不掉。

现在我已经走到河边。河水凉飕飕的,走到树荫下更觉得凉气逼人。小脚老人朝手心吐了一口唾沫,拍了拍我的额头。别怕,她说。我隐约知道河边的事。树冠上洒满了阳光,夏末秋初蝉的鸣叫也显得有气无力。河边那条用碎石铺砌成的洗衣码头上,几个男人正把一个女人朝岸上抬。河边挤满了人,他们踮起脚尖,伸长了脖子朝水码头那边张望。我在人群的大腿缝中钻了进去。我终于看见了我的母亲。她伏在一头刚刚牵来的水牛的背脊上,大口大口地朝地上吐着水。蓬乱的长发垂下来遮住了她的整个脸。那条水牛不安地踢动着蹄子,甩着尾巴驱赶牛虻。母亲背上的衣服湿漉漉地紧贴她的肌肤,双手像钟摆一样不停地摇晃。

没用了没用了,女赤脚医生一遍遍地重复着,在水中泡了两个多小时没用了。我看她还有一口气,一个年长的人拽了拽她的袖子,我看她还有一口气,用塞子把她的……塞住,塞住她。有人捋下了她的裤子,我的眼前闪过一片刺眼的白乎乎的东西,我不敢朝那边看。河对岸的一棵柳树上栖息着一只喜鹊,它漫不经心地叮啄着树叶,不时地朝这边瞥一眼,我的眼睛一直盯着它,直到它扑打着翅膀沿着河坎那道被阳光晒得腾起了烟雾的水线飞走。过了很久,河岸上安静下来。年轻的女赤脚医生羞涩地说出"休克"两个字,岸上的人互相对望了几眼,大概都没有听懂她的话是什么意思。小脚女人再一次把她那双肮脏的手放在我的头上并且挨近了我。

你的父亲呢?她说。

人们的目光在四周的沙地上寻找父亲的踪影,没有人再理会母亲。我看见父亲背对着我,远远蹲在一棵树下。

天哪,他大概已经睡着了。人群中不知是谁说了一句。

你已经睡着了吗?瓦说。

瓦用胳膊把我撞醒,她身上散发的香味又一次包围了我。我想家里会来人找我们吧?瓦说,我刚才听到了几声狗叫。我也听到了狗的叫声,那声音在夜晚空旷的野地里传得很远。

你父亲是干什么的?瓦说。

兽医。

给猪治病吗?

是的。

他的胡子扎人得很。

他也亲过你吗?

是的,在我们家竹园的篱笆后面。

这时我们听见狗叫得更凶了,村头有人提着马灯朝这边走过来,灯光裹着一层暗红色的晕圈。家里来人了,我们怎么办?瓦说。我拽起她的胳膊朝树林里跑,我们把地上的碎石踢得乱飞,树林中被我们惊动的鸟在树枝中撞来撞去。我们大声地喘息着,一直跑到树林的深处。

火车停靠在一个不知名的小站上。我把头伸出窗外。越过站台上刷着绿漆的栅栏和顶篷,我看见远处黑黝黝的村落和厂房烟囱的剪影中透出星星点点的灯光。一个卖熟鸡蛋的妇女拎着竹篮来到我的窗下。她操着当地的方言冲我说了几句什么。我向她买了五只鸡蛋。我从她手里接过鸡蛋的同时,火车就开动了。女人大声嚷嚷着,用力拍打着车壁。列车开出了几十米我才掏出钱来。女人张大了嘴,固执地追赶着火车,我把手里的钱朝她扔过去,那些纸币在风中纷纷扬扬地散开,像鸟群抖落的羽毛在空中飘动。

我能够想象那群候鸟飞越天空的情景。解冻时节的春雨和腐烂的刺树花的香味招引来了无数的蚯蚓。那些白色的鸟从遥远的地方一夜之间飞临这里,村头的水杨树的枝条都被压弯了。它们蜷曲在树丛中,远远看上去像一个个白色的球。我和泥捏着弹弓走近它们。它们转着灰黄的眼珠,一动不动,辨别着周围的各种声音。(这些鸟沿着村头低缓的坡谷飞来的时候,它们的叫声惊醒了熟睡的村庄,第二天清晨时飞走,年复一年。)当它们扑棱棱飞动的时候,翅膀拍击着空气,雪白的长颈和槭树叶般的爪子像降落伞一样打开,羽毛如雪片纷纷坠落,在村中的房舍和桑林上空掠过,布下明亮悠长的哨音。

那是些什么鸟？泥说。

江鸥。

我的目光在空旷的江岸上搜寻着那些渐远的鸟的影子，也第一次看见了瓦。她裹着一条暗红方格围巾，站在渡口的铁栅栏后面，在她身后，江风把岸上高高的柳树吹得东倒西歪。我们的船在岸边停住了，船头撞击着堤岸，艄公把一只沉重的铁锚扔到岸上板结的泥滩上。瓦的身边站着一个穿夹袄的女人，她正在瓦的耳边说着些什么，同时用手朝我们这边指了指。江边的阴云在清晨初升的阳光中慢慢消散了。我能看见静静的帆影停在很远的江面上。瓦挣脱开她母亲的手，绕过铁栅栏朝我们跑过来，她的母亲追上了她，把她搂在怀里。

我们离开了江岸，穿过一片露水浸湿的草坪，走进了竹林。小鸟在春天宁静的树枝之间啁啾，我突然闻到了一股清新的竹子的香味。竹林深处，新砍伐的燕竹整整齐齐地堆放在一条发亮的小溪边，几个篾匠模样的人用竹刀削掉竹竿上的枝叶把它们装在溪边的小船上。江边的浪涛声和汽笛的鸣叫离我们越来越远，可那股香味一直紧紧地跟随着我们，我原先以为那香味是从瓦的身上散发出来的。

我已经饿得走不动了，泥说，今天瓦怎么没有来接我们？

泥瘫倒在地上。父亲没有吱声，也在他身边蹲下身子，拾起一根麦秸放在嘴里咀嚼着。现在正是收麦的季节，树林的缝隙中透出光溜溜的麦田。成熟的麦粒的香味包围了我们。

这时我们看见了那幢房子。

那是一幢有着古老门楼的房子,我们看见门楼旁的羊角烟囱里冒出蓝色的炊烟。门前的空地上有一棵枣树,枣树底下堆放着刚刚脱粒完的麦秸垛。阳光滤过树篱,照亮了那座房子白色石灰墙的一角。一个戴着头巾的女人从屋里走了出来,她扛着锄把拐进了一条安静而深邃的弄堂,消失在那片模糊不清的阴影之中。过了一会儿,我们又看见那扇幽黑的门洞里走出一个男人,他在阳光下打了一个长长的呵欠,收了收裤腰,赤着脚走进了那条被树木的浓荫遮盖的弄堂。

刚才,那座房子里走出来一个女人。父亲说。

我看见了。

我也看见了,是个大屁股。泥说。

她也许是去豆田里锄草去了。父亲说。

后来屋子里又出来一个男人……父亲压低了声音。

手里还握着一杆鞭子。泥说。

他一定去犁地了。

泥睁大了眼睛看着父亲,不知道他说这些是什么意思。

那屋子里大概没有什么人了。过了一会儿,父亲又说。

我拉起泥的手,猫着腰,朝那扇被阳光衬得黑黝黝的门洞摸过去。我们跨过那道门槛时,把新松木门板撞得吱吱嘎嘎地响。屋里弥漫了一股烧煳的麦仁的气味,那气味领着我们来到了灶间。

我们还是把灶头上那碗腊八粥吃了吧。泥说。

那碗粥大概已经发霉了。父亲说。

可我刚才已经把它吃了。泥吐了吐舌头。

吃了就吃了。

可你为什么要把粥放在灶头上,每年都这样?

腊月初八这一天……父亲说了半句就停住了。灶台上一只花猫突然叫了一声,把我们吓了一跳。泥摸了摸它的头,它就不叫了。我和泥爬到灶台上,揭开了锅盖。隔着那扇积满灰尘的木格窗户,我看见麦秸垛在枣树底下静静地蛰伏着,父亲远远地蹲在路边的一棵树下。小脚女人走到父亲身边,用脚踢了踢他的屁股。

天哪,他大概已经在树下睡着了。

河边的人群已经散开了,沙地上一下子开阔了许多。我的母亲趴在那条水牛的背上,炽热的阳光晒干了她的衣服。在不断战栗的光线之中,我看见她身体裸露的部分插着一根玉米秆子。水牛摇着尾巴,啃着地上的草皮,沿着河边慢慢朝前走。小脚女人在那棵山榆树下用手推了推父亲,他的身体像一堵墙一样倒下了。小脚女人尖叫了一声。我看见他的双手握着一只生了锈的犁头,犁头在他大腿的一侧扎得很深。犁头的边缘还在往外渗着乌黑的血,有一部分血迹在阳光下已经凝结住了。

午夜时分,火车在县城边缘的车站上停了三分钟,又继续朝前开。我绕开飘浮的灯火中巨大建筑物的阴影,沿着铁轨走到田野之中。身后站台上的光亮渐渐消融在黑夜之中。我看见远处亮闪闪的河流在黑色的背景中依稀可辨。我穿过一片片潮湿的晚稻田和起伏的茶林,走上了那条通往山中采石场的大道。到处都是石屑和煤渣干烘烘的气息,路上被轮胎压成的深深车辙,几乎把我的踝骨扭伤。

你给我滚回去。我听见父亲远远地叫道。

他大概是吓唬吓唬你,泥说,他走到了我的身边,明天瓦的父亲就过五十大寿了,你没有看见墙上挂着的那些腊肉?

你看见瓦没有?我说。

她的屁股都被打烂了,躺在床上起不来。

我走进了竹林,泥远远地看着我。在他的身后,我看见瓦的父亲正在剖篾,细长而柔软的竹篾在他的手里扭曲着。我又闻到了那股香味。阳光明媚的早晨,到处都是这种香味。我只要一闭上眼睛就能闻到它:在空旷无人的江堤上,在充满咕咕鸟叫的小树林里,在开春后依然封冻的漫无边际的麦田里。我走上了一座独木桥,在溪水淙淙的流淌声中,我看见正在开掘的运河的河底到处都是如蚁的人群,新翻的红色泥土在河岸上堆积得很高。花花绿绿的旗帜在风中飘拂着。由于隔得太远,我看不清那些写在巨大的白底木牌上的红字。我在旷野上四处搜寻她的影子,只要我愿意,我随时可以看见她。高音喇叭里发出的歌声遮住了运河中的喧闹:

党代表是矿工生在安源
与毒蛇胆无怨无恨毫不相干

山下的众乡亲正遭涂炭啊
她无动于衷
她无动于衷倒也情有可原

我的眼睛逐渐适应了四周的黑暗。大路一侧不远的一座简陋的工棚里透着灯光,我的头发上湿漉漉的,夜晚已经开始降霜了。瓦提着油灯走进后屋的时候,我刚刚在地铺上躺下来。柔软的干稻草在我的身下发出很响的声音。

外面开始刮风了。瓦说。我听见风在竹林里喧嚣着,油灯的火苗在微风中扑闪了几下。瓦站在我的枕头边上,我只能看见她的手和那盏油灯,看不到她的脸。瓦俯下身替我拉了拉被角,那盏灯就灭了。在她均匀的呼吸声中,我闻到了她身上散发出来的香味,掺杂着新剖开的竹篾的气息。在暗中我听见父亲坐起身,擦亮了一根火柴,父亲替她把灯点上。我听见泥在被窝里发出咯咯的笑声。

你不走开,她就不会洗脚。泥在我耳边说。

呆呆地愣着干什么?水都快凉了。瓦的母亲说。

瓦坐在竹凳上,一会儿看着我,一会儿看着地面。她面前的那只脚盆里正往外冒着热气。

走吧,泥说,她不想让你看到她的脚。

瓦提着那盏油灯走了出去,我听见那扇门被关上时发出的空洞的声音。那股香气依然停留在漆黑的屋子里。整整一个晚上那股气息一直萦绕在我的周围,天快亮的时候,我听见父亲一个劲地咳嗽。

父亲咳嗽着,提着鞭子朝我走来。我看见他的身影倾斜着,拨开茂密的竹叶,把我逼到了竹林深处的水沟边。我没有再逃。我蜷曲在沟边的一棵树下,父亲手中的鞭子在空中划了一条弧圈;鞭梢打中了那棵树,树叶扑扑簌簌落在我的头上。我低下头,伏在茅坑的围墙背后,北风吹过那堵围墙,把灰尘和草茎灌进了我的脖子。我看见竹林边那排篱笆后面,父亲和瓦正说着些什么。有几只花蝴蝶在篱笆边的菜畦中低低地盘旋着。父亲抓住她胳膊的手轻轻抖动着,瓦一声不吭。

瓦。我叫了一声。

瓦迅速转过身,挣脱了父亲的手,像一只鸽子朝我飞过来。

昨天晚上你躲哪里去了?父亲抖动着手里的鞭子,大声地喘息着。我的脸上和脖子上一阵火辣辣的疼痛。

活该。泥说。

你昨晚躲到哪里去了?说不说?

他们拎着马灯找了你们一个晚上。泥说。

我打死你。

瓦的屁股都给打烂了。泥说。

鞭子每落在我身上一次,我都看见泥的脖子往下缩一下,仿佛鞭子是打在他身上一样。我在心里默默地数着被鞭子击中的次数。当我数到第二十七时,我听见父亲轻轻地叫了一声。鞭子抽打在树干上,反弹过去,鞭梢扫过父亲的眼睛。他一下就扔掉了鞭子,疼得蹲在了地上,用手捂住了眼睛。

你给我滚回去。他痛苦地吼了一声。

我站着没动。鸽子咕咕地叫着。泥块和鸽屎扑扑簌簌地掉落在地上。在伞墙屋檐的阴影之中,我看见他们把那个蒲包和草席卷盖的东西抬出来,平放在板车上。瓦的母亲手里端着一盏美孚灯从屋里走了出来,父亲的影子蜷缩在墙角下。天空阴沉沉的,飘飘扬扬下起了小雨,雨点滴落在灯罩上,很快就被吸没了。那团裹在雾气之中的毛茸茸的灯光给人以温暖的感觉。

这下了了。瓦的母亲伏在门框上,擦着通红的眼角。

你们还是走吧,天就要亮了。屋里传来瓦的父亲的咳嗽声。

走吧,那个女人说,雨一会儿就要下大了。

瓦的母亲举着那盏灯,退回到门槛的里侧,轻轻地关上半边的门,然后嘭的一声关上另一扇。朱漆大门上的铜环叮叮当当响了几下,我们又浸没在黑暗之中。

小脚女人往棺材前的瓷碗中加了一些油,屋子里顿时明亮了许多。灯芯草茎在积满沉渣的豆油中漂浮着,发出扑哧扑哧的声音。

天就要亮了。小脚女人挑开门帘走到了里屋。父亲腿上的伤口痛得他不住地叫唤。

你们走吧。他说。

棺材启动的时候,扁担被压得吱吱嘎嘎地叫。小脚女人在屋前的一只陶罐中堆放了几沓黄纸,然后点着了火。火苗蹿动着,把烧成碎片的黑色的纸烬送往空中,我一闻到那股烧焦的灰烬的气息就忍不住直想吐。小脚女人拉着我的手,从陶罐上跨了过去。接着我看见那口漆黑的棺材摇摇晃晃地从火盆上越过。一个敲打着竹板哼哼唧唧的瞎子迈过那只火盆时,把陶罐踩翻了,火苗烧着了他的裤子,人群中有人忍不住笑起来,但又突然中止了。打翻的陶罐中燃烧的黄纸像一个火球被风一直吹到树根下。小脚女人像是突然想起了一件什么事,松开我的手,踮着脚走到那几个披着麻袋的女人面前。

你们怎么还不哭?棺材都走到村头了。她说。

那几个女人彼此对望了几眼。其中一个突然亮开嗓门大叫了一声,接着我就听到了一片稀稀拉拉的哭声。

你看见新娘了吗?

没有,瓦说,新娘要等到嫁妆走了以后才会出来。

现在嫁妆还停在那几棵刚刚发芽的柳树底下。那些木质家具散发出新刷的油漆的气味。鞭炮声响起来的时候,我看见几个年轻人抬着颜色鲜艳的嫁妆懒洋洋地朝河边走。他们走到树林的深处又停了下来。

他们干吗要停下来?我说。

新娘被堵在门口唱歌。瓦说。

瓦的头上落满了炮仗炸开后红色或白色的纸片,她踮起脚尖朝飘拂着红红剪纸的门帘张望,人群把我们挤在了一起,我又一次闻到了她身上的香味。

新娘长得很好看,泥不知从什么地方钻了出来,可惜新郎是个大麻子。

瓦扑哧一声笑了起来。

天快亮的时候,空气逐渐增加了它的热度,黏糊糊的风从稻田的秧尖上吹过。成群的蚱蜢和蚊子在晨雾中飞舞着。小脚女人拉着我的手走在送葬队伍的最后,她正和一个和她同样年老的女人争吵着什么。

三毛七吧。

四毛三。

三毛七。

四毛三。小脚女人说。她看看左右默默行走的人,亮开沙哑的嗓子哭了几声,然后接着说:四毛三,我前天还在集市上看见有人在卖。远远地我看见前面抬棺材的人正在转弯,他们走到一座木桥上突然停了下来。人群中乱哄哄的,一个中年男人朝后面跑过来:

抬棺材的扁担断了一根。

小脚女人解开裤腰带递给他:找几根树枝把它绑上吧。哭声依旧稀稀拉拉传过来。一个剃光了头的小伙子走到泥的面前。

你把马桶里的鸡蛋拿走了吧?他说。

我没拿。泥说。

我看见你拿的。

我真的没拿。

那些鸡蛋是留给抬嫁妆的人的。他说。

送亲的队伍已经走到了光秃秃的桑林边。新娘被几个花枝招展的姑娘簇拥着,在早晨温和的阳光下朝这边走过来,到处都是硫黄烧焦的香气。

他大概真的没拿。瓦说。

小伙子摸遍了泥的全身,没有找到那些鸡蛋,正准备走开,泥突然放了一个响屁,红壳的鸡蛋从他的裤裆里沿着裤管骨碌碌滚到了地上。

风水先生把那只土钵高高地举起来,钵里的水沿着豁口慢慢流到坑中。小脚女人把一个装满硬币的钱袋递给他,风水先生抓起硬币朝坑内撒去,几个小孩立刻跳进坑中争抢,他们的母亲又把他们拉上来。我看见那口棺材在坑中落稳了,才长长地叹了一口气。

我走到那条微微喘息着的大河边上,隔着丘陵上绵延的树林,看见了村庄熟悉的影子。暮色中残阳沉静而温存的光线懒懒地在平静的河面上颤抖着。在深秋明朗的天穹下,河水凉阴阴的,河边黑黝黝的颓败的垂杨柳的阴影依附在水面上,使河水的颜色变得像钢铁一样深。河流边缘的几处苇丛中漂浮着褐色的鸭群的羽毛和连翘花枯萎的花瓣。在夏末暴雨涨溢的河边,到处都飘荡着这些花朵的香气。

泥在老鼠的洞穴上堆满了干草,然后点着了火。浓烟熏得他直流鼻涕,可老鼠却怎么也不肯出来。老鼠的巢一般有三个出口。泥说。你干吗不放水灌它?我说。稻田里的水都让太阳晒干了。泥抬起那张泥渍斑斑的脸,看了我一眼,又看了看远处喊着沉重号子的挑着稻谷的如蚁的人群,像是突然想起了一件事:

你说,大寨在什么地方?

我没有吱声。我看见远远的河边,一个女人在河滩上的茭白丛中直起腰来,捋了捋脸上的汗水。我看见父亲已经走到了她的身后。女人俯下身子,在午后强烈的光线下,她的罩衫和花短裤之间露出一片雪白的肌肤。父亲捧起一抔水,水从指缝中流到那块耀眼的肌肤上。女人的身体受了惊吓后剧烈地颤抖了一下,夹紧了双腿。你为什么把腿夹得这么紧?我说。瓦哭了起来,把腿分开了。女人咯咯地笑了一下,转过身。父亲用一根剥了皮的柳条抽打着哼哼唧唧的壳郎猪,瘸着腿走远了,他歪歪斜斜的身影消失在炽烈的阳光下深灰色的背景之中。

把那头猪赶开吧,瓦的母亲说,它的叫声让我受不了。透过门帘,我看见那头瘦长的壳郎猪摇着尾巴,在院中的桃树下拱着烂泥,嗷嗷地叫着。

你不要老是低着头,得赶紧想出一个办法来。瓦的母亲说。

我能有什么办法?

她这些天呕吐得厉害。

怕是受了凉吧?

受了凉倒好了。

得赶紧想办法,种子发芽了就不好办了。

种子?

我早就说过会有报应的。

她还那么小。

这事你比我要清楚得多。

那天晚上本来我们可以找到他们的。

找到又怎么样?

…………

你去把那头该死的猪赶开吧,我一看到它那副模样就感到难受。

那天没准他们就在那片树林里。

你得赶紧拿主意。

我没有什么主意。

那怎么办,你当初早该把他刣了。

他们找不到我们了。我说。

可他们迟早会知道的。瓦说。

月光静静地照在这片孤寂的树林里。那些树木即使在冬天也有一股淡淡的树脂的香气。我们听见狗的叫声渐渐消失了,所有的声音都在月光下淹没了。我们看见那盏马灯摇摇晃晃地朝树林这边移过来,那团亮光在明朗的月色中显出淡黄的颜色,到近处的时候,我看见了那些人的腿。干冷的风吹得树枝桹桹作响,瓦冻得瑟瑟发抖,我们靠在一棵巨大的山榆树下,在寂静中刚刚归巢的鸟扑棱棱抖动着翅膀,一些干树枝和鸟粪掉落在我们头上。

有一棵松果把我的屁股硌痛了。瓦说。

树木摇曳着,它每摇动一次,蛰伏在月光中的树影就静静地拂动一下,像江岸边落下去又涨上来的潮水,又像是瓦一起一伏的呼吸。

我的手摸到了那颗松果,它像核桃一样坚硬。我没有把手抽出来,我的手背热乎乎的。我们屏住呼吸,等着那团模模糊糊的亮光渐渐走远。

你摸到了没有?瓦说。

我没有吭声。

父亲坐在门槛上,很久没有说话。瓦的母亲不断地擦着脸上的泪珠,可是怎么也擦不完。

我想她是从桥上掉下去的。瓦的母亲说。

哪座桥?

就是门前的那座木桥。傍晚的时候,一个打鱼的人发现了她。

你跟她说过什么没有?

我也记不清跟她说了些什么。

你一定跟她说了。

有些事不说她也会明白的。

她一定是自己走到河里去的。

她从桥上掉下去了。

你是看见她从桥上掉下去的吗?

没有。我只是猜想。

平板车就停在那儿。被雨水浇烂的泥地上到处都撒满了褪了色的折纸花朵。隔着屋檐垂落的雨帘,我看见几个穿着蓝布制服的烧尸工人正在廊下打着纸牌。四周弥漫着一股令人窒息的气味,像是从出砖后的窑洞里散出来的,雨幕遮盖了红红的砖墙旁密密的树林的影子,在它背后更远的地方是早春无边的旷野,青草和村庄的灰影构成了一带隐隐约约的背景。一个年轻人放下了手里的纸牌,踩着烂泥走到我们面前。他揭开板车上的蒲包看了看。

可鸽子为什么能认识回家的路呢?泥说。

它天生就是这样的。瓦说。

它飞得那么远……

它大概在飞过的林子上做了记号。

像狗在路边的草丛里撒尿?

是的。瓦说。

父亲走到平板车前,把手里的那块绣边的手绢盖在她的脸上。我看见瓦躺在那里,我已经认不出她来了。除了她大声的喘息声我什么也听不见。我的手碰到了她潮湿的肢体,她的耻骨像石头一样硬。你们把它放在这儿吧,那个年轻的烧尸工说,我们的炉子坏了,等一会才能修好,你们可以到廊下来避避雨。我们跟着他走到了廊下。

廊下空空荡荡的。我看见挂在屋檐下竹架上的扁豆荚在风中发出清脆的声音。两只小鸡在院中的桃树底下刨着泥坑,靠墙角的一带鸡冠花长长的花瓣开得正红。门前的那只空旷的陶罐里残存的灰烬在风中微微飘拂着,我轻轻拨开木栅栏院门,走到屋里。泥听到响动,从里屋走了出来。

我的电报你接到了吗?泥说。

接到了。我说。

你回来得还是晚了一些,我们昨天刚刚把他埋掉。

在路上我被耽搁了。我说。

前些天,我就感到他不太对劲,泥说,他常常深更半夜从床上爬起来,在院中的桃树下蹲到天亮。

他大概有什么心事?

鬼才知道,泥说,那天中午他喝了很多酒,黄昏的时候扛着犁到稻田里去了,晚上我打着手电在田埂上找到他时,他已经死了。

他喝了多少酒?

我也不知道,村里的人都说他是醉死的,可是……泥压低了声音,可我怎么闻到他嘴里像是有一股农药的气味,"一六○五",或者"井冈霉素",他会不会……

不会的,我说,酒的气味闻上去有时是像农药。

可是……泥还想说什么,我制止了他。

我等了你三天,过了一会儿泥又说,后来我找来几个邻居把母亲的坟剖开,把他葬了。母亲坟头的那棵松树已经长到一丈高了,还有那片燕竹——泥没有说下去。我知道他想说什么。我远远地看见他蹲在院子的门槛上看着我们,过了很久,泥才小声地问我:父亲怀里鼓鼓囊囊的,像是抱着什么东西。父亲把怀里的那只锃光发亮的小木匣取出来,撩起潮湿的衣角把它擦了擦,放在桌上,然后在桌边坐下来,看着细雨弥漫的天空,一言不发。

现在雨越下越大了。晌午的时候,一个满脸黑炱的老人走到了廊下。

炉子已经修好了。他说。

那几个年轻人放下手里的扑克牌,看了看阴沉沉的天空,又看了看父亲:你去帮忙背一背吧。他们一边讨论着刚才那副牌局的分数,一边朝雨中的那辆平板车走过去。父亲在廊下迟疑了一会儿,也走到雨幕中。我看见他们把板车上的草席和蒲包抖开,把她抬起来,放在父亲的背上,她的惨白的小腿在雨中僵直地摇晃着。不不不,瓦说,大人才干这样的事。我说我们已经是大人了。我拽下了她的裤子,她的肌肤在月光下微微颤抖着。我闻到了她的气味,像萦绕在酿酒厂上空的成熟的杏子一般的气味,夹着新剖开的竹篾的香气。我看着那座高大的深红色烟囱中冒出的一缕一缕的青烟,在四周寻找着瓦的影子。父亲不知道什么时候已经走到了我的身边,我说我冷得站不住了,父亲把一只手放在了我的肩上。火葬场上空的那股烟雾已经在雨中消散了,可那股气味依然留在那儿。

那是一股什么样的气味?

人死了都会有这样的味道。小脚女人说。我看见他们把母亲平放在棺盖上,在夜晚摇曳的灯光下,几个女人解开了她的衣服,把一只小酒盅盖在母亲的乳房上。她们为什么要把酒盅塞在妈妈的怀里?我说。

那是因为你们家还有人在很远的地方没有回来。小脚女人说。她甩开了我的手,绕开那只燃烧的火罐,走到屋前几个披着麻袋的女人身边:

你们怎么还不哭?棺材已经走到村口了。

接着我就听到了一片稀稀拉拉的哭声。

唿 哨

一切都处在宁静之中。

孙登日复一日地陷在那张变了形的藤椅中,守望着流转的光阴。姗姗来迟的五月给他带来了一种无法说清的感觉。毕竟,在一个阳光明媚的正午,一个无所期待的老人面对着墙角和飞檐的阴影,总可以想些什么,或者什么也不想。

天气看上去是无可挑剔的。

一个年已耄耋的老人不慎打碎一只瓷碗是常有的事。正如昨晚燥热抑或寒冷的空气惊扰了你不安的睡眠,似乎没有什么理由让那些残破的画面在记忆的河床下沉积太久。一般说来,在暮春时节宁静的夜晚,几乎人人都睡得很好。你只要屏住呼吸,便能够清晰地听到那些在房廊下连成一片的呼噜声(它有时会被蟋蟀以及另外一些昆虫的鸣叫、风声等等遮没)。

打呼噜的声音显然包含着某种炫耀的成分,一如花枝招展的少女和拄杖老人擦肩而过时的回眸一笑,又像是一种迫使你沉默的滔滔不绝的话语。

这种并不连贯的话语有时也会延伸到正午时刻的阳光之中。它使你小心培植起来的睡眠的花蕾迅速凋萎。呼噜的声音忽长忽短,夹杂着一些不经意的堵塞和呜咽,就像罅漏被封阻时流水的喘息。它毫无节奏可言,宛若小孩的哭声,骤然响起而又断断续续,在听上去像是要停顿的地方绵延不绝。

"你现在该知道了。"

"什么?"孙登问道。

"一个未雨绸缪的人在年轻时把什么本领都学到了手,唯独睡眠的技巧被忽略。"

那个人坐在孙登的对面,手里抚弄着一枚棋子。这盘棋已经下了很久了,眼下还看不出就要结束的样子。他的脸在昏暗的光线下显得不甚清晰(西沉的夕阳使屋子里的亮光越来越弱)。他的一只脚轻轻拍打着地面,嘴里哼着一支古老的曲子。任何一个人的脸(衰老抑或年轻)都是一面镜子,只要仔细打量便不难从中发现自己的面容。当然,在一张漂亮的女人的脸上你看到的东西会稍稍走样(女人总是给男人的视觉带来误差,反之也一样)。不过,那也相差无几。

此刻正是午后时光。在这个短暂的瞬间,春天剩存的图画被保护得很好。铺着青石的天井中几乎看不到什么阴影。石块上的裂纹很早以前就被刻在了那儿。那些裂纹大半是由于年深日久的雨水的冲刷或者太阳的暴晒,它像蛛网一样张扬,像掌纹一样细密,随便,漫不经心。

门外的池塘也许是距离院墙太近的缘故,从敞开一半的门扉中望出去,孙登只能看到池塘的局部。从水面上垂挂着的树枝可以约略判断池塘的大小。那些游浮在水上的鸭子看上去显得小心谨慎,更多的时候,它们似乎不太专注于觅食,而是在东张西望。

他的目光越过那些鸭群,停留在池塘对面的一处缓坡上。

那是一块油菜花地。部分串秆结籽的油菜,使它的颜色比以前淡了许多,像是一张摊晒在那儿的褪了色的遮雨布,不过,借着中午垂直炽烈的光线,粗粗看来,它仍然显得很有生机。它的凌乱、芜杂、残缺不全只有到了近处才可以发觉。那样的时刻往往是一场大雨过后的傍晚或者清晨,一切都来不及修饰。

…………

现在,他终于可以看见那座桥了。这座早已废弃不用的木桥多少年来一直晾在那儿无人置问,远远看上去就像一排被毁坏的羊圈的栅栏。如果不是桥头两侧稀疏长着的几丛芦苇的提醒,人们丝毫看不出当年曾有河流从这儿经过的迹象。

桥桩有一半深没在泥土之中。桥的背后是大片开阔的棉花地。一个戴头巾的女人在棉花地里直起腰来,那情景仿佛刚刚解完了手。由于桥桩的分割和遮拦(也许还有耀眼的光线),孙登无法看清她的脸。桥的这一端也是棉花地,只不过看不到一个人影。

太阳已经升到了中天,狭窄的桥面投射在棉花地的阴影恰好形成了一条直线。

孙登的目光滞留在远处,近处的感觉就理所当然地变得迟钝起来。他只是感到,有一团暗红色的光影,像一簇被雨水弄得模模糊糊的鲜花,从他眼前飘过。

那是一团什么样的影子?细细想来,它只能是一个人,一个从门前匆匆走过的行人。

一个和自己的深邃内心朝夕相处的人很容易发觉他四周的变化,这种变化总是在时间的空隙中出现,令人猝不及防。好在它既不带来一丝欣喜,更谈不上任何忧伤。

孙登一面凝视着远处的那座木桥,一面留意着那团飘飘忽忽的影像,这就如同在晴朗的天空观赏下雨时的情景(类似的天气在这一带并不罕见),它总是给人一种不真实的感觉,和走神颇为相似。

那道光影在门前一闪而过,在池塘的左侧隐没不见。需要过一段时间,它才会重新出现在正前方,走到他原先的视线之下。

在不知不觉中,由于日光稍稍挪动了一下位置,孙登便能够清楚地看见那根横贯天井的晾衣绳。它的一端埋没在墙垛刚刚长出的青草中,另一端系缚在一株扁桃树的树干上(由于绳子上衣物的重压,树干已经弯曲,像一副弧度不大的弓)。

晾衣绳上空空荡荡的,时间的流逝把它弄得毛茸茸的,它像一根琴弦一样绷得很紧。早晨停息在那儿的一只灰褐色的燕子已经飞走了,孙登微微俯转了一下视角,便在窗台上看到了它。

燕子一般很少栖息在窗台上。它从来不像麻雀那样啄食，即便它做出啄食的样子，也仅仅是作为左顾右盼的掩饰。它穿过漫长的冬季来到这里，将会在这座房舍中一直待到秋末。现在，时光才只是暮春。

空气中弥漫着植物散发出来的可怕气息。他一不小心就能嗅到风中掺杂的豆荚的清香。有些场景是难以想象的，譬如他的女儿怀里抱着一把湿漉漉的豆荚从腰门走了进来……她走到天井中。露水浸湿了她的头发、衣袖，以及裸着的脚踝，甚至她的目光也是湿漉漉的。

他们隔着一张木桌坐在门边。她的一条劈开的腿在膝盖以下露出白色的肌肤，一些青草和豆叶的细屑粘贴在上面。孙登看见一只硬壳虫爬过她的脚背，在脚踝和小腿的连接处停留了片刻（像是迷失了方向，又像是在喘息），又接着往上爬，最后终于在膝盖近旁的裤管中消失了。随后，他看见那截小腿上出现了几道搔痒留下的爪迹，爪迹的颜色越来越深，宛若一片被夕阳衬红的槭树叶。

她搔痒的动作越来越频繁，姿态越来越粗俗，可是她的神情却一如往昔那样心不在焉。

孙登清楚地知道，自己在门槛前举目眺望的神态一定容易被人误解为在等待着什么，为了消除这些误解，他调整了一下坐姿。

"你也许是在等着一个什么人吧？"她说。

她说话的声调使人感觉到她的心力正纠缠在另外一件事

情中,或者是沉湎于某种未来的企图、往事的片段。

"哦,不——"孙登说。

他转过身来,目光落在和她发髻平行的一张桌面上。桌面上摆着一副棋局,看上去,像是昨天摆下的,也许是三天前,或者是更远一些时候。

从棋子的数量来看,那副棋像是刚刚下了一半。那个男人的食指和中指夹着的一枚棋子正要落下,他的犹疑不决的神态使人可以想象得出这枚棋子的重要程度(在孙登看来,一般棋的输赢似乎没有必要看得那么重)。坐在他对面的女人仿佛有些神不守舍,她的目光像是一直在留意别的什么地方。在他们的近旁,一个童子正在抚琴而歌,由此,我们可以大略地判断出那个女人的目光一定是被童子的歌声或者琴声所吸引。那架古琴停放的位置也许是在一处竹园的边上,因为我们可以看到琴桌的撑脚边冒出的几株笋芽。

…………

一切都是固定不变的,永恒的,僵死的。大概是为了使那些人物和场景留下的空白不至于太大,因此,画幅的上部从右往左写满了密密麻麻的蚱蜢一般的文字。可惜的是,那幅画在墙上挂的时间太久,字迹已经变得模糊不清了。

这幅画最大的风格在于没有什么风格可言。单从画面上的人物与事件来看,这幅画完成的年月根本无法加以考证。何况类似于一个男人和一个女人下棋这样的事在士大夫阶层的惯常行为中似不多见(准确地说,不为人知),所以,这幅画极有可能是出自一个民间画师之手。

画面上残破的部分被糊裱的痕迹依稀可辨。孙登小心翼翼地用一把鬃毛刷子轻轻拂去上面沉积的灰尘。由于不慎,他将桌面上的一只紫砂陶壶碰翻在地上……浓烈的茶香中包含着松子的气息,这使他自然而然地想起了一件什么事……他在桌边的那张变了形的藤椅上坐了下来,没有立即动手扫除掉那些地上的污迹。他怔怔地看着那些陶壶的碎片,感到了安宁与自在。

中午的时候,门槛内空地上潜伏的阳光终于照到了那堆残片上(它看上去像一朵盛开的百合),茶水早已风干了,陶壶的破碎的残迹仿佛是一个再也无法兑现的诺言的余音,在房梁上萦绕不散。

门外,棉花地里的人渐渐地多了起来。几个正在玩耍的小孩在木桥上摇摇晃晃地行走,他们走到那座桥的断裂处停了下来,又返身朝另一端走去。现在,棉花地靠近桥栏的地方已经可以看到一抹深灰色的阴影,一个又一个的农夫走到了阴影之中。

一个吸着烟斗的男人正在察看天色。他茫然回顾的神情更像是在搜寻着一个熟悉的人的身影。两个妇女倚在桥柱上,看起来正在闲聊(剩下的人则在沉默不语),只不过她们说话的声音显得非常微弱,孙登即使能偶尔听到一两句,也是毫不连贯,不明所指。

更远一些的地方,棉花地和麦田在炽热的光线下几乎连成了一片。植物合拢的叶子遮住了一条小路的轮廓。那条小路沿着地平线附近一座山峦的坡道蜿蜒而上,最终消失在半山腰的松林之中。远远看去,那条小路像是悬挂在山脊的一架悬梯。

作为一种标记,小路(湮没在麦地里的部分)上稀朗地栽着一些参差不齐的榆树,它使道路隐约可辨的痕迹固定在田畴之中,树木的影子照例在横卧的农作物墨绿的叶被上。

那个人沿着小路朝村口的方向缓缓走来,不时地在一棵棵榆树下停下来张望。由于担心某种可怕的闲言或者别有用心的议论(另外还有其他种种可能),他走路的姿势一如往常那样恍恍惚惚,好像怀疑自己是不是找错了地方。田野上静谧、安详的气氛似乎增添了他的不安,他竭力做出一副若无其事的样子,这就使他的举止变得更加荒唐。

"如果一个人打定主意去做一件事,"那个人说,"那么,他做得笨拙一些又有什么关系呢?"

"是啊。"孙登说。

他把面前的那本摊开的书翻过一页,也许他没有弄明白那个人刚才那句话中包含的意思,就抬起头看了他一眼。大部分时间,他们就这样坐着,即便说上一两句话,也像风声一样易碎,不得要领,没有任何意义。那部夹着书签的诗稿一直平摊在桌子上,孙登每翻过一页,总是本能地朝门外瞥过一眼。他们之间的那盘棋似乎才刚刚下到了一半……

现在依然是正午的时光,那条小路上看不到什么行人。

道路绕过一处土丘之后在池塘的附近突然消失,或者说它跟池塘四周的堤岸连在了一起。

那团暗红色的光影终于出现在池塘的正前方,走到了他原先的视线之下。那是一个女人的身影,她的背部和侧面的线条(甚至衣饰本身)都酷似自己的女儿。女儿出嫁之后已有许久没有回来过了。

池塘对面的那个女人由于生气勃勃的油菜花地的衬托,给孙登留下了一些难言的印象。她或许是邻居的一个未出阁的姑娘,也可能是初来不久的一个媳妇(这两者在一般情况下不易区分),当孙登试图进一步甄别她的形容的时候,她的背影已经在那条栽有榆树的道路上走远了。

在孙登现在的年龄,他似乎已经能够想象出他衰老时的样子,那情形正如回忆一场梦的片段。对于一个在凝固不动的阳光下感到闲适恬静的年轻人来说,衰老只不过是个时间问题,它的阴影仿佛是一幅色彩艳丽的布景变得更为陈旧一些,就像眼下枝叶繁茂的树木随着寒流的到来放弃掉它一度葱郁的外表。

他坐在桌边的一张新编的藤椅上,慢慢转动着桌上那只紫砂陶壶的壶盖。有一些断断续续、模糊不清的声音从门外的池塘边传过来——这些声音作为飘忽不定的思绪的延续,在房廊下久久不去。

现在正是暮春时节,空气中,浮动着树叶和花朵的气息,也许还有另外一些气味——爬上潮湿墙壁的苔藓和梅子的气味。天井中的那株扁桃树由于晾衣绳的系缚,树干已经微微弯曲。阵风无声地吹过,桃花的花瓣像雪片一样静静地落在青石板上。

孙登已经有好久没有清扫过天井了。那些鲜艳和枯萎的花瓣陈积在一起,遮住了青石板上那些像蛛网一般细细的裂纹。

在正午恹恹欲睡的时刻,没有人能够容忍燕子的惊扰,那只燕子此刻正在屋檐下筑窝。由于孙登所处的位置的限制,他不能看到燕子的全部。只有当它飞离巢穴,栖息在窗台上或者晾衣绳上的时候,孙登才能毫不费力地看到它。它给人的印象总是胆战心惊、落落寡合。这只灰褐色的燕子外形酷似麻雀,一年之中,它有近三分之一的时间在遥远的南方度过,每年初春飞抵这里。孙登无法判断眼前这只燕子是不是去年秋末飞走的那一只。

从敞开一半的天井的门扉中望出去,孙登能够清晰地看见那条在阳光下闪闪发亮的河流,河流两岸的麦苗正在抽穗,农作物以及芦苇在水面上的倒影隐约可见。这条宽宽的河流在耀眼的光线下迤逦远去,随着孙登目光的深入,河面变得越来越狭窄(背景也越来越混沌不清),在地平线的附近,它几乎变成了一条白线,斜绕在大山山脚的一侧。

一个吸烟斗的男人在河边的堤岸上晾晒着渔网。也许是他看见了更远处的一个熟悉的人,或者是被水面上掠过的一只鹭鸶所惊动,他的一只手拽住渔网的一角,另一只手挡住额前的阳光,正在引颈四望。他的身影总使人感到他的近旁有一件事情正在发生。河面上的那座木桥矗立在水中,河水在经过桥桩的地方形成了一股股的逆流,因此,借助着太阳的反光,孙登可以看见桥下被翻卷起的一丛丛细细的泡沫。正午时分,桥身的阴影在河面上拉成了一条直线。

河道往右的大片开阔的麦地中零星地栽种着一些树,那些幼小的榆树使纵贯麦田的道路的轮廓固定在那儿。榆树的叶子还没有长全,所以静伏的树影的颜色非常纤细、暗淡,如果不是凝神注目,也许根本就看不出来。

那个女人沿着那条小路歪歪斜斜地朝村子的方向走过来。仿佛是鞋子里钻进的一粒沙石硌痛了她的脚底板,她在一株榆树下停了下来,目光不安地瞅了瞅四周。她的神色总是慌慌张张的,显得心事重重。她的右手扶住榆树的树干,左手迟疑地脱下一只鞋子抖了抖。那只独立点地的细腿由于支撑不住身体的重量,在局促中蹦跳了两下。她脱下鞋子抖掉沙石的动作持续的时间太久,致使她倾斜的身体在阳光下显得非常可笑。午后的天空静谧无声,阵阵轻风吹起了纷纷扬扬的麦花。

"世上没有一种诺言是不朽的。"那个人说。

孙登怔了一下,听出了他话里的另外一些意思,但是它们对于自己宁静的内心并无丝毫的毁损。他装着没有听见那句话,顺手从桌上的围棋盆中摸出一枚棋子。由于他的意念依然被刚才那句话语的所指纠缠着,因此他的动作显得有些不知所措。

他的脸在室内灰暗的光线之中令人难以捉摸。这个姓阮的诗人总是在一天的清晨或者傍晚来到这里,使孙登猝不及防……他的身份和他模棱两可的话语一样颇为可疑。幸好,在大部分时间里,他们只是这样坐着,目光不是盯着面前的棋盘就是斜睨着那本夹着书签摊放在桌边的诗稿,很少说些什么话。当然,这也会伴生出另外一些意想不到的效果:长久的沉默使他偶尔说出的话语令人难以遗忘。

…………

他们之间的那盘棋不知下了多久,从她举棋不定的姿势来看(她的一只手捏着一枚棋子正要落下),她明显地露出一些倦意,这就使孙登刚才说出的那句话没有得到她相应的回报变得可以理解了。更何况,孙登的话语本身就是平常而乏味,并不包含什么特别的意义。

女人盘绕在脑后的高高的发髻此刻已经松散开,它披拂在女人匀称的双肩上,随着她的身体不时地倾侧(似乎在考虑那枚棋子落下的位置),那些长发便会滑过她的肩头,垂落在她的胸前。

她盯着棋盘的眼睛像是一直留意着别处。她的注意力的分散,大半是由于门外的小孩的喧闹声,或者是一只在房廊下翩翩然飞动的白色蝴蝶。那只蝴蝶显然是嗅到了屋里的什么香味(譬如女人发丛中松子的气息),它在窗台的附近滞留了一会儿,然后越过天井的那道长满青草的围墙,消失在屋外的阳光之中。

阳光突然消隐的一刹那,本来为它所覆盖的门庭,天井,以及门外的池塘、麦地,现在变得晦暗而阴沉,只有那道在远处绵延的山脉左侧的坡谷还浸沐在明亮的光线之中,坡谷的洼地中长着一些梨树(花朵堆积得很厚)、燕竹和其他一些树木……这样的天气在暮春季节时常出现,但是它持续的时间并不长久。去而复返的阳光像潮水一样沿着那片坡谷向四周扩散开来,照亮了山脉另一侧的桑林、茅草顶的房子、松林、那条悬挂在山脊的悬梯般的小路。它漫过山脚,朝近处的河流、木桥、村子的方向聚拢过来。

这条山脉是一个更大的山系的分支,它的名称早已被人遗忘,或许它原先根本就没有任何名称。

"我们不妨将它称作苏门山吧。"那个姓阮的诗人说道。他大概为这句话感到了后悔,便又迫不及待地岔开话题说起了一些别的什么事。

"为什么叫这样一个名字?"孙登说。

"反正就是这么回事。"女人打了个呵欠,看得出她不愿意在这个问题上再纠缠下去。

"它完全可以是另一个名称。"孙登说。

"如果像你刚才所说,它是太行山的一条支脉,那么这个名称是没错的。"

孙登便不再言语。那种一如往常的不耐烦的神情出现在她的脸上,转瞬之间又突然被收敛,大概是因为女人已经意识到正是她自己挑开这个话题,或者她又想起了其他的、与此无关的一些什么事。

可是,这是一件什么事呢?在正午的阳光之下,一个男人和一个女人闲坐在门庭之中,毕竟可以做些什么。另外,女人从不愿意让那种灰暗阴郁的表情在脸上驻留得太久……这是一个漂亮而有教养的女人,她知道自己意念和情感脆弱的界限,由于担心某种可怕的不堪收拾的场面出现,她从不跨越这个边界(或者,不首先跨越)。在某种程度上,孙登明确地意识到了这一点。

山上那条小路被松树的枝条掩盖住了其中的一部分,所以看上去时断时续。松涛的声音静静飘来,给人一种凉爽的感觉。一个黑色的身影(远远看去,只是一个黑点)顺着那条小路慢慢朝山下走来。在很长的一段时间中,孙登一直注视着那片山脊,他想辨别出那个人形容的渴望,使他的内心掠过一阵莫名的焦躁。

女人抱着一把湿漉漉的豆荚从腰门走了进来……她穿过天井,走到了廊下的一侧,在一只小木凳上坐了下来。天井和屋子连接处的那道粉墙遮住了她的大半个身体,从粉墙上敞开的窗户望出去,可以看到她盘在脑后的发髻,她的一条劈得很开的腿伸到了门槛的附近。高挽的裤腿在膝盖以下露出一截小腿,阳光使上面黏附着的豆叶和草屑清晰可见。脚踝的边上搁着一只蓝边瓷碗,每隔一个很短的间隙,她的手便朝碗边伸过来,将剥开的青豆轻轻放入碗中。

她的动作准确而连贯,从来没有什么差错。随着碗中的豆子越积越多,偶尔也会有不多的几粒从碗中蹦出来,落在门槛边的空地上。女人不时地朝门外探望着什么,也许在聆听着门外的声音,她的身体朝右倾侧,在门框的边缘露出她瘦弱的肩胛。

天气看上去是无可挑剔的……池塘洒满阳光的一侧是一带稠厚的树篱,尚未开花的连翘的枝蔓从堤岸一直延伸到水面之上。从早上开始,那个老人就一直坐在树荫下(草帽的毡檐遮住了他的脸),一条长长的钓竿横卧在池塘上,钓丝以及用鸡毛管做成的鱼漂在水上荡来荡去。老人显得很耐心,或者说他的不自在不易为人察觉。由于闲坐在那儿的时间太久,他偶尔也会将空空荡荡的钓丝从水面上拎起来(察看一下钩上的鱼饵是否脱落),然后又轻轻放入水中,在这样的时刻,他的装模作样便一览无遗。

池塘对面的那处斜坡上,一个农妇正扶锄而立。她正准备将那块荒地开垦出来,也许可以栽上一些地薯或在来年种上油菜。孙登的视线落到她身上的时候,她总是扶锄喘息。新刨开的泥土的水分在正午时分被太阳吮吸殆尽,原先赭红的颜色渐渐发白。

在她的身后,一个在河道边修补渔网的男人正吸着烟斗,朝河流的上游眺望着什么,一条在河面上行驶的小船在通过那座木桥的时候减慢了速度。

鼾声又在房廊下响了起来。这种声音使四周的一切都昏昏入睡,女人在一张藤椅上托腮而卧,一只手搭在腰部的凹处,那只蚂蚁在她敞开的领口前逗留不去(仿佛是迷了路)。伴随着躺椅发出的吱吱嘎嘎的声响,女人翻了一个身,平躺开来,她的脖颈上几道搔痒后留下的指印的颜色越来越深,在到达饱和(深红色)的同时又渐渐消退……最后,肌肤又恢复了原先的颜色。

女人在睡梦中出现的尖厉的呓语并不比她平静的姿态(在均匀的呼吸中,她的胸脯和腹部微微起伏)更让人感到可怕与战栗,也许两者根本就是一回事。那些稍纵即逝的、隐秘的、躁动不安的、无可奈何的肢体的沉渣在断断续续的梦呓中暴露无遗,在平常的日子里,它们通常潜伏在语言和行为的背后,在暗中等待时机。

"就像打了一个唿哨……你找不到什么意义,"姓阮的诗人看了他一眼,接着说道,"你不想说些什么吗……你不说我也能猜得出,你在等待着什么。"

孙登没有搭理他,他刚才看见苏门的山脊上有一个飘忽的人影朝山下走来。等到了近处,他才看清,那是一个砍柴的樵夫……

他们之间的那盘棋似乎刚刚下到了一半。孙登顺手拿起桌上的那本诗稿,翻到夹着书签的那一页,匆匆看了几眼又将它合上。

木木芙蓉花

　　山中……

　　……寂无人

　　纷纷开且落

…………

一切都是静止的,毫无生气的,呆板的……那幅画像是某种逝而复归的过去的一瞬,被永久地保存在墙壁上。画面上,女人难以言说的目光饱含着期待。从更为确切的意义上来说,聆听歌声只是作为一种虚妄的掩饰,她真正的意图和心迹在旁观者(一个看画的人)看来是非常清晰的。那个正在抚琴的童子嘴巴张得很大,他的样子极有可能是在唱歌(他的全身仿佛都沉浸在乐声之中),但又像是在说着一些无关紧要的话,或者是打了一个呵欠(这样看来,童子完全心不在焉)。

为了防止画幅被穿堂而过的阵风撩起下角,两条呈 X 形的红线绳使它固定在墙壁上,其中一条红线将女人的脸分成了两半,而两条线绳的交汇处刚好落在一枚棋子上(一时难以看清被它压住的棋子的颜色)。在画面深灰色的背景之上,猩红的线绳显得非常扎眼,从画幅四周的那几只生了锈的图钉来看,它似乎已经在墙上挂了很久。

一个人一生中可做的事很多,眺望风景或是凝望一幅画足以耗费掉大半个生命。人的内心隐秘的情感只和一些特定的事物相关联,它一旦产生,便再也无法抹去,譬如说当孙登意识到了这幅画的人物背后潜藏的意蕴的时候,他内心的一隅被一个巨大而荒谬的寓言占据了。那究竟是怎样一个寓言?既然那位无名的画师早已在岁月的幕后隐遁了踪迹,一切都无从查考。

眼下正是暮春时节,孙登伏在堂屋的桌沿小睡了片刻,一只嗡嗡叫闹的蜜蜂将他吵醒……在梅雨尚未来临的这段日子里,日复一日的灿烂的阳光使人感到了恍然如梦的闲适。似乎没有什么必要期待时间发生什么变化……正如期待着一个人的到来。孙登像往常一样转动着手里的那只紫砂陶壶,由于担心它会被失手打碎,他的神色显出几分不安。

那只蜜蜂挟带着春天花朵的香味,在他的眼前飞舞了一阵,最后停息在那幅画上。它沿着一条红线慢慢往上爬,在那个女人的腰部停了下来。不管它是否嗅出了什么气味(也许是陈年的墨迹的气息),绝不可能是女人肢体的馨香,因为那毕竟只是一幅画。

"你难道不想说些什么吗?"

孙登笑了一下。

阮籍感到茫然若失,这个平素醉宿花前柳下的著名诗人很少给人以落拓不羁的印象,他的言行举止倒更像一个纤弱的女人,他的神经质也像一个善于掩饰的女人一样被保护得很好。

"当你沿着一条小路走到它的尽头的时候,不妨停下来大哭一场。"阮籍说。

孙登此刻正在琢磨着一枚棋子的下法,所以没有搭理他。阮籍翻动了一下青白眼,将一只手的拇指和食指伸到了嘴里,从口中抠出了一片青菜叶(孙登原以为他会像以往那样打一个唿哨)。

打唿哨的声音突然起来的时候,孙登根本没有防备,那种奇怪的啸声混杂在阵阵松涛声中在苏门山的山谷里回荡,经久不息。孙登倚在门扉的一侧,远远地看着苏门山上空掠飞的一排鸟群,阮籍的身影站在山顶一动不动(看上去像一棵松树),白云堆积在他的身后。不一会儿,刺目的光线使孙登的眼前出现了一片稠浓的绿影,等到阳光偏转一下角度(使孙登能够长久地注视着那片山顶),山顶上早已空空荡荡。山脚下,一个背负着高高一捆柴火的樵夫沿着麦垄中的那条小路朝村子的方向缓缓走来。

由于水源枯涸,消隐的河水腾出了河床下大片的鹅卵石,两岸被砍倒的芦苇整齐地铺排在河道的两岸,河岸上闲搁着一些朽坏的木船,它们像一只只蜗牛一样静伏在麦地的边缘,几只喜鹊栖息在上面。早晨聚集在河滩上的人群现在已经走散了(他们从苏门山的山脚下运来了大量泥土,看来是想将那条河流填平,然后再在上面种上一些谷物和棉花)。

那座木桥依旧矗立在河道上,几个正在玩耍的小孩在木桥上摇摇晃晃地行走。他们不时地朝湛蓝色的天空张望着什么——也许是从倒扣的木船上飞走的一只喜鹊,也许是一尾风筝。他们的影子投射在河底的沙石上,和桥身的阴影连成了一片。

早晨一场骤雨将天井中的青石板浇得银亮,上面散落着几片鲜艳的花瓣,使石板上的裂纹更加醒目(正如笑容使脸上的皱纹加深一样)……那条横贯天井的晾衣绳上挂满了各色衣物,盖满了积水的衣物的下摆在风中飘动。那个女人站在晾衣绳下,凹陷的背脊遮住了她的一些微小的动作。她仿佛正在把衣物的皱褶拉平,又像是在察看衣服(裙子)上的污点。她的一举一动都显出犹豫不决的样子。由于她站在那儿的时间过于长久(她一度曾想转过身来,可是刹那间又改变了主意),所以当她在正午时分离开那儿的时候,孙登还以为她仍旧站在那里。

几天来,那只空空的蓝边碗一直搁在门槛边,地上的豆荚的叶子早已被阳光晒枯了。纸糊的窗格上映现出一缕飘拂的阴影,如果它不是女儿散开的发绺,那一定是天井中那棵扁桃树的树影投射在上面(由于窗纸之隔,树影和发绺有时难以辨认)。这样的情形比另外一些时候更容易让人获得宁静。在那样的一些时候,譬如说女儿突然从窗后直起腰来,将剥好的毛豆拿到门外的池塘边去洗,或者挎上一只竹篮走上了麦垄中的那条小路,她的身影在太阳的逆光中越来越远……当然,更多的是这样的情景:那扇窗门的后面空无一人(也就是说他的女儿不知去向),搁在木凳上的一株豆荚刚刚剥到了一半……

如果说她一整天都待在房舍中,中间只是偶然出去了一下,或者说在一年之中(也许是更长的时间)她只有某一天的晌午去向不明,那么她突然消失的片刻对孙登来说又意味着什么呢?

"我出去转了一会儿。"她说。

她在说"转"这个字的时候给人造成的感觉是漫不经心的,以表明动作本身并无实质性的目的和意义,正是这种毫无必要但又无可奈何的掩饰使她内心深藏的烦闷暴露出来。

"我去看看地里的茄子有没有长熟。"她补充说道。

她的目光一旦和孙登相遇,便立即像一只皮球反弹到她的脚下,像被风吹散的一尾轻烟。

西边麦地尽头的一处田埂上整齐地摆着一排排蜂箱。此刻,戴着面罩的一个养蜂人正从帐篷里走出来(宿夜的帐篷在一片模糊的金黄色背景中显得非常醒目),也许是帐篷外的阳光刺酸了他的眼球,他兀立在帐篷外的一棵楝树下,朝东边张望着。大概是在油菜花地的上空厮打的蜂群使他感到束手无策,要不然,他一定是看到有人从麦垄中的那条小路上走过(他所站的位置距离那条栽有榆树的小路只有几步之遥)。

当孙登终于弄清他是在招呼一条黄狗的时候,阳光已经微微偏西,麦子已长得很高,那条黄狗在麦垄中摇摇摆摆地走着,孙登只能看到它的那条蜷曲的尾巴。

——那么,家园又在哪里?
——家园?

——灵魂栖息的家园。

——人们通常从一个女人的身上去寻找它。

——如果它存在,也早已或者迟早会失去。

——在更多的时候,我们在注视一朵落地的花瓣,凝望天空中飘过的一块浮云时更容易发现它。

当然,从某种意义上说它仅仅是一盘棋,一只断了线的风筝……

阮籍拿过桌面上的那本诗稿,翻到夹有书签的那一页。由于印刻的粗劣,上面的字迹已经模糊不清了,阮籍断断续续地吟诵了几行,突然停下来打一个唿哨。

孙登早已看过那首诗,只是忘掉了其中的一些字句。刚才,他一口气说了那么多的话使自己都感到惊讶,话语的栅栏像是一夜之间变得颓朽不堪……为了使自己的言行配得上内心的宁静,接下来,孙登陷入了长时间的沉默之中。

人到中年的时候,衰老的征候并不像人们常说的那样明显,皮肤的韧性以及血液的流速往往不为人知。只是当他和自己的记忆独自相处的时候,孙登才会隐约感到一些什么。

门外的池塘里漂浮着一层青萍,从南边吹来的风把它们挤到了池塘的西北角,几只鸭子时常在那儿觅食,它们伸长了脖子朝四处张望的样子,使人感受到正有人在池塘边走过。那个拎着菜篮的姑娘在门扉前一闪而过,孙登在回想她的衣饰(一团模糊的暗红色)的同时,冷不防打了一个寒噤。他把那支烟斗衔在嘴里,眼睛一直留意着池塘对面的那处坡地(一个老妪正在给新栽的地薯浇水)。这一次,那个村姑没有像他想象的那样绕过池塘走到自己原先的视线之下,而是沿着另外的一条小路,悄无声息地走远了。

"不管怎么说,这绝不是一个好的兆头,"阮籍说,"过去的事千头万绪,人们不堪回忆它是因为一个不同寻常的场景,或者一个女人。"

孙登没有说话。他出神地望着棋盘的样子和走神颇为相似,他敏感地意识到了这一点,便将目光移向别的什么地方。

他们之间的棋盘上零星地布着几枚棋子,阮籍的一只捏着棋子的手停在半空中正待落下。大概是冗长的犹豫使他感到了腻烦,他的手在棋盘上画了几道弧线,便将棋子掷入棋盆,起身告辞。

由于某种恒定不变的习惯,孙登又一次听到了房廊下响起的呼噜声,屋里的每一扇房门都敞开着,那种使人抑郁的声音极有可能是从房廊左侧的一间厢房中传出来的。孙登捧着那只紫砂陶壶,朝厢房慢慢走去(他走路的姿势很容易使人联想到他正在默念着一段诗句),当他走到正对着天井中晾衣绳的那扇窗口,突然停了下来。呼噜声掩盖着的另外一种声音此刻变得清晰起来——像是有个人的脚步正沿着池塘的一边朝屋子走过来。

孙登在谛听那种声音的同时,不知不觉地又返身走了回来,他穿过堂屋的门扇,走到天井中的那株扁桃树旁——那种声音像是停止了,会不会是那个人突然驻足不前?孙登走到院门边,看见一个妇女正在池塘边的码头上搓洗衣服,手中的棒槌敲在青石板上发出的声音和脚步声极为相似。

麦垄中的那条小路依旧空空荡荡。

……………

在那个砍柴的樵夫的背后,孙登看见她单薄的身影正朝村子的方向缓缓走来。她和樵夫之间始终间隔着一两株榆树的距离,那个老人在麦地中央停下来喘息的时候,她也扶着一棵树站住了,也许是感觉到了一粒沙石硌痛了她的脚底板,她脱下了一只鞋子,田野上没有遮拦的阵风吹皱了她的衣衫,刺目的阳光使四周的一切都变得毫无生气。樵夫燃了一锅烟,像是突然发现了她似的回头看了她一眼,但是没有说话。

女人单脚落地时忧心忡忡的样子令人想到她正在盘算着一件什么事,在那棵被压弯了的榆树下停留的片刻给她整理自己的思绪提供了机会,如果不是怀疑自己找错了地方,她一定是在为自己不适宜的造访感到后悔。从某种意义上说,她的裹足不前还是因为她想做的事与她的行为给旁观者造成的感觉之间存在着明显的偏差。

这种类似的偏差在人们眺望风景或是凝视一个女人的脸时也会出现。

棉花地里那座废弃的桥梁宛如飞逝的时间遗留下来的残迹,或是一种声音空洞的回响,使人能够在瞬息万变的意念深处捕捉到往昔的片段:呜咽的河水,茂密的苇丛,晾在河岸上的一扇渔网,腥水的气息……

正午时分,棉花地里正在劳作的人群从桥的两侧汇聚到摇摇欲坠的桥栏下(桥面上即便没有嬉闹的小孩,南风也会使它发出细微的吱吱嘎嘎的声响)。看上去,他们正在交谈着什么,也许还夹杂着争吵。

一个年轻人站在桥头的苇丛中显得很不自在,随着时间的推移,他意识到了自己独处的乏味,便犹豫不定地朝桥栏下的那伙人靠拢过去。大概是那些正沉浸于窃窃私语中的人没有注意到他,这个落落寡合的人临时决定改变方向。他俯身钻过桥栏,朝棉花地的另一端走去。由于仓促,他的头在桥桩上碰了一下,但是他并没有立即抬手搔挠自己的头部,而是径直走到很远的地方(孙登的视线将要穷尽的地方——那里看不到什么人影),才若有所思地摸了一下额角。

在一个地方待的时间太短或太长同样会给人带来某种陌生感。今天中午,当孙登照例在桌前的那张变了形的藤椅上落座的时候,突然意识到了这点。日复一日的光阴像一个蚕虫啃噬一片桑叶那样雕刻着他脸上的皱纹。"时间永远比人们的提防走得更快,它总有一天会使你变成一个异乡人,当然,最终你会成为你此刻正在眺望的事物的一部分,正如那座木桥……"

"这不见得有什么不好。"孙登说,"而且人们通常不会觉察到这样的变化。"

"……一株豆荚早晨还缀满春天的露珠,可转眼之间它就被寒霜打枯了。"阮籍说。

女儿抱着一把湿漉漉的豆荚从腰门走了进来。

"那姓阮的朋友看来不会来了。"她说。

孙登知道自己此刻极目远望的神态一定让女儿误以为是在等待着一个什么人,他略微调整了一下坐姿,并随手拿过桌面上的那本诗稿,匆匆看上一眼,又将它放回原处。

在使人恹恹欲睡的午后,没有人会到这座院宅里来,空荡荡的天井,光溜溜的晾衣绳,那只不知去向的燕子,以及桌上摆着的一副下了一半的棋局都以一种更为隐晦的形式证实了这一点。同样可以证明这一点的还有那幅挂在堂屋墙上的画,画幅上的一根线绳(线绳的颜色从猩红转为灰白)由于绷得太紧,早已断了,它依附在画幅的边缘,宛若一把倒放的秤钩。画幅的一角已经被风撩起来,尘土四处飘飞……

孙登拿着一把鬃毛刷试图将画上的尘土掸去的时候,不小心碰翻了桌沿的一只紫砂陶壶。茶壶在桌上滚动了几下,掉在地上摔得粉碎。桌面上的淤水顺着桌缝滴滴答答流下来的声音使孙登静默了许久。

那是一种什么样的声音呢?

从晌午开始,那个苍老不堪的垂钓者一直坐在池塘左侧的树篱边。五月温暖的阳光一次次将他带入梦乡,而池塘里的鸭群的鸣叫以及棉花地里传来的断断续续的声音不时将他惊醒。

通常,人们把植物的枯荣、云起云落、燕子的去而复归看成是时间在延续的象征,一如季节的轮回,但在孙登看来,情况并非如此。谁知道在屋檐下悲啼的燕子是不是去年秋末飞走的那一只?

所有的生命都逃离了眼下正午时刻的阳光,遁入阴暗之角,给他留下了一些琐屑的记忆。一本发黄的诗稿,一团凌乱而枯萎的花瓣,一个无法兑现的诺言……

他的女儿嫁到外乡之后,已经有好久没有回来过了。在一遍又一遍的玄想中,她的身影终于在眼前变得清晰起来……她沿着苏门山下的那条狭窄的小路朝村子走来,在坦荡如砥的麦子中央突然止住了脚步。

女人一动不动地凝视着墙上的那幅画,一只蓝色的蝴蝶像是嗅到了她发丛中松子的香气,在她身后昏暗的光线下徘徊不去。在他和女人之间摆着一副棋局,孙登无法回忆起这副棋是在什么时候摆下的。

棋子的布局和数量,女人忧郁的目光,她的食指和中指夹着一枚棋子的姿态以及屋里凝固僵死的空气都和墙上的那幅画极为类似。孙登不止一次地感觉到他和女人的对弈正以某种难以言说的图式和画上的情景构成了对应,这种荒唐的对应把孙登恍惚的神志带到了意念行将终止的边缘:在阳光明媚的正午,会不会有一只看不见的手匆匆将门庭内的一切绘入一幅画中?

…………

也许是长久的沉默使他感到了腻烦,阮籍轻轻地叹息了一下,起身告辞。孙登将他送出门外。沿着那条栽有榆树的小路,阮籍的身影渐渐远去,融入了苏门山墨绿的背景。

当嘬哨的声音在晴朗的苍穹下响起来的时候,孙登冷不防打了一个寒战,他用一只手遮住眼前强烈的光线,看见阮籍正站在苏门山顶一棵孤零零的树下,在棉絮般厚厚的白云的衬托下,他兀然伫立,像是期待着孙登的回音。孙登环顾了一下四周,将拇指和食指悄悄伸进嘴里——身体的极度虚弱和牙齿的战栗使他发不出任何声音。

尖厉的、凄凉的、哀婉的嘬哨伴随着松涛的啸声在山谷中久久回荡,它仿佛是那位早已死去的诗人悲悯的恸哭,穿透时间的屏障,一直绵延至今,沉入另一个活着的人易醒的睡梦。

傻瓜的诗篇

1

一天凌晨,杜预被屋外的雨声惊醒了。他不知道雨是什么时候开始下起来的,也许是午夜的某个时候,也许是昨天或者前一天的傍晚。在沙沙的雨声中,他听见自来水龙头的滴漏声在附近的什么地方响着,类似于心跳或者钟表走动时发出的声响。即便是在这样的雨天,从窗口吹进来的风也是热烘烘的,带着这个季节特有的阴湿和酸霉味。

现在,房间里漆黑一团,他几乎看不清任何东西。送牛奶的小推车从围墙外的街道上走过,牛奶瓶碰撞发出的叮叮当当的声音在沉寂的空气中越走越远。

有那么一阵子,杜预感到自己又回到了遥远的童年。在一个阳光灿烂的中午,父亲带着他去村外的一个树林里钓鱼,天空刚刚下过一场暴雨,路面泥泞不堪。父亲告诉他,暴雨将河水搅浑了,在河底游弋的鱼群根本发现不了鱼饵……

有时,杜预感到自己正走在大兴安岭的山路上。树林中黑幽幽的，高大的桦树和雪松遮住了炽烈的光线。初夏的南风从山坳中吹过来，空气中到处都散发着树脂清冽的香气。他坐在一辆马车上，手里拿着一本《医学辞典》。他看见天空突然阴沉下来，雨点透过树冠将书本打湿。北方的雨来得又急又快，它随着一阵热风骤然而至，在林间织起一道雨幕——在黑龙江军垦农场的那些日子里，他依靠一只手电筒和那本《医学辞典》发现了通往医学王国的神圣道路。随后，在一九七七年恢复的高校招生考试，使他成为一名医生的夙愿变成了现实。尽管大雨延误了考试时间，他还是如愿以偿地进入了南方某著名的医科大学，在精神病学专业攻读了六年。

这样想着，他几乎将自己的一生简略地回顾了一遍。可是，现在，杜预不知道自己正躺在什么地方，同样，他也不知道流逝的岁月最终会将他归入何处。他似乎感觉到，他的大脑里爬满了蚂蚁，这些蚂蚁麇集在他脑神经芜杂的枝蔓上，将它一段一段地吃掉了……

那么，是不是可以这么说，杜预现在唯一清醒的意识也许来源于他的腹部——在那里他的胃又在隐隐作痛了，他觉察到自己的胃壁上黏糊糊的，像是有一只蚂蟥依附在上面，它静静地蠕动着，使他忍不住想呕吐。过了一会儿，痛感一度游离了他的腹部，顺着血液流动的轨迹慢慢上升，注入他的心脏、肺叶、大脑以及身体的各个部分。

杜预深切地知道，胃病实际上属于精神病的一种。无辜的胃囊成了不堪重负的精神的替罪羊，精神的极度紧张带来了胃酸的大量分泌，它腐蚀胃壁的黏膜引起溃疡，随后导致胃出血，接着出现的病兆也许是一粒小疖，它是死亡最初的讯息，这时，人们除了等待之外，也许已经没有其他的什么事情可做了。

在刚才不安的睡眠中，杜预做了一个奇怪的梦。他梦见了一个巨大的门牌号——在靛蓝色的四方铁皮上，用白漆写成的三个阿拉伯数字，好像是364，也许是634——但这并不是问题的关键，他意识到，这个梦确凿无疑地告诉他：他的精神出现了某种问题。作为一名精神科医生，他早就习惯了对梦境的分析，就他的职业而言，这种分析对于考察病人内心的悸动，找出他们压抑的欲望的代替物是极为必需的；它有些类似于古代的炼金术士从沙土里提取黄金。对于梦境的瓦解和整理往往会帮助医生一下子找到病情的症结所在。

那么，杜大夫从刚才自己的梦境中又看到了什么呢？

首先，他来到了梦境的边缘，在那三个阿拉伯数字上颇费踌躇。他终于想起来，这个门牌号码也许是一个单位或机构的标志，他的心头豁然一亮，一道清晰的语式在他眼前跳跃出来：疗养院路364号。

杜预从医科大学毕业后，被分配到这个精神病疗养中心当医生。尽管他来到这个中心的时间并不长，可是他感觉到自己的一生都是在这里度过的，或者说，他记忆中外面的世界和这里没有多大的不同，正如精神病人和正常人从外表上很难加以区分。在杜预看来，精神病人是唯一的一种没有任何痛苦的病人（这使他既羡慕又恐惧），治疗的过程往往使效果适得其反。那些行将被治愈的病人一旦意识到自己刚刚被人从精神错乱中拯救出来，大凡会产生出自卑、羞耻乃至厌世的情绪，很多人为此走上了轻生的道路。如果治疗的目的仅仅在于使病人重返正常人的世界，那么将精神病人送上电疗床，通过强大的电流对他们的神经中枢进行彻底的摧毁的确是一种一劳永逸的办法。

杜预曾经对十九名做过电疗手术的病人做过一次简单的心理测试。当他要求病人们回答"生活中什么东西最可怕"这样的一个问题时，病人们立即充满自信地答道：

"精神失常。"

这正是杜大夫期待之中的答案。他想到，这个问题要是让另一类病人（比如癌症患者）来回答，他们也许会认为是死亡。

接着，杜预又向他们提出了第二个问题，这是一个简单的算术测验：

"三十九加上五十七等于多少？"杜预问道。

其中的一个病人经过长时间痛苦的思索而得出的结论让杜预吃了一惊。

"医生，您大概搞错了，"这个病人答道，"这两个数字根本不能相加。"

接着，杜预进入了梦境的中心。他看见了一个女人模糊不清的身影，它代表了杜预内心隐伏着的某种综合的欲望。

她坐在一处花园中央的喷水池边,在午后慵懒的光线下,正专心地修剪着指甲。梦境之中的人和事常常有悖实情:杜预看见她红红的指甲被剪掉后随即又重新生长了出来,这就使她那种单调的动作像钟摆一样周而复始。他想起来,这个女人是他的病人中的一位,她来自这个城市的一所著名的文科大学,名叫莉莉,她常常在午后的时候来到疗养院的喷水池边,一坐就是几个小时。杜预时常从宿舍的窗口看到她,有时,她在修剪指甲,有时则是捧读一本《普希金诗选》。

莉莉对于诗歌的爱好在疗养院广为人知。她在入院后的那段时间里一直没有停止过写作,她的诗章反映出她凋敝的精神深处的某种脉络,因而,它总是被当作诊断会上难得的材料当众宣读。

莉莉的身影在杜预的眼前久久不去,显得既熟悉,又陌生,它犹如一道刺目的光亮灼烧着他的眼球。杜预感觉到,在梦境的中心依然存在着一个中心,它类似于祖鲁人所说的夜中之夜,那是有牛奶和蜂蜜流出的地方,是一切水流的源泉,是世界的核心——每当夏季的凉风撩起女人的裙子,杜预常常在某一处街道的阴暗拐角看到它。

最后,在梦境的外围,残留着一个未明部分,它呈现出一些往事的片段,杜预怎么也弄不清这些往事对他来说意味着什么。他看见一辆平板车停泊在水洼中,深秋的雨水漫过他的头顶,使他一度看不清脚下的道路。大雨骤停的瞬间,他看见了一扇明亮而忧伤的窗户,一袭深棕色的风衣从窗口飘然坠落,像一只蝴蝶翩翩飞动,它被楼下的一根电线杆挂了一下,然后无声无息地坠落在地上。

2

精神病疗养中心位于这座城市的南郊,这一带兼有城市和乡间的许多特点。在鸟语花香的四月,从葱郁的树林的尽头,可以看到远处亮闪闪的河流,低矮的农舍,连绵的麦田和油菜花地。

在遥远的半殖民地时代,这里曾经是法国人租界的一个部分。别墅式的红砖房舍一座挨着一座,在高大的香樟树丛中若隐若现。从这些房屋的式样上可以看出法国人简朴而松散的建筑格调。

尽管这一带空气清新,气候宜人,可是杜预第一次来到疗养院路364号的时候,就不太喜欢这儿。他似乎本能地感觉到,在岑寂而滞重的空气里好像潜藏着某种不为人知的危险,但他一时不知道这种危险究竟藏在何处。

在公布毕业分配方案的时候,毕分办主任曾找杜预谈过几次话。在主任的办公室里,当他问杜预为什么不愿意去精神病疗养中心工作时,杜预感到自己有无数的理由可以提出来,可是,这些理由中没有一个可以站得住脚。最后,他神色黯淡地说了一句:

"我讨厌精神病院。"

"为什么？"

"我的母亲就是患精神病死去的。"

主任愣了一下，用一支铅笔顶住下巴："你的母亲？怎么回事？"

对于这个问题，杜预认为没有必要回答，或者说他不愿意向别人提起母亲的事。但是一声不吭却显得不太礼貌，因此，他不由自主地问了一句：

"什么时候报到？"

这句话一出口，他就深深地后悔了。他进而联想到自己做过的每件事情都含有类似的性质：逃避的企图反而使他深陷其中。这使他感到了一种神秘的伤感。

其实，杜预之所以不愿意去疗养中心还有一条更为深刻的原因。他当时正从事于精神病传染的研究，尽管他的研究被校方认为是一种无稽之谈，可是他的内心一直确信：精神病是可以互相传染的，其传染的速度要比任何一种时疫的流行都快得多。

疗养中心的格局说起来也极为普通，初一看，它宛若一座巨大的花园。在茂密的树荫中间，有一块足球场大小的庭院，它的中心是一处假山，一座简陋的喷水池，水池四周依次排放着几条漆成白色的长凳。用竹篱围成的花圃内盛开着一簇簇红黄相间的金钟和雏菊。低矮的松枝树篱被修剪得很整齐，它绕庭院一周，穿过办公楼前的墙脚，在食堂的附近消失不见了。

　　这样的花园布局虽然显得俗气,但总还算得上整洁、干净。可是,如果将目光越过树丛的顶端,投向疗养院高高的围墙时,这片庭院便会立即露出狰狞的面目:围墙的顶上密密麻麻地罗织着一道道铁丝网,它不禁使人联想到,这座疗养院在不久前或许还是一座兵营或监狱。也许是杜预本来就生性敏感,善于观察,他来到这里的第一天,就跟随着长鸟扑闪的翅影在树丛的枝蔓中看到了那排铁丝网。

　　那天上午,疗养中心派车去接他。当他乘坐一辆夏利牌汽车来到中心的大门前时,正好赶上了一批新病人入院。他看见在那片黝黯的庭院里,几个清洁工正拖着扫帚远远地朝他张望。"她们一定是把我当成了精神病人。"杜预很不高兴地这样想。这时,他感到肩上被人重重地拍了一下,这几乎使他吓出一身汗来。他转过身,看见一个穿白大褂的医生正朝他矜持而勉强地微笑。这是杜预第一次见到日后朝夕相处的伙伴——精神病护理专家葛大夫。

　　葛大夫是属于那种乐观自信、自命清高的一类人。他双手插在衣兜里,脸上被剃刀刮得铁青,脖子上挂着一只听诊器(这多少带有点装饰的成分)。从外表上看,葛大夫正好是杜预最为讨厌的一种人,这种人不仅举止优雅,行为得体,而且有着钢铁一般健全的神经(这种健全在杜预看来反而显得有些不正常),一想到自己日后要年深日久地和这种人打交道,杜预就感到一阵神经紧张。

杜预跟在葛大夫的身后,走进了疗养院的大门,他的心怦怦狂跳起来。那种沉闷而混浊的心跳声一度跑出了他的体外,以至于听上去就像是从附近的一个树林里传来似的,有些类似于用丫杆拍打被褥的声响。

杜预的宿舍就在办公楼的第四层,窗口正好对着庭院的那处假山。来到这里的第一个晚上,时断时续的失眠症又一次缠上了他。

早晨醒来的时候,他看见一个穿着斜条纹病号服的老太太正在喷水池附近兀自转悠,她一边往前走,嘴里一边在唠唠叨叨地说着什么。六七点钟左右的时候,他下楼去食堂打饭,在那条幽僻的小路上,这个老太太将他拦住了。她一迭声地重复着一连串意义相近的词汇:"烦啊,烦,烦透了……"杜预显得有些不知所措,这会儿,他看见葛大夫正拎着饭盆朝这边走过来。

"你为什么会感到烦呢?"葛大夫温和地对老人说。

"烦啊烦,烦啊烦……"

"你难道不能说一些别的什么话吗?"葛大夫启发她。

老太太略一思索,脸色突然阴沉下来。

"杀!"她叫道。

葛大夫笑了起来,他朝杜预摇了摇头,表示这个病人已无可救药,随后一声不响地走开了。

吃完早饭,杜预来到了办公室。葛大夫看上去已经在那儿等候他很久了。葛大夫对他说,按照上面的指示,他今天将陪杜预去疗养中心的各个病区转转，顺便让他熟悉一下这里的环境。葛大夫在说话的时候，眼睛不时地朝窗户那边瞥上几眼——在窗户边的一张办公桌前，坐着一位鹤发童颜的老女人。杜预猜想，她大概就是这座病院的头儿。她面容阴郁，不苟言笑（她曾经抬头打量了杜预一眼，算是打了招呼）。

他们首先来到的是第二病区，一条阴晦的水杉林道将它和庭院连在一起。在一座青灰色的小楼前，杜预听到一片嘈杂的喧哗声。它听上去既显得刺耳，又使人不明所以。杜预正要向葛大夫打听那声音的细节，葛大夫伸手制止了他。他们轻手轻脚地上了楼，来到了二十七号房间。

杜预看见一个头顶微秃的老头手里挥舞着一把扫帚，正冲着窗外莫名其妙地大喊大叫：

"敌人冲上来啦，同志们，打呀……叽叽叽叽叽……"

他的脸上汗水如注，看起来正在和想象中的敌人做殊死的搏斗。

"同志们，拼刺刀呀……"

葛大夫凑近杜预，悄悄地告诉他，这个人曾经参加过抗美援朝，还得过二等功勋章，可是后来不知怎么就得了精神病。在这个病人病情发作的时候，葛大夫没有立刻制止他，而是抱臂倚门而立，轻松地看着他。最后，当这个病人将头颅撞向墙壁与敌人同归于尽的时候，葛大夫才朝他走过去。

"我是团长，三零四号高地发生了什么情况？"葛大夫忍住笑容对他叫道。

病人转过身来,啪地来了一个立正:"报告首长,美帝国主义向三零四号高地发动了十五次进攻,我军伤亡惨重。"

"稍息!"葛大夫用不容置疑的语调对他说,"敌人的进攻已经被我们打退了,你们的阻击战打得很漂亮。现在的任务是——"

病人啪地立正。

"到床上去睡觉。"

病人立即行了个军礼,来了个三百六十度大转身,随后极为敏捷地蹿到床上,直挺挺地躺了下来,并且闭上了眼睛——看上去,他仿佛已经熟睡很久了。

下楼的时候,葛大夫显得极为兴奋。他一连几次问杜预:"怎么样,疗养院还是挺有意思的吧?"

杜预本来不想笑,可这会儿,他再也忍不住了,便纵声大笑了起来。

"你怎么这样笑?"葛大夫惶恐地看了杜预一眼。

杜预心里猜想,这个病人是葛大夫的杰作,也许疗养院每来一位新同事,他都会领他们来观赏一下这种叫人开心的阻击表演。他的猜测很快就得到了一定程度的证实。他们走到楼下的时候,葛大夫对杜预说:

"你这次可赶巧了,要是晚来一步,这场戏就看不成了,因为,今天下午,他就要被送进电疗室进行电疗了。"

葛大夫说到这里,用食指和中指比画了一个用剪刀剪断什么东西的架势,同时嘴里清脆地蹦出一个词儿:

"咔嚓……"

人类的精神究竟在什么地方出现了问题呢？杜预时常这样问自己。他通过大量的阅读和研究得知，在不很遥远的过去，人类精神上的疾病通常是歇斯底里症。福楼拜笔下的包法利夫人为这类病症提供了一个极好的范例。对于这类病人，只要通过短期的疗养即可康复（福楼拜所开的药方是：给病人放点血），它是由于某种悲剧性的事件而引起的。而在二十世纪，人类的精神病更多的是精神分裂，它显然是源于无法说明而又排解不开的焦虑。

杜预心想，如果自己有一天得了精神病，那么上述两种病症都会兼而有之。

这样想着，杜预不知不觉中已经来到了疗养院后院的一片枞树丛里。刚才在吃午饭的时候，他在食堂里听说有个病人在这片林子里吊死了，所以，他吃完饭就走过来看看。可是这会儿，尸体已被人运走了，也许是大伙儿正在吃饭那个时候被运走的，没有惊动任何人，也没有留下什么痕迹。在疗养院里，这类事情总是处理得干净利落，和疗养院沉寂而安详的气氛极为协调。

枞树林里空空荡荡的，有一个老人在幽晦的林子深处打着太极拳，杜预一时看不出他是一个精神病人还是正常人。

一个周末的下午，疗养院新来了一位女病人，她是一位家在外地的大学生。精神病猝发的时候，由于来不及通知病人的家属，她所在大学的几位高年级的女生将她送到这里。

当她从一辆橘黄色的出租汽车上下来时,杜预简直看不出她的精神有什么毛病。她面色红润,留着披肩长发,眼神明亮而清澈,如果不是她一下车就发表了一通关于中国是否应该派军队去参加海湾战争的议论,几乎没有人会注意到她的精神失常。

在女病区的门房里,杜预对葛大夫说:"我怎么好像在哪儿见过她?"

"这么说,"葛大夫愣了一下,"你们原来就认识?"

"不是的,"杜预纠正道,"我肯定没有见过她,可是感觉上却和她很熟悉。"

"这一点也不奇怪,"葛大夫说,"大凡漂亮的女人都会给人的视觉造成偏差。不过也许你们确实见过也不一定,你好好想想,比如在校际联谊舞会上,或者在一场运动会的田径场上……"

杜预认真地想了一下,没再吱声,他感到葛大夫的话里有一种含蓄的讥讽的味道,便转过身去,打量了一下那个名叫莉莉的病人。

在那间堆满被褥和衣物的房间里,几个护士正在给莉莉换衣服。在这个季节,她的衣服穿得很少,因此尽管她对换衣服这件事一开始就表现出强烈的抗拒,护士们还是没有费什么周折。她被人按在一张钢丝床上,两条腿乱蹬着,双手紧紧地拽住衣领,一个护士被她的粗暴行为弄得不耐烦了,便伸手在她光溜溜的屁股上拍了一巴掌。这时,杜预看见她的手在乳房和腹股沟之间来回遮掩着。

葛大夫笑了起来:"这个病人还懂得羞耻,这说明她病得不重。"

杜预好像没有听清葛大夫的话。他的目光被她那对战栗的、微微上翘的乳房牢牢地吸引住了。他的脸由于羞赧而涨红了。一方面,他不敢相信自己的眼睛——它可以从容地审视眼前一览无余的躯体,另一方面,他感到自己多少有些不道德,感到自己内心的肮脏和不可救药,这种感觉激起了他对自己的憎恶。

"这个病人平常一定喜欢游泳。"葛大夫煞有介事地说。他说话的语调不紧不慢,极有分寸,带着医生这个职业特有的科学和准确的气质。杜预很快就明白了他的意思。这一点,他也注意到了:在莉莉裸露的身上,有几处地方白得耀眼,那是穿游泳衣留下来的痕迹。

护士们一边给莉莉换上斜条纹的病号服,一边叽叽喳喳地议论着什么,随后她们开心地笑了起来。其中有一个护士冷不防朝杜预瞥了一眼,诡谲地眨了眨眼睛。那意思分明在说:

"这次你们可大开眼界啦。"

3

两个多月过去了。疗养院里一簇簇的雪松和香樟树即便在秋天也是郁郁葱葱的,它们的叶脉反映不出时间的变化。

正当葛大夫时常向杜预抱怨日子过得太快的同时,杜预却感到度日如年。

来到疗养院的时间虽然不长,可杜预对这里的一切早就厌烦透了,他仿佛感觉到寂静而阻滞的空气将他纤弱的神经磨得越来越细,他担心它会在某一个夜晚突然断裂……

疗养院的工作极为闲适。给病人打针服药之类的琐事几乎都由护士们承担下来,作为一名见习医生,他处于无所事事的惯性之中。他常常坐在宿舍的窗前,长时间地注视着窗外那片一成不变的空间。如果天气晴朗,莉莉每天午后都会独自一个人来到花园中心的喷水池边,在深秋温和的光线下修剪指甲或者捧读一本蓝封皮的《普希金诗选》。

和疗养院的其他病人比较起来,莉莉的精神病带有一种娴静而温文尔雅的性质。除了偶尔出现一些暴露癖之类的症状之外,她很少引起诸如暴力斗殴以及自残身体一类的麻烦。因此,院方对她的治疗通常只局限于让护士每晚给她服用一次小剂量的安定药丸。

葛大夫曾经告诉过杜预,精神分析疗法早在上个世纪就被西方人用于精神病的诊断和治疗,而在这所疗养院里,这种方法的有效性尚在讨论之中。这倒不是说我们对西方的医学成果缺乏足够的了解,而是这种成果在多大程度上适合于中国的国情,比方说——葛大夫举例道,西方的精神病人通常在内心深处隐伏着一个潜在的纽结,它常常和宗教有关。一旦找到了这个纽结,问题便迎刃而解,而中国人本来就毫无精神可言,他们的内心照例是混沌一片……

葛大夫的这番议论在杜预看来仅仅是一种无稽之谈,但它无疑准确地阐述了他目前所面临的现实。他感到,这座疗养院最高的医学权威大抵就是几名电工——他们负责疗床的操作和检修。

这天晚上,杜预和葛大夫去女病区查病房的时候,莉莉正趴在钢丝床上,在一张活页纸上写着什么。看到葛大夫和杜预走进来,她莞尔一笑,随后,她将葛大夫叫到自己跟前,像个孩子似的压低了声音向他说道:

"刚才,我写了一首诗……"

"很好,"葛大夫像个父亲似的摸了摸她的头,"我能看看吗?"

莉莉犹豫了一下,将活页纸递给他。葛大夫心不在焉地朝它看了一眼,随手递给杜预。杜预看到纸上用铅笔歪歪扭扭地写着这样几行字:

哦,傻瓜
我高贵的国王
让你巨大的泪水盖在我的身上
我愿在你的泪水中痛苦地死去

"什么意思?"杜预看完这首诗之后,自言自语地说了一句。

"毫无疑问,"葛大夫漫不经心地对杜预说,"这是爱情的分泌物。"

莉莉的这首诗使杜预突然想起了一件事,想起了自己无拘无束的童年时光,这多少使他有了一种恍若隔世的感觉。他在过十岁生日的那天晚上,母亲为他订了一只大蛋糕,上面插着几根彩色的蜡烛。当母亲微笑着问他,长大以后愿意从事怎样一种工作的时候,杜预简直不知道如何回答她。窗外的世界广袤而浩瀚,瞬息万变,奥秘无穷,他几乎打算将所有的事情都经历一遍。

"像你父亲那样,做个诗人怎么样?"母亲提醒他。

父亲的脸蛰伏于暗处,杜预怎么也记不起他的脸来。可是他当时听见父亲在黑暗中嘀咕了一声:

"哼,诗人!"

"那就当个记者吧。"母亲赶紧打圆场。

"哼,记者!"父亲冷冰冰地说。

杜预当时对父亲有一种本能的憎恶,他的话使杜预突然感觉到这个世界适合于自己的工作一下子变得那样地少。

"依我看,还是当个医生吧。"父亲对他说。

杜预心头一紧,因为在所有可供选择的职业中,医生这个行当是他最为厌恶的一种。

杜预查完病房后,回到了自己的宿舍里,当他意识到自己的手里依旧捏着那张活页纸的时候,他又忍不住坐到灯下,将那首诗仔细地端详了一番。伴随着这一首诗歌的意象,莉莉的形象又一次在他的眼前浮现出来。他感到自己的感情突然有了一种微妙的变化,这种变化在开始的时候是微弱的,甚至不为人所察觉,可是现在,他实实在在地感觉到了它。

当他一想到"傻瓜"可能是莉莉过去的一个男友时,他的心底不禁掠过一阵淡淡的妒意,而且这个男友的形象立即跃入他的眼帘。他长得高大、俊美,谈吐优雅,举止得体,他穿着时下流行的宽松裤,梳着板刷头,好像生来就是为了享受生活的——这个男孩的形象恰好与自己的矮小、猥琐处处形成了对照。他感到自己生来就属于可有可无、让人生厌的一种人,没有机会,没有未来,甚至没有愿望,他的身上不仅聚集了这个时代可能会有的种种荒谬,而且也深刻地呈现出人类所有的缺陷和弱点。

这个想象之中的男人的形象是令他所不愉快的。杜预对他的嫉妒渐渐就转化为一种愤怒,这种愤怒一方面朝向不可理喻的世界,另一方面又汇聚到他虚弱而空洞的内心,因此,他的愤怒最后终于演变成了对自己强烈的厌恶。

在所有的这些东西背后,杜预意识到有一种更为纤细的情感在他的肌肤中流淌。莉莉带给他的那种奇妙的感觉有些类似于口渴,她那张使人熟悉而又陌生的脸,那对微微上翘的乳房,她裸露的躯体使窗外的黑夜更加浓重,天上的星辰更为遥远。晚风习习,树木飒飒作响,神秘的夜色为他的记忆敞开了大门,他靠在一只躺椅上,不知不觉走进了梦乡。在梦中,他感到自己正在一条湍急的河中沉浮,无所依傍。在河道的另一边,他看见莉莉的乳房像一串葡萄沾满了露水,在寂静无声的午夜唱着歌谣……在似有若无的歌声中,一个古老的声音在不断地提醒他:不要犹豫,瞅准机会干他一家伙……

女病区的病房属于疗养院别致的建筑中最为精巧的一个部分。它蛰伏在树木掩遮的幽暗深处,紧靠着一座带尖顶的礼拜堂。它原先是一位法国商人的鸟舍,即便是时过境迁的今天,这里依旧啼鸟啁啾,粪迹处处。

作为一名医生,杜预知道,他和女病人的接触一般来说不会引起怀疑和物议,更不会受到限制,可是,当这天黎明他伫立在病房门前的栏杆边上,还是感到自己的心脏在怦怦乱跳。附近的一座大楼正在施工,打桩机富有节奏的轰鸣似乎增加了他的不安。

这一回,莉莉又给他看了一首新诗,当时她正斜靠在床上,跟一位正在给她量体温的女护士闲聊着什么,当莉莉神秘地告诉她,戈尔巴乔夫是美国联邦调查局的一位密探时,护士被她逗得前仰后合,莉莉随后也笑了起来,她笑着笑着就将嘴里的那支温度计咬断了,护士没有责怪她,而是让她将玻璃碎渣吐在一只瓷盘里,随后给她换了一支温度计。

> 我奇怪这融融的春季
> 为何突现隆冬的景象
> 你死在四月的窗口
> 死于积雪一般绵延的阳光之中

如果我死了，我一无所失
哦，傻瓜
你的死，却带走了整整一个未来

　　杜预看完了这首诗，感到它似曾相识，不久他就想起来，有一个他曾经非常熟悉的南美诗人写过一首类似的诗歌——《怀念安赫利卡》。只要将这两首诗粗粗地对照一下，就不难看出它们之间的相似之处。原诗是这样的：

如果我死了
我只不过失去了一个毫无意义的过去
而随着你的死去
你失去了整整一个未来
一个被星辰夷灭的
敞开的未来
……

　　护士不知在什么时候已经离开了这里。莉莉呆呆地看着那扇映上晨曦的窗户，在早晨暗红色的光线下，她的脸显得楚楚动人。她松散而迷乱的目光中饱含期待。杜预从她的脸上再一次体味到了时间的奥妙无穷——她仿佛在冥冥之中一直在等待着他，等待着这样一个早晨。杜预没有立即对那首小诗做出评价，而是默默地注视着她，他为自己的翩翩幻觉所激动,不禁感到喉头一阵哽塞。

不管怎么说,这首小诗还是让他感到高兴。如果说莉莉过去的那个傻瓜男友确实存在过的话,那么从这首诗来看,他好像已经死去了。他是怎么死的,死于何处,这些都无关紧要,他所感兴趣的是,那个傻瓜已经死了,从某种程度上说他死得不无道理,这样一来,作为一位精神病患者,一位被死亡阻隔的不幸恋人,理所当然地需要得到特别的保护,得到珍爱,而给予这种保护和珍爱,恰好是杜预的当务之急。

不过,这样想来,杜预不禁感到自己多少有几分卑鄙和可怜。这个念头在他的脑子里一闪而过,他的心中被清澈的水流注满了。坐在他面前的这个女人宛若一个不谙世事的孩子,她显得安逸、娴静,没有忧乐,没有爱憎,没有提防和危险,甚至没有世俗的羞耻之心。他再也不需要胆战心惊、无所适从地接受一个女人的审视,相反,他可以无拘无束地和她谈话,如果他愿意,还可以用手去抚摸她的脸,她的肩胛,她的膝盖……这样想着,他感到自己和莉莉之间所产生的这种情感是远比爱来得丰厚和纯净的一种东西。

他离开女病区的时候,正好是食堂开饭的时间,他没有回到自己的住处,而是径直来到了葛大夫的寓所。

葛大夫正坐在桌前翻阅一本新版的《梦的释义》,当他将深度近视的眼睛从书本上挪开,询问他的来意的时候,杜预才感到自己不应该来找他,他不知道自己为什么会来到他的寓所。

葛大夫这种人带给他的厌恶是一时难以消除的,可是,在这所疗养院里,他又是杜预唯一感到可以亲近的人。

老于世故的葛大夫瞥了他一眼,问他是否愿意留在这里吃饭。杜预不置可否地笑了笑,他怀疑葛大夫入骨三分的目光已经看透了他的心思。

在吃饭的时候,葛大夫和妻子突然争吵了起来,妻子抱怨他和那些女病人之间的关系暧昧不清。葛大夫再次瞥了杜预一眼,漫不经心地对他的妻子笑了笑:

"这种事在疗养院是被绝对禁止的。"

一般来说,这个地处南方的城市冬天很少下雪,可是,这一年的十二月份,大雪一场接一场地下着,积雪将疗养院里低矮的灌木都盖住了,在树荫和墙角下长久不化。

莉莉的病情并没有像杜预所盼望的那样出现某种转机,但也没有变得更坏,而是一直维持着入院时的那个水平。这年冬天,一个外国的医疗代表团来疗养院考察,平常很少惹事的莉莉这一天却出人意料地找到了表达疯狂的途径。她赤身裸体地从病区跑出来的时候,董主任——那个鹤发童颜的老太太正陪着国际友人去参观心理实验室。在莉莉的身后,跟着几个跑得气喘吁吁的护士。

正当董主任被这个突发事件弄得手足无措的时候,一个美国人却不以为然地用蹩脚的汉语告诉董主任:他早年在普林斯顿大学读书的时候,男女学生们常常用裸跑来欢迎冬天的第一场雪。

美国人的解释多少带有某种安慰的成分。董主任面容忧悒,一声不吭,杜预担心这个老太太会在一怒之下将莉莉送进电疗室。在这所疗养院,病人何时被送进电疗室,要视办公会讨论的结果而定,还要受到病人的人数、电疗床的工作状况等等条件的制约。

一想到莉莉在不久之后会被送去电疗,他就感到了一种莫名其妙的恐惧,同时,这种恐惧也促使杜预做出了一个大胆的决定。

4

我想唱一支歌
一支简朴的歌
一支忧伤的歌
我想拥抱一个女人
一个高大的女人
一个笨拙的女人

这首题为《断想》的小诗是杜预从《他们》杂志上剪下来的。作为一只书签,它被夹在《一九八九年医学年鉴》之中。每当他打开医学年鉴,这片萎黄的纸页上的这几行小字便立即跃入他的眼帘。他是如此地喜欢这首不起眼的小诗,因为它喊出了潜伏在自己心底里的某种声音。

在杜预看来,有两种人让他感到亲近,一类是诗人,它代表了自己灵魂的骚动不安的呼吸,另一类是女人,她们象征着躯体的欲望,同时也意味着安宁和恬静。

这两种人的特性在莉莉的身上可以说是兼而有之。

在春节前后的这段日子里,疗养院里一片沉寂,办公室里也是整天空空荡荡的。董主任回老家过年去了,疗养院的大部分医生都因休假而停止了工作,只留下了几个值班的护士。

因此,在某一天的傍晚,杜预终于有机会将莉莉带到了自己的办公室里。

在他们独自面对的时候,杜预还是感到有些拘束。他坐在窗边,呆呆地望着燃烧的炉膛,想不起来应该和莉莉说些什么。窗外的北风呼呼地从屋檐下掠过,树木簌簌作响。他来到疗养院的第一天看到的那个老女人又在楼下的花坛边转悠了,她一边走,一边自言自语,看上去就像是在寻找一件丢失的东西。

花坛、喷水池和假山的上面还残留着一绺绺没有化掉的积雪,让风一吹,干冻的雪粒便纷纷扬扬地飘散开来。杜预的耳边又一次传来了那种古老的声音:不要犹豫,瞅准机会干他一家伙……这种悠远而战栗的声音常常在耳边提醒他,他的心脏怦怦乱跳了起来。

现在,天还没有完全黑下来,他知道自己眼下还需等待。

莉莉闲坐在一旁,正专心致志地用一根牙签剔着指甲,没有觉察到杜预盘算已久的企图。她的脸斜对着炉膛里暗红的灰烬,因此,她的脸上泛起一片氤氲的潮红。在她身边靠墙的地方,放着一架旧式风琴,这种风琴他只是在小学的音乐教室里见过。他不知道它为什么被搁置在办公室里,他来到疗养院的这段时间里从未见人弹过它,琴盖上早已积满了灰尘。看着这架旧式风琴,杜预的眼前不时地浮现出一段段往事,这些往事说不上是沉静、美好,还是躁动不安。在他细腻而敏感的想象力的滋养下,琴声总是带给他阳光纷乱的印象……

如果我此刻过去拥抱她,她会有怎样的反应呢?杜预不安地问着自己(同时又一次偷偷地瞧了莉莉一眼)。无非是顺应或者抗拒两种结果。如果是顺从,那当然什么问题也不会有。如果她反抗呢?那么自己应该就此罢手还是再做进一步的努力?杜预一时想不好。他感到他正在付诸行动的这一念头多少带有一点冒险的性质。一想到她如锦缎般光滑的肌肤,想到她那对微微上翘的乳房……他心中冒险的念头很快就占了上风。他告诫自己,冒险的成分微乎其微,万一遭到她的抗拒也没有关系,反正她是一个精神病人,即使她说出去也证明不了什么问题。为了自己日复一日的不眠之夜,为了多少年来一直在他心底排解不开的渴望,他感到这种冒险对他的身体来说是纯洁而人道的。

这样想来,他的心头忽然产生出一种无名的愤怒,莉莉好像顷刻之间成了世上所有女人的代表,她们对他一次次冷漠的眼神使杜预记忆犹新。现在,他应该利用这个机会对她们进行彻底的报复和清算。这种念头使他内心涌现出一股英雄的悲壮。他想起自己曾经有一个好朋友(如今已到了国外)极为详细地向他描述了和一位在医学院就读的女中尉的风流韵事。"你知道,和一个身穿军装的女人上床是一种什么滋味吗?"那个朋友极为下流地对他说。杜预漠然地摇了摇头,在他一连几天为朋友的讲述感到肮脏羞愧的同时,女中尉的身影却在他的眼前久久不去。

杜预在一连串纷乱的联想中,已经不知不觉挨近了莉莉的身边。尽管现在是隆冬季节,可他身上早已是汗涔涔的了,他极为笨拙地将手伸向莉莉。她的手一经触摸便立即像一只松鼠一般跳开了。莉莉睁大了眼睛,惊恐地瞪着他。在这一刻,杜预体验到了一种意味深长的恐怖:他仿佛感到莉莉的精神失常也许是装出来的……

他感到自己已经别无选择,便极为粗俗地再一次抓住了她的小手。这一次,莉莉没有将手抽开,而是反过来抓住他的手……杜预心头的一道闸门突然打开,水流哗哗地流淌,它带着爱情芳香扑鼻的气息,流遍了他的全身。

作为一个精神病人,莉莉对现实中的事情反应迟钝,举止乖张,出语荒诞不经,而对于情感的体验却异常地敏感、警觉、准确,当杜预将她抱住的时候,她的身体像一朵风中的小花窸窸颤动,她好像也已经等待了很久,紧紧地蜷缩在他的怀里。一种难以遏止的兴奋和忧伤使杜预不禁泪流满面,莉莉也哭了起来,同时她的脸上还挂着笑容。他们就这样长时间地依偎在一起,仿佛这一举动是从遥远的某个年月延续下来的,而且还要这样延续下去。

黑黝黝的夜色悄悄漫过窗沿,盖住了他们。

当一阵脚步声在办公楼的过道里响起来的时候,杜预才从这个睡梦般的情境之中苏醒过来,他听见有一个人已经踏上了办公楼一楼的楼梯,正朝办公室的方向急走而来。在这个夜晚,谁会到办公室里来呢?他已经来不及细想了,因为门外的那个人一边往前走,一边从口袋里掏出了钥匙……

莉莉也听到了脚步声,她好像突然想起了什么事似的对杜预说:

"不好,我爸爸来了。"

"你怎么知道是他?"杜预感到迷惑不解。

"就是他,他常常在我洗澡的时候突然闯进浴室……"

杜预还是第一次从她嘴里听到有关她过去的某些信息,他的眼前豁然一亮,作为一个医生的职责使他忘记了越来越近的脚步可能带来的危险,他正想和莉莉再说些什么,莉莉伸手制止了他。

杜预听见门外的那个人在楼道上无声无息地站了一会儿,好像为是不是应该开门感到犹豫不决。接着,他听见钥匙在锁孔里转动了几下,门被推开了,他看见一道黑影闪了进来,顺手拉了一下门边的灯绳。

办公室天花板上的四根日光灯管同时亮了起来,炽烈的光亮几乎使杜预睁不开眼睛,他看清走进门来的是精神病护理专家葛大夫。葛大夫的脸上呈露出一副吃惊的样子,但随后就恢复了镇定,他对杜预做了一个含义暧昧的手势,然后抱歉似的笑了笑,尽管杜预感觉到葛大夫的笑容可能是装出来的——他记得这个世界上到处都洋溢着这种笑容,可是你不知道笑容会何时收敛,突然变幻出另一种狰狞的面目——他还是对它表达了会意的感激。

这时,莉莉环顾了一下四周,猛然问道:"我为什么会在这儿?这是什么地方?"

杜预和葛大夫都吃了一惊。如果说莉莉的精神失常总有一天会复原,那么此刻,她的身上已经出现了某种转机。

"傻瓜,"莉莉对葛大夫吼道,"把灯关上。"

杜预看见葛大夫尴尬地笑了,然后顺从地拉了一下灯绳,房间里顿时一片漆黑。

"我来取一份材料。"葛大夫说着,转身朝外走。接着他又回过头来对杜预说了一句:

"你应该将门反锁上。"

"你刚才说,你在洗澡的时候,你父亲突然闯了进来,然后呢?"当杜预听见葛大夫的脚步声在楼下的树荫里走远的时候,他这样问道。

"我也记不清了。"莉莉说。

"那你还记得一些什么?"

"我看见一扇窗户……阳台上的窗户。"

"阳台上还有什么?"

"傻瓜。"

"傻瓜是谁?"

"他被人用绳子勒死了……那天下午,我从学校里放学回家,天上刚刚下过一场暴雨……"

"后来呢?"

莉莉想了想说:"后来,海湾战争就爆发了……"

杜预感到眼前一阵晕眩,他突然记起一件往事。他看见阳台里空空荡荡的,秋风飒飒,阳光嗡嗡作响,他趴在阳台里的一张小木凳上,在一本描红册上写字,母亲捧着一团毛线从屋里走到他的身边,没有跟他说话。杜预忽然感到一阵莫名其妙的忧伤,他觉得在这个午后的软绵绵的阳光里,好像有一种什么东西在悄悄地死去……随后,他就看见一件类似于风衣的棕红色的东西从窗口飘然落下,它在楼下的一根电线杆上挂了一下,然后啪的一声掉在了地上。

为了驱散心中积存的这个不祥的念头,杜预摸索着走到那架旧式风琴前。他揭开琴盖,胡乱地在琴键上按了几下。风琴发出一连串沙哑而苍老的声音。正如"知青"这个名词和过去的某一种时间息息相关一样,风琴这种过时的乐器似乎也是某个特定的时代的产物——它演奏出特定的曲目,传达出特定的气息和氛围。

杜预让莉莉坐在风琴上，然后开始一件件地脱掉她的衣服。他的手在渐渐习惯了她的乳房之后，又缓缓滑向她的腹部，他现在需要寻找另外一种东西。他的手指掠过莉莉的肚脐，莉莉的身体战栗了一下，随后，他听到了莉莉的喘息声像流水一样响了起来。被莉莉的躯体压住的一排琴键不时发出一阵低声的呻吟。他悄悄地将手抽出来，他的指尖上黏糊糊的，他嗅到那种奇特的气息，说不上来是什么一种气味，他从来没有闻到过如此美妙的气味，它和花卉和香草的气息颇为类似，而又迥然不同……

杜预意识到自己在过去的岁月中从未接触过真正的生活，或者说他所经历的只是一些无关紧要的外表和幻影，现在，他开始触及生活的核心了。

借着火炉的亮光，杜预看见她修长的裸腿从琴架上挂下来。在某种意义上，女人就是一架风琴，它是否能够流淌出美妙的音乐，要看你如何演奏它。杜预感到自己的动作是粗鲁而笨拙的，甚至是丑陋的，但是却充满了淹没一切的激情，当他抬起莉莉的双腿，将它们搁在肩上的时候，莉莉突然在黑暗中朝他笑了一下，露出一排洁白的牙齿，她的笑容使杜预感到黯然神伤。杜预意识到，这种无法说清的悲伤情绪不完全是他自惭形秽的心理引起的——一个患有精神病，对自己的躯体毫无防备能力的女人给他带来的欢乐是极为有限的；另一方面，杜预感觉到，这种悲伤是那样紧密地与欢乐掺和在一起，它们互相模仿，难以区分。

杜预在做这件事情的时候,好几次想停下来,他觉得有必要再好好想一想这件事。他在忙乱中,脚尖不时碰到风琴底下的踏板,这时,风琴便会发出一阵清晰而悠长的声响,这种声音既使他难受,又叫他愉快。他的眼角不经意地呈现出一座空荡荡的教室,一个梳着齐耳短发的音乐教师穿着黑色的裙子,坐在风琴前。她的手指纤长而白皙,轻轻掠过琴键,琴声跳跃着,震荡着午后呆板的空气,看着那位女教师忧郁而肃穆的目光,杜预好像感到她的手指仿佛是从他的背脊上滑过一样。下课以后,杜预将自己的这一微妙的感受悄悄告诉了他的一位要好的同学,这个学生想了一会儿,一边擦着鼻涕,一边用骄傲的语调对他说:

"有什么好奇怪的,这就是音乐的魅力嘛。"

风琴的声音似断若连。深夜的时候,杜预穿过一片寂静的松林朝宿舍走去,而他的耳边依旧回响着记忆中风琴的声音。

将莉莉送回病房以后,杜预感到心头空空落落的,月光将他瘦长的影子投射到蓝幽幽的雪地上,封冻的地面硬邦邦的,脚踩上去,冻雪便会发出咯吱咯吱的声音。不管怎么说,刚才的那件事在事后想起来还是令人愉快的,因为它,杜预感觉到自己的生活发生了某种深刻的变化,以前一直陪伴着他的那种令人绝望的不正常的恐惧突然烟消云散了。空气是如此之清新,它带着松枝的树脂的清冽香气,伴着夜风,吹拂着他身体的每一个部分。一路上,他不禁轻轻地哼起了一首过去的歌谣,这首简朴而忧伤的歌谣又似乎增添了甜蜜的安宁气氛,当他经过那片宿舍楼前晦暗的松树林时,不禁亮开嗓子吼叫了几声。叫喊声在城市的午夜传得很远,很快又被高大的建筑物弹了回来,树冠上的积雪扑扑簌簌掉在他的头上。

杜预失魂落魄般地回到了自己的房间里,他给自己冲了一杯咖啡,在一张有扶手的椅子上躺了下来。他闭上眼睛,在窗外呼呼的风声中,回味着刚才的那件事,回忆着它的每一个细节。由于他过于良好的自我感觉,他发现自己喝咖啡的动作也陡然变得优雅起来,他的身体和冥冥之中的时间达成了和谐与默契,他的呼吸平和而流畅。无疑,他在那一刻,已经处在了美妙世界的中心。

但是,这种自由而闲适的心情并没有在他的身上逗留很久,当他的目光不经意地越过椅边的茶几时,一种他从未体味过的簇新的情绪又一次攫上了他,那是一种深深的无聊、羞耻和厌倦的混合物。

茶几上搁着一张被揉皱的活页纸。

5

在杜预的心中,他也许永远也无法接受这样一个事实:莉莉奇迹般的精神复原的转机就是在办公室的那个夜晚出现的。从以后陆续发生的一连串事件来看,这一事实恰好构成了对杜预的讽刺。

德国精神病权威皮尔斯博士曾经指出,在精神病的治疗上,病人要比任何一位学识渊博的医生都来得高明,有时,他们会自己找到精神复原的道路。对于莉莉来说,情况正是这样。正当疗养院的办公会议在研究是否应该将莉莉和另外十二名病人送进电疗室的时候,莉莉的身上突然出现了康复的征兆。

开始的几天,她是以整日泪流不止的形式表现出来的。随后,她的记忆像春回大地的遍地青草一样渐渐复萌,她能够较为完整地向医生讲述自己的家世,能够记忆起童年和大学的一些生活片段,甚至她还能简单地讲述一两个笑话,她的笑话常使护士们捧腹不止。不知从什么时候起,她突然停止了写诗。杜预记得,她在疗养院写过的最后一首诗曾经在办公室里被当众宣读过,因此,他能够完整地背诵它:

  哦,傻瓜
  我高贵的国王
  请用绳索将我捆绑
  我愿用我发蓝的手卷
  侍奉你高贵的一生
  没有一个故事,不是因为你
  成为另一个故事
  没有一次梦幻,不是因为我的呼唤

成为记忆中对你终生的眺望

……

这首诗使董主任,一个离过三次婚的老女人爱不释手,每当莉莉所在的大学派人来探望病人,她都要让办公室的一位年老的打字员向他们大声朗诵它。在董主任看来,这首诗无疑是一个杰作,因为眼下的时尚使爱情沉睡,而这首诗再次唤醒了忠贞不渝的高尚情操。在办公室里,杜预时常看见董主任在偷偷地阅读这首诗,老泪滚滚而出……

从此以后,董主任对莉莉关怀备至。就在董主任决定将莉莉收为干女儿以后不久,她就在办公室里当众宣布:莉莉大约再有一个短时期的疗养就可以出院了。

董主任和莉莉的亲近使杜预和莉莉见面的机会越来越少。有一次,杜预小心翼翼地提醒董主任:"在病人出院前,我们至少得搞清楚'傻瓜'到底是一种什么玩意儿吧?"杜预的好意不仅没有博得董主任的赞赏(在杜大夫看来,这是一种对病人应有的负责态度),相反,他的提醒使董主任勃然大怒。

"毫无疑问,"董主任唾沫飞溅,"那个傻瓜就是你!"

杜预感到自己的自尊心受到了某种伤害,但又不好发作,只是低声地嘀咕了一句:"要是我倒好了……"

这是一个五月末的中午,莉莉第一次获准走出了疗养院的大门。她将在户外的田野上散散步,看看乡间的河道和农事,呼吸一下新鲜空气。按照董主任的意思,这有助于她的精神更快地复原。

陪同她出游的本来有两个人。葛大夫推说下午还有些别的事,半路上走开了。这使杜预再一次感到葛大夫这个人很有人情味。可葛大夫在离开的时候,用一种鄙夷的目光扫了他一眼,使他感到不寒而栗。毕竟,两个男人陪着一个少女在乡间的田野上走来走去,会让人感到不伦不类。

这是一个令人赏心悦目的季节,天空也显得格外晴朗,篱外的阳光懒懒地起伏在草滩上。春天的花朵有一部分已经开败了,而在河边迤逦远去的金银花和连翘却显得生机勃勃。一路上,杜预和莉莉不声不响地走着,他们彼此间沉默着,一方面,是由于无话可说,而更多的则是出于互相提防。这样一来,杜预又感到自己走在了一条老路上。沉默使时间拉长了,而他却在时间的边缘无所适从。

他们走了一段路之后,莉莉感到有些累了,他们就在一处红苔地边上的田头坐了下来。在不远处的一块麦地里,几个农民正在挥镰割麦,他们不时从麦地里直起腰来,一边用毛巾擦着脸上的汗水,一边朝这里张望。守望的稻草人在麦丛中兀自摇晃着,在午后阳光下投下了一线长长的阴影。

在这个寂寞的午后,杜预在内心一直犹豫:该不该向她打听有关傻瓜的事。他是那样急于了解事情的全部真相,尽管他也许已经意识到,真相本身对他可能已经没有什么意义了。从另外一层意义上来看,鉴于病人的病情正在恢复之中,他的探问很可能再次勾起她对辛酸往事的回忆,这对病人来说就显得太残酷了,作为一个医生,它本来就是莫大的忌讳。

可是,那些话语仿佛已不受他的控制似的径自脱口而出,而莉莉的回答则使他多少感到有些失望。

一天下午,莉莉放学回家,走进院门的时候,她感到一丝惘然若失的情绪悄悄地咬住了她。天空刚刚下过一场暴雨,空气中到处都飘浮着臭氧和尘土的气息。杏黄的云层压得很低,让她透不过气来。当她走上楼梯的时候,才猛然想起来,原先一直按时在门口迎候她的那条黑狗不见了。她走进房间,看见父亲正坐在桌旁用一根火柴棍悠闲地剔着牙齿,莉莉问他有没有看见那条黑狗,她的父亲嘿嘿地笑了起来,同时用手指了指桌上的一堆骨头。

几分钟之后,莉莉在临街的一处阳台上又重新看到了它。她看见一张狗皮挂在阳台晾衣服的竹竿上,黑色的皮毛在阳光下黝黝发亮。在它的另一面,皮上还残留着缕缕血迹,上面栖息着一群嗡嗡喧闹的苍蝇。她的眼前一阵晕眩。她感到那些苍蝇带着蓝莹莹的曳光在她面前飞来飞去,不时撞到她的脸上。

当她终于意识到这条陪伴她多年的伙伴已经默默地离开了她,莉莉的脸上最初呈现出来的并不是悲伤。她甚至没有哭出声来,而是一声不吭地回到自己的卧室里,将房门关上,独自一人在床上躺了下来。

三天之后的一个晴朗的早晨,她的父亲猝然死去。按照法医的验尸报告,他是由于服用过量的安眠药而死的。办完丧事的第二天,莉莉来到了街道派出所,接待她的是一位身穿制服的中年民警,这个民警在饶有兴趣地听完了莉莉的叙述之后,温和地笑了起来:

"怎么会呢? 你一定是弄错了。"

"的确是我杀死了父亲,"莉莉说,"我在他喝牛奶的杯子里放了安眠药。"

"你一定是记错了,"民警自以为是地说,"你的父亲生前因赌博欠下了三万元的债务,他的死是顺理成章的,和你没有关系。"

"父亲是我杀死的,"莉莉哭了起来,"这件事我记得清清楚楚,我将一瓶安眠药放在打蒜器里捣碎,然后……"

"你不要这样纠缠下去了,"民警显得有些不耐烦了,"你没看见我正忙着吗?"

他站起身来,准备离去,又像是想起了一件什么事,他转过身,温和地朝莉莉笑了笑:"这件事,你不要告诉别的人。"

在以后的日子里,莉莉在一个姨妈的帮助下读完了中学。除了她的姨妈之外,经常到她家来看她的另一个人就是这个中年民警……

"直到现在,"莉莉对杜预说,"我都记得父亲临死前的样子。我在大学读书的时候,由于失眠,常常服用一些安眠药,每当这个时候,我就看见父亲坐在我的床边,跟我悄悄地说话。到后来,我也被弄糊涂了,连我自己也搞不清父亲是不是我杀死的。"

尽管杜预想知道这件事更多的细枝末节,比方说,那个形迹可疑的民警在莉莉的家里究竟干了些什么,他怎样一边哄她,一边脱掉她的衣服……可是,莉莉显然不愿意在这件事上深谈下去了。由于她的神志尚未完全复原,她的讲述显得支离破碎,杜预不得不用自己的想象和猜测对它加以补充,以便使事情呈现出周全的轮廓。

天色渐渐暗了下来,杜预紧挨着莉莉坐着。金黄色的麦芒在风中习习颤动,空气中弥漫着一股成熟的谷物的香气。不远处的一条小河蜿蜒西流,水流荡涤着一丛丛参差不齐的芦苇,发出哗哗的淌水声。割麦的农民此刻已经收工回家了,顺着他们静静远去的方向,可以看见夕阳中一带白色的农舍。

杜预在飒飒作响的麦浪声中,又一次听到了风琴悠扬而遥远的声响,它仿佛在过去的某一个时刻回荡,又绵延至今,它激起了杜预心底里蕴藏着的那种古老的渴望,这种渴望由于莉莉轻微的叹息而变本加厉,这就导致了他接下来的一连串生硬而突兀的行为。

由于对那个冬天的夜晚记忆犹新,当杜预的一只手贴着草皮悄悄伸向她的裙边的时候,他的心头掠过一阵不可遏止的激动。他的手刚刚触摸到莉莉的肌肤,她的腿就像被火烫了一下似的迅速逃开了。同时,她用一种惊骇的目光盯着他,杜预同样也感到迷惑不解。他原先以为,在他和莉莉之间由于有了那天晚上的默契,最初令人难堪的所有障碍都已悄然消除。在他看来,莉莉对他的抗拒和提防不仅没有必要,而且简直是毫无道理。他的心底又一次涌起了一股对女人捉摸不定而产生的漫无边际的仇恨。但他还是控制住了自己。他知道,他现在应该做的也许是用一种温柔的语调和她谈些什么,以便唤起她的记忆。可是,这个时候,他的胃又在隐隐作痛了。他一度觉得自己的内脏被一枚铁钩挂住了……他已经没有了任何说话的兴趣。躯体尖锐的痛苦迫使他决定孤注一掷,他近乎蛮横地再次将手伸向她。莉莉笑了起来(这种笑容包含着清高、矜持和鄙视),将身体靠近他,然后冷不防在杜预的脸上咬了一口,同时她脸上的笑容倏然收敛,换出另外一副冷漠的面容。杜预感到大势已去,在这一刹那,他仿佛看见了自己的脸,它像往常一样俗不可耐,上面镂刻着恐惧、伤感、卑下和可怜。

他对自己说,或许莉莉已经忘了这年冬天的那个夜晚,或者说,那件事也许根本没有发生过……杜预很快就恢复了常态,装出一副正儿八经的样子,用一种医生才会有的干巴巴的语调对莉莉说:

"这么说,你诗歌中写到的那个傻瓜原来只不过是一条狗?"

杜预的问话听上去连他自己也感到摸不着头脑。莉莉略略一愣,点了点头。

6

深夜的时候,杜预躺在床上,怎么也无法入睡。他不知道莉莉的故事中带有多少可信的成分。不过,这个故事却触发了他一连串的回忆,将他记忆之中的往事搅得混乱不堪。他感到自己的记忆和莉莉的讲述之间好像存在着某种类似的东西,和人的左右手相仿佛,或者说一件事是另一件事的影子。

一个深秋的下午,他的母亲突然告诉他,他们要去郊外将他的父亲领回来。当时,杜预正伏在屋角的一张木凳上,在一本描红簿上练习写字。他不耐烦地对母亲说:"父亲那么大的人,干吗要我们去将他领回来。如果他要回来,就让他自己回来好了。"

母亲的泪水夺眶而出,有如窗户玻璃上疾速流淌的泄水,在一道雷声中,杜预感到了事情也许有些严重:父亲会出什么事呢……

他跟在母亲的身后,心事重重地下了楼,他看见一辆平板车停泊在雨中,大雨在上面溅起一朵一朵的水花。母亲让他坐在板车上,随后母亲拉动了那辆板车。他问母亲,雨下得这么大,我们为什么不带上伞?母亲对他凄然一笑,没有说话。

在通往郊外的那条道路上,雨水漫过了路面,到处都是水流哗哗的声音。时间仿佛过了很久,他们在荒僻的郊外走了足足有一个多小时，最后，杜预看见了一道赭红色的围墙，它矗立在视线的尽头，在雨幕中显得模糊不清。他们来到围墙的边上，一个瘦老头擎着雨伞给他们打开了围墙的大门。

围墙之中是一片衰草萋萋的草滩，杜预似乎感觉到，这是一块靶场。几只胸环靶像人一样兀立在雨中，在狂风中瑟瑟战栗着，他跟着母亲踩着草滩里的积水朝前走去，不久，他就看见了父亲。

他的尸体横卧在一片水洼之中，四周的积水被血染红了，就像一瓶红墨水被打翻了似的。父亲的样子使他联想到他像是冷不防摔了一跤，再也爬不起来了。父亲的身体是脸朝下俯卧着的，在他的背上和头颈上各有一处洞眼，它们会不会是枪击后留下来的呢？

杜预紧紧拽住母亲的裤管在父亲的身边站立着，斜斜的风雨一度使他睁不开眼睛。父亲的身体像一块吸饱雨水的海绵。他和母亲费了好大的劲才将它弄到板车上。

在回家的路上，杜预猛然想起了一个月前的一件事。那天早上，母亲上班去了，他一个人在家。几个戴红袖章的年轻人突然闯了进来……他们翻遍了屋子的各个角落，始终没有找到他们所要找的东西，因此显得颇为沮丧。他们垂头丧气的样子终于激起了杜预的同情和好奇。"你们在找什么？"杜预朝他们走了过去。一个戴红袖章的年轻人朝他笑了笑，比画了一个手势。杜预知道他们所要寻找的也许是父亲藏在墙缝里的一沓手稿。

"你知道它藏在哪儿吗?"那个人问道。

"我当然知道啦。"杜预显得有些兴奋,"不过,你如果答应将红袖章送给我,我就告诉你。"

那个人再次温和地朝他笑了笑,迅速从手臂上脱下红袖章递给杜预。杜预将袖章别在手臂上,然后走到穿衣镜前照了照,接着将那伙人领进了父亲的卧房。他走到墙角,熟稔地卸下了几块红砖……第二天,杜预戴着红袖章去学校上学,小学语文老师神情肃穆地将杜预叫到了办公室里:"你是从哪儿弄来这东西? 快把它摘下来,它是不能随便佩戴的。"

父亲身上的血依旧不停地滴下来。在他们返回城区的道路上,杜预心里感到了一种莫名其妙的恐惧,他似乎意识到,在那块红袖章和父亲的尸体之间有一种神秘的联系……

平板车在郊外的一处农场边上陷进了一洼水坑之中。母亲的身影在阴晦的雨中显得弱不禁风,她的湿漉漉的头发紧贴在额前。她声音嘶哑地对杜预喊了一声:"我支持不住啦。"杜预当时并不明白这句话所蕴含的意义,但它无疑给杜预留下了深刻的印象。他看见母亲跪在雨水之中,用肩膀扛着车轱辘,喘息声像流水一样霍霍作响,那辆平板车还是纹丝不动。母亲咬着嘴唇,由于屏足了气力,她的脸在雨中突然变形,杜预感到这张脸一下子变得异常陌生。母亲的动作似乎不像是打算将平板车扛出水坑,倒像是在利用车轴的三角铁戕害自己的身体……流水哗哗向前涌动、跳跃,大雨依然下个不停。曲折的水流漫过母亲的裤管,穿过草地和灌木林流向一条湍急的沟渠。母亲哭了起来,她张大嘴巴仰望着灰蒙蒙的天空。面临这样的时刻,他和母亲一时都没了主意。

尽管母亲的死是在三个月之后——在这段冗长的时间里,水流的声音一直在他耳边喧嚣不已——可是,杜预仿佛觉得那个沉寂的黄昏仍然是雨天的延续。

这天下午,杜预从学校回家,当他穿过门前那条湿漉漉的马路的时候,看见母亲正蹲在阳台上,用一块抹布擦着窗户玻璃。明亮的光线的反光在他眼前闪烁不定。在他的母亲纵身跳下窗台的那一刹那,杜预听到一阵风琴的声音在他的背后响了起来,那种忧郁的曲调是他所熟悉的,可一时想不起来它的曲名。他看见母亲的身体在空中颠来倒去,像一片树叶悠然下落,楼道下的一根电线杆使她的下落改变了预定的方向……

这时的街道上空空荡荡的,没有什么行人和车辆,风琴的声音依然在延续。杜预这会儿终于想起来,这支曲子,小学音乐教师曾经在课堂里演奏过,每当杜预听到它,呼吸就会突然变得困难起来。

7

现在,杜预很少有机会和莉莉独自相处了,不过,他还是常常在疗养院的各个角落看到她,有时是在食堂排队买饭的时候,有时则在花园中心的喷水池边上——莉莉通常在午后到这里来看书,手里捧着一本蓝封面的《普希金诗选》。

每当杜预从宿舍楼上下来,准备走到喷水池边和她说些什么,她的身影总是在顷刻之间倏然不见。

杜预的痛苦一如往昔,在往常,他孤寝难眠的黑夜总是深不可测,使他无所适从;而如今,莉莉给他带来的却是另一种烦恼,它类似于针刺的疼痛,牵动着他的胃壁和心脏,阻滞着他的呼吸。杜预说不清这两种感觉有怎样的区别,也许这两者在根本上就是一回事。

转眼之间又到了秋天,他曾经非常喜欢这个天高地远的季节,炽烈的阳光减低了热度,空气变得干燥而凉爽。通常,在这个换季的间隙,风向的改变总是给他带来良好的睡眠。现在,杜预感觉到他的身体在季节的流转中已经丧失了所有自行调节的功能,随着日复一日的失眠,他服用安眠药的剂量和次数也与日俱增,从某种意义上来看,杜预一度感到自己和疗养院精神病患者之间已没有什么区别。

他常常在深更半夜的时候悄悄溜出宿舍楼,独自一人在疗养院的树林里散步。失眠症已经不像往常那样带给他心烦意乱的焦虑,相反,在静谧的夜晚踽踽独行,常让他感到一丝淡淡的安详和轻松,他知道,莉莉就在不远处的一座树林里,他在散步的时候常常不知不觉地走到那里去。

一座带尖顶的房子浸没在蓝蓝的月光之中,围墙的卫矛影影绰绰。他曾听葛大夫说,这座病房原先是一个法国人的鸟舍。在飞鸟闪烁不定的翅影之中,杜预仿佛看见了那些想象中的鸟类：它们有着黑黑的尖喙，雪白的胸脯和深蓝色或火红色的羽毛……

这天晚上，天空又一次下起了暴雨。在杜预的一生中，突降的雨水不仅预示着他命运的某种巨变，也多少代表了他内心模糊而复杂的愿望。

他走到窗前，在屋外沙沙的雨声中发愣。他看见楼下的一杆路灯被雨幕遮盖着，一条淙淙的水流沿着阴沟边的路基蜿蜒远去，它绕过花园的灌木，在通向香樟树林的一片黝黑的小路上消失不见。

几分钟之后，杜预走在了这条小路上。他没有带伞，他看见母亲的脸从晦暝的雨夜中向他呈现出来，她莞尔一笑，随后泪水溢出眼眶……杜预的衣服很快就让雨水给淋湿了，他踩着自己的影子朝前走，当他穿过那片树林的时候，一度忘了自己置身于何地，他好像是走在一条乡间的麦垄中，父亲带他去村外钓鱼，又像是走在去大兴安岭的路上。北方的雨来得又快又急，将道路砸得坑坑洼洼。当然，杜预更多的遐想流淌在这样一个冬夜：他的手沿着莉莉平坦的腹部缓缓前移，他的指尖触摸到了一种黏糊糊的东西，它是梦境中心的中心，一个古老传说的内核，一朵鲜花的根蒂……

在这条小路尽头，杜预看见女病房的那道铁门紧紧地关闭着，狂风卷起树叶朝他迎面扑来，斜斜的雨水纷纷如织，小鸟在树林的深处咕咕啼鸣。有一阵子，杜预在铁栅栏门边感到不知所措。

他发现不远处的一座建筑工地上亮着灯光。他来到工地上，在一处脚手架下躲了会儿雨。如果现在改变主意还来得及，他一遍遍地对自己说。

如果不是偶然之中看见了斜靠在工棚边上的那架木梯，杜预很可能会放弃原先的那个念头，这架木梯牢牢地吸引住了杜预的视线，他的耳边又一次传来那个遥远的声音：不要犹豫，瞅准机会干他一家伙……这架梯子的存在使杜预立刻开始行动，并替他安排了行为的方式和秩序。

他将木梯搬到那座房舍的西侧。当他顺着梯子往上爬的时候，看见莉莉病室的阳台上晾着一件病号服，它在风中摆动着，发出扑扑的声响。他甚至听到了莉莉在睡梦中发出的均匀的呼吸声。

他翻身跃过阳台的围栏，心头掠过一阵狂喜和激动，他感到自己从未这样激动过，心脏沉闷的撞击声像是逸出了他的体外，在黑夜之中的一个什么地方单调地响着……

他轻轻推开一道狭长的铁门，蹑手蹑脚地走进了莉莉的病室，他在黑暗中向前摸索了一阵，怎么也找不到灯绳。在慌乱之中，他碰翻了一把椅子。

一道蛇状闪电使杜预放弃了寻找灯绳的想法，因为，借着这道闪电的光亮他已经清晰地看见了病室内的一切：房间空空荡荡的，床铺已经被人移走了，墙角里堆放着一摞摞洗涤干净的床单和病号服。

杜预想，如果不是自己在匆忙之中找错了房间，那么，莉莉一定是搬到别的什么地方去住了,既然董主任已将她收为义女,她很有可能搬到了一个更为舒适的病室……

杜预没有顺着来时路线返回楼下,而是拉开了那扇通向走廊的大门。走廊漆黑一团,他在踢翻了两只痰盂罐之后,终于找到了下楼的楼梯。

他沿着楼梯往下走了几级,他感到自己的身体突然撞在了一件什么东西上,他伸手朝它摸了摸,他的手指触摸到了什么,杜预忍不住惊叫了起来,那是一张人的脸。

"莉莉。"杜预叫道。

对方嘿嘿地笑了起来,随后按亮了手里的一只手电筒。在手电的亮光中,杜预看清,站在他对面的这个人正是他来到疗养院第一天所碰到的那个老女人。

过道里的穿堂风吹散了她银灰色的头发。她古怪的笑容的后面是两排凸出的牙齿,嘴角挂着口涎。这个老女人没有再次重复有关厌烦一类的感慨,而是冷不防冲着他阴森森地吼了一声:

"杀……"

8

一个风和日丽的中午,一辆夏利牌出租车早早停在了疗养院的大门外。莉莉在葛大夫和董主任的陪同下,缓缓朝大门口走去,几个护士远远地朝她挥手道别。

莉莉手里拎着一只装满行李的网兜,一边朝前走,一边不时地回头朝办公楼的方向频频张望。董主任误以为莉莉的张望是出于对疗养院的留恋,便自己感动了起来。她温和地对莉莉笑了笑:"到了星期天和节假日,欢迎你再到疗养院来看看。"

葛大夫双手插在口袋里,依旧是往常那副一丝不苟的神情。他的身上可以同时看到作为一名精神病医生所具有的那种和蔼、冷漠、警觉和宽厚,他似乎看出了莉莉的心思,便不声不响地走到莉莉的身旁,用一种极有分寸的语调不紧不慢地对她说:

"他不会来送你了,昨天下午,我们已经为他做了电疗手术。"

当杜预在几个医生的簇拥下被送进电疗室的时候,他忽然感到了一种从未有过的自由自在。他的眼前又一次浮现出了童年时的那个阳光缤纷的下午。他似乎觉得自己一生的经历都带有一种虚假的性质,有如梦境一般,和想象与幻觉牵扯在一起。他分不清哪些事情是真实的,哪些事没有存在过,而唯独这个下午的记忆带给他一种固定的真实。

那年春末,他的外婆带他来到了几百公里之外的一个乡间农场里——他的父母在一年前就被下放到了那里。那天下午,天空刚刚下过一场雷雨,他的父亲带他去村外的河道边钓鱼。

一路上,父亲告诉他,暴雨过后,河里的水被搅浑了,河底的鱼类根本看不见鱼饵,因此,他和父亲手执钓竿长时间地坐在河边,等着混浊的河水一点点变得清澈起来。

河道边盛开着一簇簇绣球花,花丛中的浆果沾满了雨水,在风中簌簌战栗。一带深黛色的远山静伏在视线的尽头,杜预看见一个采药的老人在松林中时隐时现,不久,就在一座寺庙的边上消失不见了。

青山下的树林边上,是一块开阔的草滩,正在吃草的几只绵羊零星地散布在原野上。他看见一个牧人模样的少年躺在草丛中,帽子盖在脸上,看上去,他好像在温暖的阳光下熟睡很久了。

在一阵隆隆的机器声中,杜预感到自己的躯体正随着电疗床徐徐下降,床头的一排暗红色的指示灯一闪一灭。他一度觉得自己是在一条湍急的河里游弋,由于远离了岸边,远离了实在之物,他感到无所依傍,他拼命划动着流水,却抓不住任何东西。

过了一会儿,朦胧中他听见有人在一个很远的什么地方呼唤他的名字,听上去既像是莉莉,又像是他的母亲。这种声音和金色的鲫鱼在木桶里搅动水流的声响极为相似,有时简直让他难以区分。

杜预在电疗床上睁开了眼睛,他看见葛大夫,这个使人捉摸不透的昔日的同事正笑眯眯地注视着他:

"你的感觉怎么样?"葛大夫将身体凑近他,轻声地问他。

杜预想了一下,用一种他自己听来十分陌生的声音答道:

"现在,我终于正常了。"

锦　瑟

蝴　蝶

冯子存被人从那间幽暗的马棚里牵出来的时候,已经是阳光明媚的中午了,空气温暖而潮湿,凉爽的风吹拂着他身体的每一个角落,那种淡淡的粪味却在四周萦绕不去。

冯子存一度忘记了时间。自从被关进马棚的那天起,他一直在内心猜测着自己不可预知的命运。他不知道这些温文尔雅的乡民会用一种什么方式来处置自己。同样,他对于眼下寂静的阳光中所隐藏着的危险也缺乏足够的准备。

他跨出马棚的门槛,远处树篱间啁啾的小鸟立刻引起了他的注意。他已经有很长时间没有看到过小鸟了。在一个又一个晦暝的夜晚,他只能在回忆中重温它们的叫声,重温天空中飘过的灰褐色的云和闪闪烁烁的星斗。

他生来就喜欢阴性的事物,喜爱静谧无声的河水,花草浓郁的香气,滴漏悠远的声音以及沙盘计时器上缓缓移动的日晷。现在,纷乱而炽烈的阳光又一次让他感到耻辱。他像一头牲口一样被人牵着,步履蹒跚地穿过一排排沙棘树丛朝村口走去。

河边的合欢树下聚集着一帮棉农,房舍翘起的飞檐峥嵘怪诞,仿佛一群凌空欲飞的蝙蝠在那里栖息。远远地看过去,那些站立在阳光下的棉农和沙地上被拉长的阴影像往常一样使他感到熟悉和亲切。他曾经隔着竹篱的缝隙久久地打量过他们,他们或者忙于种植,或者从事收获,像河水一样自在,像树木一样沉静、呆板……

冯子存站在屋檐的阴影之中,河水的凉气扑面袭来。河道对岸的田畴阳光如炽,显得遥远而虚假。

"给我口水喝吧。"冯子存对身边的一个年轻人说道。

这个年轻人背对着他,正试图将一只酒坛上的泥封揭下来。他转过身来看了冯子存一眼,用一种讥讽的语调不紧不慢地对他说:

"现在你喝不喝水,已经没有什么意义了。"

什么意思?一种不祥的预感使他立刻就感到透不过气来,他仔细地揣摩着这个年轻人的话,它的弦外之音听来有些蹊跷:难道他是在吓唬我不成?他们总不至于将我弄死吧?

河道上漂浮着一缕缕槐花,它浓重的芳香甜丝丝的;一群蝴蝶扑闪着花翅,在花香的深处盘桓不去。

冯子存再一次想起了庄周有关蝴蝶的那个著名的寓言。他似乎感觉到,此刻自己正处于这个寓言的核心。

会不会是一场梦?错乱的时间常常搅乱了现实和梦境的

界限。他曾经一连几次梦见自己在一个马棚里醒来,脸上盖满了马粪。通常,噩梦醒来的时刻总是让他感到愉快,随着自己的神志逐渐清晰,并得到现实有力的支持,危险在黑暗中悄悄遁走,一切又复归宁静,他可以从容地喝上一口茶,随手翻开一本典籍,在幽蓝的月光下陷入冥想……如果他愿意,他还可以走出茅屋,来到户外,在植物的清新气息中置身于田野的深处,察看麦穗上的露水,掂一掂棉铃的重量,或者径自一人走入屋后的那片竹林,在竹枝飒飒的啸声中,独处幽篁,守夜待旦……

几年之前,当冯子存从外地迁居到这个荒僻的村庄上来的时候,没有人知道他准确的身份。他没有住在村里,而是在离村不远的河边筑庐而居。尽管他谙熟农事,勤于耕植,使河边的一块空地长出了菽麦和棉花,但村里的人们并未就此将他看成一个农民。事实上,他皮肤白净,面容忧悒,身材孱弱而又沉默少言,和这里的一切显得很不协调,人们在习惯上总是将他看作一个落魄的商人,逃避兵燹的军卒或者一个神秘莫测的江湖艺人。

在短暂而又轻松的农事之外,冯子存自己留下了大量的空余时间,在这些寂寞的闲暇之中,他通常手不释卷,闭门苦读,或者形单影只地在河边散步,他身上的这种乖张而矜持的品性并没有获得村人的尊敬,相反倒使别人多了一层提防。

对冯子存本人来说,他对自己过去的经历也同样茫然不知。那些琐碎的往事仿佛突然藏到了时间的背后,他对过去时光的追索常常一无所获。他只是知道,这个陌生的村庄不仅处处符合他的理想,甚至在某种程度上超出了自己的希望。它气候宜人,远离尘嚣,无声无息的隐居生活使他很快就获得了心如止水的感觉。

这天早上,冯子存很早就来到了河边。高大的树冠上栖息着一群水鸟,它们不时抖落下一些鸟粪和羽毛,发出金属般的鸣叫。现在天色灰暗,曙光未开,村庄依旧在沉睡之中,河道里蒸腾的水雾将一切都弄得影影绰绰的,流淌的河水在树林中响着,听上去就像来自一个遥远的什么地方。

冯子存坐在河边,清洌的水汽带着树脂的清香迎面袭来,他不仅感受到了时间的浩瀚,广袤,混沌一片,而且体味到了它具体而微妙的深奥。他看见一只蝶在绣球花幽暗的深处逗弄着花粉,它肥胖的躯体顺着花枝和球茎攀缘而上,同时翕动着翅膀,花朵上沾满了露水,在风中习习颤动。

他久久凝视着这只寂寞的蝶。初升的阳光在空气中延展,冯子存对这一切竟浑然不觉。

一阵悦耳的摇铃之声在村中响起,冯子存知道,那是村里的一座私塾已经开始上课了。

一个年迈的教书先生出现在村头的那垛矮墙边。他手执戒尺,用手掌遮住耀眼的光线朝这边张望了一会儿,然后顺着树林中那条晦暗的小路向河边走过来。一阵唱诗般的念书之声在他身后响起。它震荡着晌午滞重的空气,播向远处,听上去让人昏昏欲睡。

这个衣衫褴褛的教书先生常常在散课之后到冯子存的茅屋来喝茶。有时他们也会下上一两盘棋，谈一些不着边际的事。可是在大部分时间里，他们通常无话可说。冯子存对于教书先生一类的人一直不抱好感，他们往往一边诵读绝圣弃智之类的古老信条，一边在自我卖弄中误人子弟。

教书先生来到冯子存的身边，照例寒暄了一通，随后向他提出了这样一个问题：

"先生整日枯坐河边，既不守望，也不钓鱼，却为何来？"

冯子存鄙夷地看了他一眼。他记得这个问题教书先生已探问过多次，他没有正面对它予以解答，而是用寓言的方式和他谈起了飞矢不动，心若止水的境界。

"先生从何而来，为何独居贫水之畔？"

"我听说西北的天竺有一种鸟，名叫怪哉，非梧桐不栖，非鲜食不吃、醴泉不饮，你知道吗？"

"怪哉，怪哉。"教书先生如堕五里雾中，忍不住抓耳挠腮。

在教书先生的身后，冯子存的目光沿着河边那一溜棕红色的滩土一直延伸到村口。在那里，一座稀疏的树林显得空空落落的，两棵合欢树花枝招展，风在树篱间轻轻地吹着。在过去的日子里，冯子存每天都能看见一个窈窕女人的身影闪闪烁烁。有时，她提着水桶去河边汲水，有时则是在一排颓圮的围墙边晒晾着衣服。她的形象带给冯子存的感觉既陌生又熟稔，一想到这个女人姣好的身影，冯子存便感到心头流荡失守，一下子就乱了方寸。

冯子存引颈远望的神态尽管被掩饰得很好，但还是引起了教书先生的注意。

"先生莫非在等候什么人吧？"

"没有，没有。"冯子存显得心慌意乱。

"如果在下所料不错，"教书先生冷眼瞥了冯子存一眼，语调中不无讥讽之意，"先生等待之中的那个人今天不会出现了。"

"你说什么？"冯子存故作镇定，问了一句。

"她已经死了。"

冯子存心头倏然一震，脸色灰白。看来，这个一身斯文的教书先生并不像自己设想的那样愚不可及，他显然有着惊人的洞察力，在不知不觉中早已看透了自己的心思。

教书先生告诉他，族长的女儿于昨夜突发重病，猝然长逝。葬礼将在三天后的黎明举行。

太阳渐渐偏西了。冯子存站在河边的一棵楝树下，猜测着自己无法预料的命运。他一遍遍地替自己预设了种种离奇的结局，唯独没有想到过死亡，这倒并不是因为他确信自己罪不至死，而是他根本不愿意做这样的假设。

不祥之兆是在傍晚前后出现的。一辆马车从幽暗的巷口朝河边缓缓驶来，两匹灰白色的马喷着响鼻，咴咴直叫。一座黑漆漆的棺木在马车上颠簸着，发出橐橐的声响，很快，冯子存就闻到了新刷的油漆的气味和空气中弥漫着的花粉的香气。

几个乡民将棺椁从马车上抬下来,搁在河边的一块空地上。

冯子存周身一阵战栗:难道这伙人真的要将我处死吗?

围观的人群越聚越多,他们目光冷漠,表情呆板。而站在井边的两个少妇却好像正在谈论着一件开心的事,她们扭扭捏捏,彼此忍俊不禁。

冯子存在一阵头晕目眩之中被解除了束缚,随后,他所面临的是一系列复杂而又令人心惊肉跳的仪式:洗脸、剃头、跪拜……最后,一个文身的中年人端着一碗米酒走到了他的跟前,示意他喝下去。

"你们当真要把我弄死吗?"冯子存心存一丝侥幸,低声问了一句。在得到肯定的答复之后,他感到事情似乎有些不妙。

这是一种极为蹩脚的恶作剧,一种残酷的故作姿态。既然他们已经决定将一个人处死,那么,一杯米酒怎么能使他镇定下来呢?

冯子存没有伸手去接过酒杯,而是挥手将它打翻,同时用一种古怪的声音叫道:

"你这是干什么?我什么时候说过想喝酒?"

中年人笑了笑,没有搭理他,而是转过身,很有耐心地重新为他斟了一杯。

这件事情太突然了,他还没有来得及好好地想一想。从某种程度上说,冯子存似乎并不惧怕死亡,可是,在这样一个春意盎然的仲春,在这个万物复苏、莺飞草长的时节让他引颈就戮，不免让人不知所措。早在几天之前，他独坐窗前，夜读《锦瑟》的时候，就好像预感到了一种前所未有的恐惧。这首诗他已经读过无数遍了，可每次读来，都忍不住潸然泪下。在他看来，李商隐的这首诗中包含了一个可怕的寓言，在它的深处，存在着一个令人无法进入的虚空……

冯子存从中年人手里接过酒杯的同时，眼前又一次呈现出那个女人窈窕的身影。她提着水桶从河堤下慢慢走上来，水珠泼溅，在阳光下纷乱地跳跃着，合欢花树在风中战栗，花絮无声无息地掉落下来。

冯子存昏昏沉沉地被人带到了河滩边。一双陌生的手拧开了他的衣领，在他的脖子上抹了一把凉水。他看见一枚鲦鱼形的匕首在眼前闪动了一下，随后一种沁凉的感觉迅疾无比地切入他的喉管，涌向他的心脏，很快，他就听到了流水般的声音。

当送葬的队列在村头的树林里闪现出来的时候，彤云密布的天空突然下起了大雨。狂风和雨水顷刻之间就将天地搅得一片凄迷。树枝剧烈地摇晃着，被南风吹向一边，裸露出一片灰蒙蒙的天空。

冯子存坐在茅屋的窗前，从屋外飘进来的雨点将桌上的书本打得濡湿。透过屋檐下细密的雨帘，冯子存的目光一直滞留在远处，送葬的人群顶着高高扬起的白幡在重重烟树的背影中缓缓前移，远远看去，它就像一排鲜花的行列行进在深黛色的春麦之中。那樽暗红色的灵柩被水珠浇得铿亮，犹如一只舢板在河面上滑行，冯子存仿佛闻到了那些纸花呆滞、虚假的气息,它死寂,灰暗,毫无生气。在他视线的尽头,那条宽阔的河道蜿蜒东流,新生的芦苇在水中荡漾着,河岸上的一带金银花树似乎在雨水的洗涤下悄然褪色。

冯子存在河边第一次看到这个女人的那天中午,她脸上那种浮靡而俗艳的笑容就给他留下了深刻的印象,它仿佛一串成熟的果子悬挂在树篱的深处,牢牢地牵引着他的视线。他觉得这个女人好像在哪儿见过,一时又想不起来。正午时分慵懒的阳光似乎加深了他的那种似曾相识的感觉。时间遵循着一道鲜为人知的轨道悄然流转,它错杂,凌乱,周而复始。

冯子存早就习惯了那种无拘无束的隐居生活,习惯了日复一日的凭窗夜读和无所事事的苦思冥想。他几乎花费了整整一生的光阴才找到了这条通往安宁的隐逸之路。可是,在一个平常的午后,这个女人不期而遇的目光在刹那间就粉碎了他的梦想,使他不知所措,怅然若失。冥冥中的时间仿佛玩弄了一个阴谋,对他自以为是的生活进行了一次小小的破坏和嘲讽。

淡蓝色的月光悄悄地爬上墓地。在岑寂而静穆的眺望之中,单调的滴漏之声兀自陪伴着他。墓地近在咫尺,和他的茅屋之间只隔着一座稠密的竹林。斑鸠咕咕的叫声在屋外的树林里连成了一片,冯子存辗转反侧,孤寝难眠。在这个初春的晚上,冯子存没有能够重温往日的那种充满矜持、孤独的安宁,相反,他似乎感觉到,有一种以前他从未体验过的簇新的东西在他心里暗暗滋长。后半夜的时候,冯子存听到有人隔着河道在呼喊他的名字。他感到自己突然之间变成了两个人,一个人在深夜的茅屋里守枕待晓,另一个却在午后明媚的阳光下驻足村头,浮想联翩……循着声音的方向,冯子存悄悄来到屋外,穿过一片湿漉漉的竹林,不知不觉地朝墓地走去。

第二天一早,当冯子存被几个乡民捆绑着,像一头牲口一样被牵到村头的时候,私塾书堂的教书先生上完茅房后刚刚从篱笆后面走出来,他看见冯子存的脚趾血流不止。冯子存对他凄然一笑:"让棺材钉给划破啦。"

冯子存被处死的那一天正好是清明节。教书先生趁着夜幕夹着一沓黄纸到他的坟头去焚烧。去年的这一天,教书先生有幸在冯子存的茅屋里度过了一个难忘的夜晚。冯子存对《锦瑟》一诗精妙的阐释使他不禁肃然起敬,他不由得联想到,这首烂熟于心的唐诗自己原先压根儿就没有读懂……

教书先生一面低声下气地向冯子存求教,一面迷惑不解地向后者提出了这样一个问题:

"先生如此博学,为何不西去长安,求取功名?"

冯子存没有立即回答他的疑问,而是用惯有的寓言方式给他讲述了下面这个故事。

迷　　乱

冯子存经过一个多月风餐露宿的长途跋涉之后,终于在夏至这一天来到了古城江宁最北端的一个驿站上。他没有采纳姐姐的建议——在这座荒凉的驿站上稍事休整——而是在当天傍晚就急不可待地进了城。

护城河畔空空荡荡的,几株苍老的垂杨散立在暮色之中,西风卷起一片昏黄的沙土掠过城墙颓败的雉堞,几只乌鸦低低地飞过,不时发出一连串凄凉的叫声。

冯子存背负行囊,站立在护城河边,触目所及,尽皆荒凉。他并没有看到车喧马鸣的热闹市景,更没有想象中秀才举子风云际会的煊赫气象。不过,衰败的城市风物并未破坏他积蓄已久的良好心境,作为一个久居乡野的读书人,冯子存一旦想到自己窗读十年,梦寐以求的愿望马上就要兑现,不禁怦然心动,喜不自胜——它近在眼前,飘浮在七月潮湿的空气中,仿佛伸手可及。

在进京赶考的前夕,冯子存依照姐姐的吩咐,让一个还俗的道士给自己打了一卦,爻辞中说:"鼎折足,覆公𫗧。"这似乎是一个不祥之兆,给此番进京的行程笼上了一层阴影。在他的姐姐整天忧心忡忡的同时,他的启蒙恩师也劝他舍弃初衷,来年再考。冯子存没有理会这一套,他以一种惊人的智慧提醒那位看来已经昏聩的恩师:"我乘船前往,凶象自除。"先生大惑不解,便问他舟楫与车马有何分别,冯子存别出心裁地答道:

"船行水上,无足可折。"

先生沉默良久,见他主意已定,便颔首应允。

和许多幽处书海的文人学子一样,冯子存完全信赖那些典籍和书本。在他看来,这个古老国度的一切知识都是精妙而完备的。它不仅能够使人谙熟事理,参透生死之道,通晓处世之术,而且能够使人逃避祸害和凶险。

冯子存匆匆打点行装,绕道运河,买舟北上。漫长而枯燥乏味的茫茫旅途使他渐渐忘记了时间,因此,当他趁着夜幕悄然入城的时候,眼前满目萧然的景象恍如梦中,他不禁怀疑自己是否由于改道水路而延误了考试的期限。

冯子存跟在姐姐的身后,渐渐来到了秦淮河边。和晦暗冷落的城区相比,灯影浮动的秦淮河给他留下了美妙的印象。空气中飘散着一股沁人心脾的脂粉香气,风行水面,灯火迷离,画船彩舫,影影绰绰。

冯子存沿着河边走了大约一个时辰之后,在燕子矶的附近暂入一条狭长的山间通道,很快就来到了一座树木掩映的房舍前。

这是一处森严肃穆的道观。按照老师的吩咐,冯子存和姐姐到这里投宿。前来开门的是一位稚气未脱的道童,他手执灯笼,隔着门缝朝屋外这两位深夜来客端详了片刻,脸上显露出为难之色。道童告诉他们,道长旬月之前外出云游,至今未归,现观中无主,不便纳客。冯子存并不答言,他从怀里摸出书信一封,递与道童。道童接过信来,也不拆看,略一思索,便为他们打开了大门。

这所道观位于紫金山的南麓,和冯子存平常习见的庙堂古刹并没有什么区别,只是房舍依山而建,茂林修竹,溪流淙淙,俨然透出一股阴森森的凉气。

冯子存和姐姐被安置在道观左侧的碧云山房。这是一座幽闭的小院,石板地面上有一口坍塌的古井,井边是一棵高大的樟树,稠密的树冠有一部分沉重地耷拉在院墙上,树下苔痕处处,鸟粪点点。

置身于这座静僻的山房内,时间在不知不觉中过得很快。每当曙色初见,梅鸟啼鸣的清晨,冯子存便披露苦读,直到夜色阑珊,月上东墙,才欣然合卷。

姐姐的住屋和自己只有一墙之隔,她除了照应弟弟的一日三餐之外,闲来就做些针线。道童每隔数日,也会过来探望一两次,顺便给他们送些茶叶和熏香。

姐姐今年已经二十六岁了,父母的早亡使她的婚嫁变得遥遥无期。冯子存一想到由于自己的读书求学耽误姐姐的婚期,便不禁有些黯然神伤。

乡试的日期一天天地临近了,到了八月初,山中的桂花依次绽放,花香日渐浓郁,屈指算来,冯子存借宿道观,已一月有余。在这一个多月的时间里,冯子存照例赋诗作文,苦读不止,因此,除了他偶尔经历的一两次失眠之外,并没有什么特别的事情值得记述。

这天晚上,冯子存像往常一样独守窗前,捧读《中庸》。天气显得格外燠热,树木静立,蚊虫肆虐。冯子存眺望着山下雾霭重重的秦淮河,遥看画船彩舫于水中游弋,清风徐来,脂粉扑面,不觉情有所触,悲从中来。这种沮丧的情绪虽然转瞬即逝,却使他陷入了一连串惘然若失的玄想之中。

桌上放着的一杯凉茶散发着茉莉氤氲的香味,那是姐姐刚刚给他送来的。姐姐的神色看来有些异常,她在屋里逡巡不去,好像有什么话要对他说。临走的时候,在忙乱之中,竟将一枚随身的玉佩遗忘在桌上。这是一枚桃形的碧玉,扣眼上系着一绺红色的璎珞。冯子存拿过玉佩,在手中细细把玩,一些纷乱的往事便朦胧呈现在他的眼前。

到了后半夜的时候,天上断断续续地下起了小雨。雨点噼噼啪啪地打在屋外腐殖的树叶上,很快,他就闻到了一股尘土的气息。他躺在竹床的簟席上,在淅淅沥沥的雨声中怎也无法入睡。

姐姐那张恬静的脸庞不时从漆黑的雨夜中浮现出来,它一会儿变成母亲,一会儿又成了另一个女人。在冯子存的幼年,他常常散课之后来到姐姐的刺绣作坊里。在他的记忆中,姐姐的身影和那些刺绣女工有时难以区分,她们笑容可掬,浓妆艳抹,身上带有一种锦缎和丝绸特有的香味。那些色泽鲜艳的丝绸仿佛具备了某种生命,他曾经一次次轻轻地抚摸着它,心房随之跳个不停。刺绣作坊里那种悒悒不欢的气氛是他所难以忘怀的,它犹如一个盛开的花蕾,他常常梦见自己变成了一只小小的甲虫,在花蕾的深处踟躇不前……

雨停之后,冯子存从床上爬起来,浑浑噩噩地走到屋外的月光中。他看见姐姐的屋里依旧亮着灯光,它在一片蒸腾的水雾中显得毛茸茸的,窗前红红的裱纸上映现出姐姐黑色的剪影。他捏着那枚凉滑的玉佩,来到她的屋前。

姐姐的膝盖上搁着一副绣花绷子,她脑袋歪斜着靠在窗前,看起来已经熟睡了。冯子存没有将姐姐叫醒,而是轻手轻脚地挨着她坐下来,静静地看着她。

他想起有一年秋天,姐姐带他到村后的棉花地里摘棉铃时的情景。空旷的棉花地里静谧无声,白云在树荫的上空堆积得很厚,树木和村庄仿佛都已死去。他在棉花地里钻来钻去怎么也看不到姐姐的身影,到处都是白花花炸开的棉铃,上面洒满了抑郁的阳光,使他喘不过气来,他感到自己无所依傍,愁肠百结,最后,他兀自伏在一棵树桩上,低声地啜泣起来……

雨后的天气渐渐凉爽起来,不一会儿,他就感到浓重的睡意向他袭来。

天很快就亮了。

三年一度的乡试是在玄武湖畔的文昌书院里举行的。在经过一阵繁复的礼仪和手续之后,冯子存跟在几名考监的身后来到了试场之内。阴暗而逼仄的殿堂之中坐满了待考的生员。这些人来自本省的城镇乡村,其中不乏屡试不第的秀才。和那些稚气奕奕、踌躇满志的学童相比,这些秀才大都老气横秋,神色黯淡,一副倒了大霉的样子,与殿堂内呆板、死寂的气氛显得极为相称。

其时正值八月仲夏,气候潮湿而闷热,窗外的知了有气无力地叫唤着,热风贴着湖面飘入窗口,使人不免昏昏欲睡。试场里鸦雀无声,空气中弥漫着一股淡淡的汗液气息。冯子存在冗长而乏味的等待之中,显得有些心不在焉,肃穆的试场并未带给他想象中跃跃欲试的激动,相反,他觉得这里的一切都是那样地平常,枯燥,了无意趣。他的心里涌现出一种无法说明的感觉,仿佛寒窗十年的苦读此刻已被证明是一种荒唐的错误……

约莫过了半个多时辰,在一阵纸页翻动的飒飒声中,冯子存终于拿到了文章的题目和纸笺。

无论从哪个角度来看,《锦瑟》这样一个题目都显得不伦不类。除了他所熟知的李商隐的那首蹩脚的律诗之外,他几乎想不起来历史上还有哪些人和事与锦瑟相连。几天之前,冯子存在秦淮河边的一家茶肆里碰到几个前来应考的监生。这些精通时事的读书人旁若无人的高谈阔论引起了冯子存的注意:眼下时值万历十四年,首辅张居正权倾朝野,威逾人主,他任命戚继光训练水师兵勇,有效地抵御住了东南沿海屡屡犯境的倭寇;风调雨顺的自然气候使南方各省粮食大幅度增产;治法严谨的海瑞被重新起用,一系列新的政纲礼法正在试行,赋税制度的改良使百姓得到了休养生息的机会……冯子存从他们的谈论中隐约感觉到,这个古老帝国一度出现的盛隆之象似乎规定了几天后乡试大题的经纬,可是,《锦瑟》这样一个题目又算得了什么玩意儿呢?按照老师的教训,历来乡试出题不外乎人伦天理、三纲五常一类的道德文章,诗歌韵文几乎从未涉及,更何况,即便是诗歌,也应当首推《诗经》汉赋,盛唐李杜,李商隐算得上一个他妈的什么东西?难道眼下的儒林正如恩师所悲叹的那样,已无学术可言吗?或者像秦淮河中的一个妓女所说的那样,读书人已经错过了时代了吗……

一想起那个妓女搔首弄姿的笑脸,冯子存便忍不住心旌摇荡,无法自持。现在,他已经记不清自己是怎样来到秦淮河边的,那个妓女摇晃着肥硕的臀部顾盼调笑的情景却历历在目。他跟在妓女的身后,沿着秦淮河的护堤朝一艘画舫走去。令人迷乱的香粉胭脂的气息使他头晕目眩。他仿佛觉得整条河流都撒满了香料。他的心怦怦乱跳,他越是想压抑它,那种令人迷醉的激动就越加深刻地切入他的肌肤,侵入他的血液……船舱里阴暗而溽湿,冯子存坐在一张凉席上,伸手接过那个女人递过来的一杯茶水,由于过于激动,他的手臂不禁颤抖起来,那个女人对他粲然一笑,随后,她身上的衣裙像灰烬一样纷纷落地……

这个短暂的午后所带给冯子存的感觉和想象中的情景大相径庭。欢快的水流一度洗遍了他的全身,但它瞬息即逝,使人不可捉摸。傍晚时分,冯子存和那个女人静坐船头,面对着河道中密密的船篷和桅杆,凝望着暮色中翩然飞动的一排排蜻蜓,一种难言的忧郁很快就将他笼罩住了。冯子存从怀里摸出一块碧玉递给那个女人。这是一枚桃形的玉佩,它圆润滑腻,扣孔中系着一条猩红的璎珞,这块玉佩是姐姐的贴身之物,在一个燠热的晚上,姐姐过来送茶水,将它遗落在他的书桌上……冯子存想起来,刚才在船舱里那个女人的喘息声在他耳边灌满的瞬间,他的手里依旧捏着这块玉佩,他用手指轻轻地抚摸着它,它像一块丝绸一样凉森森的,隐藏着一些鲜为人知的秘密。他的眼前一遍遍地闪现出姐姐嗔怒的面容,她泪流满面,气喘吁吁:你怎么越读书越糊涂……这天晚上,冯子存回到道观的时候,姐姐好像正在天井中沐浴,大门紧紧地关闭着,里面传出一阵阵水流泼溅的声音,冯子存在门外站立了一会儿,就怅然若失地走开了……

冯子存呆呆地望着窗外。一个随侍的仆童给他端来了一杯菊花茶水。乡试的殿堂内一片沉寂,纸页轻轻翻动,墨香四处飘溢,他的脑子里一片空白,似乎自己的神经已经被蛆虫一段段地吃掉了。此刻,他仿佛置身于一处深不可测的洞穴之中,里面漆黑一团,看不到一丝光亮,就像在童年时期,他被姐姐关在一座幽暗仓库里的情形一样。他一遍遍地翻读着《论语》,同时心不在焉地隔着窗缝朝屋外窥望,河道上漂浮着槐树的花蕾,树冠上洒满了阳光,他看见姐姐站在一架大梯上,正在廊檐下采摘葡萄……

在乡试临近结束的时候,冯子存面前的纸笺上依然是空白一片。他神不守舍地提起笔来,在纸笺上写下了这样两行诗句,它是李商隐《锦瑟》的最末一联:

此情可待成追忆
只是当时已惘然

三天之后,冯子存从文昌书院返回碧云山房,他的姐姐在门外的屋檐下已等候他多时。一看到弟弟那副垂头丧气的样子,她的心就被猛地揪紧了。她是一个信奉天命的女人,在进城赶考的前夕,那道士所预言的凶险之象一直让她忧心如焚,她不管私塾先生和弟弟的强烈反对,女扮男装,跟随弟弟来到了江宁。在道观借宿的这一个多月之中,她更是夜不成寐,坐立不安,尽管她凡事提防,处处谨慎,在这座幽僻的山中道观里,还是出现了一连串的不祥之兆。有一天晚上,她被雷声惊醒后发现弟弟在自己的屋里睡着了⋯⋯随后,她贴身携带的一枚玉佩突然不见了,这块玉佩是母亲留给她的护身之物,她曾经一次次端详着这块桃形的碧玉,默然祷念,希望它能够祛避灾祸,逢凶化吉。在临考前的那些日子里,她似乎觉得弟弟的眼神躲躲闪闪,仿佛有什么难言之隐,他整日呆坐窗前,无心温读诗书,茶饭不思,神情黯淡⋯⋯

不过,此番进城赴考还算顺利,虽然她从弟弟丧魂落魄的脸上早已看到了考试的结果,但毕竟没有出现道士所说的那种凶险之灾。

当天晚上,姐弟俩坐在院中的樟树底下乘凉,他们彼此默默相对,一言不发。在这之前,姐姐早已收拾好了行装,面谢了道观的观主和道童,准备第二天一早就乘船离开江宁,返回乡里。

这个聪慧的女人没有煞费苦心地劝慰弟弟,因为她担心自己的劝慰之言会加剧弟弟的苦闷和焦虑。月升中天的午夜时分,她给弟弟讲述了一个离奇的故事,这个故事是她在秦淮河边一个茶商的门口听来的。

冯子存闭上了眼睛,尽管现在酷暑难当,他依然感到周身一派寒冷。在姐姐讲述故事的同时,他正在盘算着一件另外的事,在树梢上攀附着的月光蓝莹莹的,他的目光越过树篱和山下的一道城墙的雉堞,停留在秦淮河暗红色的波光之中。松涛阵阵,桂香浮动,冯子存一度感到自己已置身于时间之外。

姐姐这一天也似乎疲惫不堪,她的故事讲到一半她就沉入了梦乡。第二天早上她醒来的时候,发现弟弟已经在近旁的那棵高大的香樟树下悬吊而死。

茶商的故事

冯子存在病榻上昏昏沉沉地醒过来,差不多已是午夜的光景了。时间过得很慢,它就像一根被拉直的弹簧,似乎已经失去了弹性。冷冷的月光照亮了窗户的一角,屋外的院落里空空荡荡的,一道道灰褐色的墙影在树林边重重叠叠,宛若一群黑色的鸽子栖息在浓重的夜幕之中。

眼下正是五月的晚春。如果不出意外的话,他派往江南的一辆辆马车,已经满载着茶叶到通州、宛清一带,再有一个多月的时光,那些茶叶将会被顺利地运抵京城长安,随后,它将通过古老的西山秦川、河西走廊,运往域外的波斯、罕达和印度。通常,他的马队要到秋末的时候才会返回京城,给他带回一批又一批的波斯地毯、罕达孔雀石、土耳其项链和印度的小金碗。

这样想着,冯子存感到自己的躯体一度游离了病榻,游离了长安城中这座寂寞的深宅大院,正走在通往西域的路上。

冯子存的一生都是在路途上度过的。他是那样地熟悉那些幽暗不明的道路,正如他熟悉自己纤细的掌纹。在阳春三月的江南,雨水不断,道路泥泞不堪;而祁连山下的湟水古道却又大漠连天,野狼肆虐……

现在,冯子存又闻到茶叶散发出来的酸溜溜的香味,从某种程度上说,这是他唯一熟悉的气味,它来自这座宅第的各个角落,来自蜂飞蝶舞的姑苏城外,来自风动沙响的戈壁深处……他喜欢这种气味,它追逐着商队远去的脚踪,散播到四面八方,给他带来了财富、荣耀和日复一日的安宁。

冯子存躺在松软的病榻上,在病痛的折磨之中难以入睡。他知道此刻他所能做的事只是等候着黎明到来,等候着医生出现在窗外,走到他的床前,给他一包用罂粟花籽碾成的解痛药剂……他已经记不起来自己是什么时候开始倒霉的。也许在二十年前的那个夏天,不吉的征兆就悄然出现了。那天晚上,他在果洛附近的一个马厩里过夜,早晨醒来的时候,他发现自己的脸上盖满了马粪……人们总是无法预料自己什么时候会突然背运,无论你考虑得多么周全,无论你贵为天子,还是贱若乞丐,厄运都会出其不意地攆上你,像水蛭一样吸附在你的身上,甩都甩不掉。

去年的腊月二十四,冯子存一生的事业达到辉煌的顶峰。这天上午,冯子存像往常一样独处书房,查看着年终的账目。在过去的几十年里,他在京城长安开设了二十家织布作坊,十三家布店,两爿药房和一处当铺。到了年关,一本本厚厚的账簿便会络绎不绝地送到他的案头。晌午的时候,他的第七任妻子未及敲门就闯入了他的书房,将冯子存吓了一跳。妻子神色慌张地告诉他,刚才得到家丁的禀报,一列朝廷的马队正朝着冯府的方向急奔而来,现在已过了西殿门。冯子存闻听不禁打了个寒战,皇家马队到冯府来干什么?莫非自己的官税中所做的手脚被皇帝老儿察觉了不成?

冯子存来不及细想,他心事重重地穿过一道道回廊,颓然来到门外。在一阵惶惶恐恐的仪式之后,冯子存揎袖伏地,领受圣旨。由于过于不安,圣旨的内容他连一句也没有听进去。在一片嘤嘤嗡嗡的庆贺声中,他被告知,皇帝陛下邀请他于次日晚间去宫中看戏。

冯子存久久匍匐在地,一直等到皇家的马队在弥漫的风雪中消失不见,他依然在堂前磕头如仪。一想到自己这个当年沿途漂泊的乞丐如今即将厕身皇宫内院,他不禁喜极而悲,恍若梦中,当几个家佣将他从地上搀扶起来的时候,他早已泪流满面。

雪在下着,呼啸的北风低低地掠过屋檐,抽打着屋外干枯的树枝。屋内炉火通红,气温适宜。冯子存呆立在堂前,不知所措。他的夫人眉目含情,悄悄来到他的身边。她的身上散发出来的一种奇异的香味使冯子存油然一震。他想起来,由于这些天来埋头查算账目,他已经很久没有去过夫人的卧房了……当冯子存近乎鲁莽地将她牵入卧房的时候,这个美艳的妇人早已娇喘微微,脸色潮红。她深知丈夫的秉性,深知他每逢喜事来临和她分享快乐的方式。尽管她更愿意将这个美妙的时刻留待夜晚慢慢享用,但丈夫似乎早就急不可待了,像个孩子一样毛手毛脚,粗鲁而无礼……

当然,冯子存并不知道他是最后一次经历床笫之欢了。午后,他从床上起来,感到有些头晕。吃晚饭的时候,一阵恶心使他忍不住呕吐起来,不过,这种轻微的身体不适并未引起他足够的注意,他照例陪夫人玩了一通麻将,随后,他来到了管家的屋里,和他商量第二天进宫面见圣上应携带怎样的礼品……

夜至三更的时候,冯子存突然发起了高烧,不久之后,他感到头痛欲裂,天旋地转。这使他多少感到了一丝忧虑,如果第二天高烧不退,他流着鼻涕、打着喷嚏来到宫中便有些不太雅观……在昏暗的灯光下,他看见管家、妻子和几名家佣正站在床边怔怔地看着他。妻子忧心忡忡,脸上镌刻着恐惧。

到了后半夜,冯子存从神志不清的梦中醒来,看见窗外的院子里,一个车夫正在套马,马灯的亮光照亮了空中飞舞的雪片和一带稀疏的树木,马匹哝哝地叫着,踢踏着地上的冻雪。他们也许要去城内请医生……冯子存感到自己病得不轻。那个马车夫穿着蓑衣,在马车上抖动了一下缰绳,那辆马车便碾轧着封冻,吱吱嘎嘎地出了院门。

冯子存不知道自己是不是在做梦。这样的情景他似乎已经历过多次了。记忆中的往事一股脑儿涌入他的脑际。他看不清妻子的脸,它在灯光下影影绰绰,就像隔着一层窗纱。他昏昏沉沉地躺在床上,能够感觉到昼夜神秘的交替,感觉到前来探望他的人走马灯似的来到他的床前,他们低声地说着话,可是他听不清他们说些什么,但是,冯子存极为清楚地意识到,由于自己偶然染疾,已经错过了皇帝陛下的召见……

天终于亮了。温暖而强烈的光线照临他的床头,冯子存不禁长长地松了一口气,他感到自己又一次摆脱了黑暗的羁绊,重新置身于现实之中。他是如此渴望阳光的来临,渴望它融融的暖意和有力的支持。在冯子存卧病在床的这些日子里,每当清晨来临,他众多的子嗣便会一个接着一个来到他的床前,履行一个在他看来毫无必要的仪式。这些人双唇紧闭,凝神屏息,好像这个阴郁的房间里所有的物件都在腐烂,散发出的气味让他们感到恶心。他知道在这个形同虚设的仪式之后,他的大儿子将照例去城北的山林中打猎,他的二女儿脸上涂着一层厚厚的胭脂,她总是将天复一天的时光耗费在京城的戏院里。还有他的第七个儿子,他总是最后一个到来,最先一个离去,他来去匆促的样子令人想到他仿佛是无意中走错了房间似的。这些人像石雕一样站立在他的床边,连一句勉强的问候之语也不愿意说,他们的到来仅仅是为这个古老国度的某种陈腐的礼仪所钳制,或者说,仅仅是一种习惯。他们面面相觑,一声不吭,各自想着自己的心思。随着时间的推移,这个虚幻的仪式本身也遭到了某种程度的破坏,饭后到他病榻前问安的人越来越少。在不到一个月的时间里人数就减少了一半,最后只剩下了一个人,她就是自己最钟爱的小女儿。不过,今天早上,她的身影出现在窗下,却没有进屋,只是隔着窗帘和他说了一句什么话,随后就匆匆地走开了。

响午过后,妻子跟在一位医生的身后走进了他的房间。在医生来到床前给他搭脉的同时,他的妻子拉开了厚厚的窗帘,好让窗外凉爽的风吹进来。随后,她在桌边的一张木椅上坐了下来,在一旁静静地看着他。从她的眼神里,冯子存看不出什么情感的成分,它既不表示悲哀,也不流露出欣喜(如果不是因为她将可能有的欣喜隐藏得很好)。她像往常那样,靠在桌边慢慢地剔着指甲。

医生为他搭完脉后,又翻开他的眼皮看了看,在他的胸脯上敲了几下,然后煞有介事地兀自摇了摇头。

他干吗要摇头呢?

自从这名医生在他房间里出现的那天起,冯子存就对他感到极为厌恶。他矜持、冷漠而又不失分寸的言谈背后,是一种别有用心的幸灾乐祸,一种自我欣赏般的故作垂怜。他总是不断地摇头,叹息,就像是遇到了什么棘手的难题。

此刻,医生在桌面上铺开一页纸笺,用舌头舔了舔笔尖,一边开着药方,一边跟妻子小声地说着什么。尽管冯子存根本无法听清他们到底谈了些什么,他也能从他们的神态之中看出一二。妻子的脸上红扑扑的,笑容经过压抑后依然从她的两颊洋溢出来。她脸上的红晕是因为医生的话让她感到害羞,还是窗帘布猩红的反光?

医生开完了药方之后就走出了房间。他的妻子来到床边为他掖了掖被褥,随后也走了出去。她多少显得有些心不在焉,好像心事被另外的事情所牵挂,跨过门槛的时候,被重重地绊了一下。

等到妻子的身影在门外的阳光下消失之后,冯子存注定又要一个人来应付眼下寂寞难熬的时光了。五月的风带着树脂的清香吹到他脸上。在遥远的江南平原上,现在正是杏花初败,黄梅飘香的时节,而在西北边陲的湟水之畔,依旧是冰封河道,瑞雪飘飘。记忆中一条条幽暗不明的道路呈现在他的眼前,他仿佛又一次看见了那些奔跑中的马匹,它们撒开四蹄,掠过一座座谷仓和草垛,掠过清真寺和喇嘛教寺院金光闪闪的圆顶,消失在一群群香客的背后。随后,他看见那些金银玉石像流水一样源源不断地涌来,漫过他的头顶,压得他喘不过气来……

在床头的一张柜橱上搁着一只木偶小人,那是冯子存从一个尼泊尔商人手里买来的,随着它的发条传出单调的机杼之声,木偶兀自转动着扁平的脑袋,不时咧开大嘴冲他笑一下。木偶的边上放着一只花瓶,瓶中插着的一簇雏菊已经好久没有换过了,枯萎的花蕾被吸干了水分,散发出一股灰尘般的气息。

中午前后,他听见妻子的笑声从隔壁的客厅里朝这边传过来,它震荡着屋里死寂的空气,在无声无息的阳光中回荡着,久久不去。冯子存虚弱地抬起一只胳膊,在枕头底下摸索了一阵,拿过一本书来。这是一本木刻本的诗集,书中那首著名的《锦瑟》他已读过多遍,可是,每当他重新阅读这首诗的时候,总是忍不住泪流满面。李商隐在五十岁时所作的这首诗语境苍凉,意韵悲切,仿佛每一个字都是特意为自己所书写。在冯子存看来,尽管他的学识还不足以阐释它的复杂内容,但他似乎感觉到,这首诗包含了这个宇宙中所有的秘密。可以想见,李商隐和自己一样,深陷时间的窠臼而无法自拔,他所能做的唯一的事也许只剩下独处琴室,回顾从前了。

锦瑟无端五十弦

他干吗要说"无端"呢?

不知过了多久,一个侍女的身影来到了他的屋里。她手拿一块抹布,一边擦拭着桌椅,一边朝屋外不停地张望。

"你在看什么?"冯子存对她说。

"一辆马车,老爷。"侍女说。

"屋子外面是什么声音?"

"他们要将什么东西从车上卸下来。"侍女看了他一眼。

冯子存听到了马蹄刨动泥土的声音,几个家丁灰色的身影不时从窗门掠过,这些人显得鬼鬼祟祟的,好像有什么事存心瞒着自己。树木在风中沙沙地响着,晚风拂动着窗幔,飘过来一阵油漆的气味。

冯子存不由得一怔。

"你出去看看,他们到底运来了什么东西。"冯子存对侍女说。

侍女应允了一下,放下手中的抹布,挑开门帘走了出去。

不一会儿,侍女回到了屋里,她犹豫不决地看着冯子存。

"他们已经将茶叶运回来了吗?"

"没有。"侍女答道,"那是一口棺材。"

怎么回事?冯子存心头猛地一沉,几乎不敢相信侍女所说的话。难道这回我真的要完蛋了吗?冯子存这样想着,火辣辣的泪水夺眶而出。

一切都无可更改了。急速流动的时间径自向前,将自己远远地撇下了。现在,他必须好好地想一想死亡这件事。他觉得一生的岁月只不过在悄悄地为这个时刻的来临做准备。随着死亡的来临,过去的一切都将一笔勾销。希望之中的事总是姗姗来迟,让人等白了头发,厄运的到来则是固执而强烈的,令人猝不及防。自从冯子存卧病在床的那一刻开始,可怕的命运就在按照自己的规则有条不紊地粉碎着自己的梦想,它连续不断地击打他的身心,不使他有丝毫喘息的机会,终于使他形销骨立,气息衰微……它阴险、狡诈、残忍又极为耐心,并且在事先就排定了所有的秩序。冯子存不无愤怒地联想到,整个事情的过程仿佛是一出精心排演过的戏剧,它缜密,严谨,无懈可击:

  1. 去年腊月二十四。皇家马队顶着漫天的风雪来到冯府,给他带来了皇帝陛下即将召见他的信息,过度的激动使他不禁潸然泪下,同时他也隐约感觉到一丝沉重的不快,按照他惯有的经验,巨大的快乐背后总是蛰伏着一种潜在的危险。

  2. 在妻子的卧室里,美妙的床笫之欢使不祥的预感暂时地搁置在一边。

  3. 午后起床,稍感不适。这意味着鼻子不通,偶尔打上几个喷嚏,并不能说明什么问题。

  4. 呕吐。冯子存陪妻子打了几圈牌,然后来到管家的房中和他商量第二天进宫面见圣上的种种事宜。不祥的预感再度出现,但一闪即逝。

  5. 第二天凌晨,医生第一次出现在他的房中。这个愚蠢的庸医向他担保:事情将仍然会非常顺利,因为他的高烧会在午前消退,最迟不会超过傍晚。

  6. 冯子存在半昏迷状态下错过了进宫的时间。

  7. 被确诊患了伤寒。冯子存不得已求其次,希望病体在三月初之前得以康复,这样他将再度随马队去一次南方。

8. 四月中旬。冯子存提出换一个医生试试,显而易见,他已经很不耐烦,他第一次感到了事情的不妙,难道……

9. 不祥的预感紧紧地笼罩住了他。他感到恐惧,但仍然存有一丝侥幸之念。

10. 一个小时之前。他听到了院子里马队驰来的声音。他想到,也许是他派往江南的马队提前赶回了京城,但侍女告诉他,马车运来了一口棺材。

预感被证实。但他依然缺乏足够的准备,他将自己的脸紧紧地贴在冰凉的墙壁上,面对着床边那只咔咔作响的木偶,像个孩子似的喃喃自语:

"不要让我死。让我像从前那样成为一个乞丐吧,让我变成一条狗,四处漂泊,沿路乞讨吧……"

半个多月之后的一天黄昏,冯子存从昏睡中再次醒来,他并不知道自己的生命已经走到了最后的时刻。他兴高采烈地将妻子叫到自己的床边,向她讲起自己刚刚做过的一个奇怪的梦。他没有来得及将梦中之事交代完毕,便溘然长逝。

梦 中 之 梦

西楚国的国君吴大酋率十万之众披星戴月奔袭沧海的那

天夜里,冯子存正躺在后宫的玉绣楼中睡觉。

探马怀揣一封封告急文书朝皇宫蜂拥而来,却通通被侍卫挡在了宫门之外。奉命在易水一带驻防的李洱将军带领一队侍从闯过重重阻拦,冒死进入后宫,擂鼓告急。

一阵纷乱的脚步声和急促的鼓鸣终于将冯子存从梦中惊醒。他醒来后的第一句话是冲着一位随侍床边的优伶说的:

"怎么,又下雨啦?"

天亮之后,冯子存总算在一片喧闹声中弄清了事情的原委:吴大酋星夜犯境,长驱直入,目前,先头部队已抵达易水河畔,并且已经控制住了首阳山的炮台……

冯子存御国三十余年,居危不乱,镇定自若的品性皇宫内院的近臣侍卫早已耳濡目染。面对着玉绣楼前跪成一排的文臣武官,冯子存所下达的第一道命令就是将那位性情急躁的李洱将军凌迟处死。李洱将军生性耿直,骁勇善战,曾经屡立战功,但是他总是在关键的时候沉不住气。他不顾朝廷禁军的阻拦,深夜闯宫击鼓,像个孩子那样毛手毛脚,在玉绣楼前大喊大叫,差一点没将自己吓出一场病来。

宫廷的深处到处弥漫着死寂般的宁静。文武百官惊魂未定,像无头苍蝇般在宫中来回乱窜。作为一国之君,冯子存倒没有显出过分的惊慌。他在离开玉绣楼的前夕,依然没有忘记给自己心爱的鹦鹉喂食。随后,他径自到玉器殿洗了个热水澡,接着去宗庙焚香祭祖。大兵压境的祸乱并没有使他丧失静若止水的良好心境。

晌午前后，当一身戎装的冯子存出现在禁门之外的时候，在那里恭候多时的朝廷文武见状不免吃了一惊："皇帝陛下莫非要御驾亲征？"三军统帅纷纷倒地叩拜，提出种种理由加以劝谏，其中有几个老臣还莫名其妙地哭了起来。这种场面让冯子存感到很不高兴。他援引先朝列王亲临沙场的旧例对大臣们的苦苦进谏逐一进行批驳，随后，他干脆跨上战马，跃跃欲行。

冯子存率领万余禁军兵勇，一路吹吹打打，浩浩荡荡地出了内城，沿着首阳山的南麓朝西疾行而去。此番亲征，冯子存有他自己的想法。西楚国近在肘腋，在过去的两年中曾屡犯沧海边陲。在冯子存看来，西楚国土地贫瘠，物产稀少，到了冬天，境内便呈现出一片饿殍遍野的凄凉景象。吴大酋多次出兵沧海，无非是为了得到一点过冬的粮食和衣物。由此看来，西楚此次进兵，大概也不会例外。冯子存早已打好了算盘，他要亲自前往阵前看个究竟，看看那些流氓无赖说些什么，自己可以和他们讨价还价。

宽阔的河道蜿蜒东去，河面上阴风阵阵，凉气扑面，两军将士隔河相望，各自搭弓上箭。冯子存在数百名侍卫的簇拥下傍水而立。清冽的水汽使他一连打了好几个寒战。

一阵急促的军鼓声在吴大酋营中骤然响起，西楚国的一名元帅策马来到阵前，躬身施礼之后，首先致辞。他的讲话夹杂着北方蛮夷粗俗古怪的方音，听上去让人很不舒服。通过翻译的传述，冯子存大致明白了他讲话的内容。元帅说：

"鄙国国君深秋行猎,误入贵国锦绣之地。昔闻沧海军民骁勇善骑,弓箭刀枪,无不精妙绝伦,排兵布阵亦为未闻之奇观,今适逢天赐良机,原就教于易水之畔,如蒙不弃,与我军切磋一二,则不胜欣幸。"

元帅话音刚落,冯子存看见自己身边年迈的兵部尚书早已翻身下马,他颤巍巍地走到河边,像背书似的还致答词。

尚书精通文法,修辞典雅,但生性喜欢卖弄辞藻。他的讲话冗长而繁复,足足持续了一个多时辰,最后,兵部尚书用下面这段话结束了他的演讲:

"贵军不远万里前来献技,我军已盼望多年。现在时间不等人,如无不便,就请开弓放箭,过河进攻吧。"

这场令人作呕的仪式犹如经过预演,看上去叫人啼笑皆非。作为一国之君,冯子存当然明白,兵部尚书貌似客套的谦让之词实则暗藏杀机:两军隔河对垒之局,先过河者自然必败无疑。

冯子存率部僵立河畔,直至日薄西山,双方并未动过一刀一枪。最后,他只得下令死守易水,自己则抽身回到了宫中。

冯子存返回城中,并没有像以前那样召开御前会议,而是独自一人幽处后宫,闭门默思苦想,将满朝文武撇在了一边。

在大臣们看来,在眼下这种外敌犯境、国难当头的危急时刻,皇帝陛下的过于镇静多少显得有些反常。不过,他们没有去打扰皇上的静修,而是聚集在玄武厅中度过了一个不眠之夜。从某种程度上说,这些大臣蚁聚一堂,喋喋不休的争执只不过是一种无聊而已。他们既不能对战争的发展漠然处之,撒手不管,也不能代替皇上制定出作战的策略和计划,因此,他们所唯一能做的事无非是等待而已。文官们通常不像武官那样急躁、焦虑、忧心忡忡,他们大都精通玄学,擅长逻辑和论辩。他们能够随心所欲地提出一个个极为古怪的论点,然后加以引证。当武官们描述出国破家亡的种种前景的时候,文官们则对他们的杞人忧天嗤之以鼻,在他们看来,敌军占领我国之日,也就是我军俘获敌军之时。这是一种简单不过的逻辑反证。从某种意义上说,国土的沦丧并非是一件坏事,因为一块土地总会有人来耕种,至于由谁来扶犁驾辕,并不重要……

在文臣武官争执不下、莫衷一是的时候,只有一个人沉默不语,这个人就是太子子衿。他龟缩在阴暗的墙角凝神细听,脸上不时流露出迷惑不解的神色。拂晓的时候,子衿默然离座,悄悄离开了玄武厅,朝后宫走去。他绕过一道道宫墙和檐廊,不受任何阻拦地来到了他父亲的身边。

此刻,黎明前浓重的霜雾已经将玉绣楼前的一排槭树染成灰白,隐约可闻的宫漏之声依然在空气中回荡,冯子存面对着眼前越来越亮堂的曙色倚窗而立,仿佛正在焦急地等待着什么人的到来。

太子熟悉的脚步声由远而近。冯子存转过身来。

"在玄武厅内,那帮家伙都说了些什么?"冯子存漫不经心地问道。

"一帮窝囊废。"太子含蓄地答道。

子衿说话的方式让冯子存感到很不自在。他平常极少说话,即便偶尔说上一两句,也是闪烁其词,好像故意让人猜不透他的心思。

"礼部尚书怎么说?"

"一个小丑。"子衿白了父亲一眼。

这是冯子存意料之中的回答。太子表面上的木讷、愚钝将他机敏过人的内心掩饰得很好。冯子存沉吟了半晌,随后换了一个话题。

"西楚国那边有什么消息?"

这一次,冯子存得到了极为详尽的回答。太子告诉他,西楚国的吴大酋利用夜色做掩护,抢渡易水,目前已将弹丸之地的京城围得水泄不通……

冯子存不耐烦地朝太子挥了挥手,子衿躬身而退。

从这场祸乱猝然爆发的那个时刻起,冯子存似乎早就想好一系列应变的办法。昨天晚上,他独处后宫只不过是一种遮人耳目的把戏而已,实际上,他早已暗中派出心腹,携带密书一封,布帛百余丈,沧海良驹八十匹,白银千两,悄悄运抵吴大酋的帐中……

天刚蒙蒙亮,一身泥水的信使便风尘仆仆地来到了玉绣楼前。吴大酋果真不愧是一个正人君子,按照信使的报告,吴大酋对自己所送礼物未动分毫,原数奉还,附带还让信使给自己捎来一只精致的鼻烟壶。

看来,吴大酋并非等闲之辈,此番出兵沧海,绝非些许银两就能打发,想到这里,冯子存不禁愁肠百结,怅然若失。

信使刚刚离开玉绣楼,兵部尚书就一瘸一拐来到了门外。他是来报告军情的。据尚书报告,敌人已突破易水防线,进逼城下。不过,我军虽然小有失利,却也不无收获。接下来,兵部尚书眉飞色舞地向他夸耀军队从敌人手中缴获的百丈布帛,八十匹良马,千两纹银……

冯子存听罢顿觉头晕目眩,悲耻交集。

第二批送达吴大酋帐前的礼物是一群美女。这些风姿绰约的女人是从六宫粉黛、歌妓优伶中精心选拔出来的。她们有着修长的身材和迷人的气质。这帮叽叽喳喳的女人奉诏来到了玉绣楼前,在缤纷的阳光下站成一排,冯子存对她们逐一加以审视。面对着这样锦衣华服、体健貌美的女人,冯子存很不愉快地联想到,自己作为一国之君,对宫中这些美艳佳丽多年来竟一无所知。随侍在侧的宫女、嫔妃大凡形容枯槁,面若纸灰。伴随着相见恨晚的惆怅,冯子存多少感觉到了一种年华虚度的深深的寂寞。这一定都是那个礼部尚书搞的鬼。一想到那个刁滑精明的尚书在这种关键的事情上对自己敷衍失职,冯子存就觉得气不打一处来,这件事从一个侧面衬托出了冯子存内心不敢承认的失败感,同时也使他清晰地看清了宫廷生活的真相。他一直以为自己无时无刻不在驾驭着这个国家的一切,而实际的情景却恰好相反。

三天之后,当这批花枝招展的女人像信鸽一样再度回到玉绣楼前的时候,冯子存早已在花园里等得不耐烦了。信使那张无比沮丧的脸使冯子存预先就明白了一切。

信使随身带回了吴大酋的一封亲笔书信,这个北方无赖在信中写道,他极为欣赏沧海皇帝陛下的幽默感。这些冰清玉洁的女人使他度过了一个美妙的夜晚,享用这批女人的一半已使他累得筋疲力尽,最后,他不得不将三军统帅一并请入帐内,挥霍掉了其余的部分……至于陛下的退兵请求,他认为目前时机仍未成熟。如果不出意外,他将在一个月之后亲临皇宫和陛下面谈此事……

重阳节的这天清晨,沧海国的文武百官早早来到了宫门之外,他们匍匐在凉飕飕的冷风中,等待着皇帝的上朝。天刚放亮,一夜未睡的冯子存在几名贴身侍从的跟随下来到了金銮殿前。

大臣们不无惊恐地感觉到,皇帝陛下虽然表面强作镇定,但连日外患的骚扰已使他脸色憔悴,形销骨立。冯子存高坐在金銮殿上,他单薄的身影在灰蒙蒙的晨曦中像一件空空荡荡的衣服随风飘拂。他说话语无伦次,颠来倒去,好像正在经受某种病痛的折磨,大臣们不得不屏息凝神,私下揣摩陛下的意图。后来,皇帝陛下的这道谕旨经过史官的润色和修改后,以文牍的形式逐级传达到中下级官员的手中,很快这些官员将御旨的主要部分口头晓谕城中的百姓。

皇帝旨意大抵是这样的:西楚国发兵南下,屯兵十万,围困京都。我军虽然兵强马壮,粮草充足,如开城一战,则战无不胜,然百姓涂炭,玉石俱毁在所难免。西楚所欲,无非我土,今拱手让出沧海,则战乱可免。皇帝我决定放弃沧海,去蓝田牧羊。境内臣民或一同前往,或留城侍奉新主,何去何从,还望三思而定。

两天之后,秋雨涟涟,天色阴沉。绵延数十里的人群和马匹出现在城东的一条泥泞不堪的官道上,朝千里之外的蓝田迁徙。冯子存装扮成一个宫廷乐师的模样,混杂在浩浩荡荡的人流中。当他回望京城,遥看雨中黄色宫墙渐渐远去,不禁黯然神伤,若有所失。

中国历史上这场著名的大迁徙在后来的许多典籍中均有记述。在儒家先哲对这次臭名昭著的大投降横加挞伐的同时,老聃和庄周却对它给予了很高的评价。至于冯子存来到蓝田之后的情形,典籍中则少有记载,即便偶尔提到,也是一笔带过,语焉不详。

一个阳光明媚的中午,冯子存坐在行宫的书房内独自抚琴而歌,显得闷闷不乐。昔日沧海宫中的一名园丁悄悄来到他的身旁。冯子存弹断了两根琴弦之后,提笔欲书,园丁赶忙为他铺开帛纸,推砚研墨。冯子存长叹一声,在纸上题下绝句一首,其中有"沧海月明珠有泪,蓝田日暖玉生烟"一联,凄恻之情,溢于言外。

园丁见皇上忧郁不欢,便在一旁温言相劝。按照园丁的理解,皇上虽失沧海,未失人心,境内臣民悉数迁徙蓝田,如今牧羊采玉,安居乐业,实为社稷大幸。

冯子存抬头看了园丁一眼,没有理会他的劝慰之言,而是漫不经心地问道:

"这些天,你看见太子子衿了吗?"

"没有。"园丁答道。

冯子存的目光注视窗外,自语般地叹声说道:"如果我所料不错,他此刻正手执佩剑,往宫中走来。"

"他来这儿干什么?"

"他要来杀我。"

"太子为何加害陛下?"

"想想看,我有二十万御敌之师,未动一兵一卒就退至蓝田,这对他来说,也许是一种莫大的耻辱,他杀我自有他的道理。"

"陛下为何不来个先下手为强,拦杀太子于当途?"

"现在已经来不及了。"冯子存脸上掠过一阵阴云,"我错看了他,他在宫中装疯卖傻,已经等了十多年了。"

园丁没有再说什么。君臣相顾,言极而泣。过了一会儿,园丁像是突然想起了一件什么事,朗声说道:

"以小人之见,趁太子未到,陛下莫如先行逃走,隐居深山幽谷,逍遥贫水之畔,坐看云起,行伴松息……"

"我早已想过这件事了。"冯子存打断了他的话,"只是昨晚偶得一梦,细细想来,似是恶兆。"

"小人略知圆梦之术,如不嫌鄙陋,请陛下说来一听。"园丁轻声说道。

冯子存犹豫了一会儿,开始讲述昨晚的梦境。他刚刚讲了一个开头,沉寂的空气中早已响起了佩剑之声。冯子存霍然而起,注目窗外,他看见太子子衿披甲执剑,正沿着屋外麦地中的一条小路朝行宫疾走而来。此刻已是黄昏时分,窗外树木飒飒作响,西下夕阳染红了山坡上成群的绵羊,羊羔的叫声似有若无,依稀可辨……

冯子存给园丁讲述的那个梦境是这样的:

在贫水河畔隐居三年后的那年春天,冯子存听说常来河边汲水的一位少妇病死了。她的葬礼是在清明节前的一个雨天举行的。这天晚上,冯子存躺在茅屋的床上聆听着窗外的潇潇春雨,怎么也无法入睡。那个女人俗艳的身影在他眼前久久不去,使他静若止水的内心流荡失守,方寸大乱。到了后半夜,他恍惚听到那个女人在窗外呼唤他的名字,便不知不觉地来到了屋外,顺着旷野里那片幽蓝的麦地朝墓地走去……

湮 灭

玄 圃

昨天下午,龙朱到我屋里来借锯子,他的脸色有些不同往常。我让亚农将锯子给他,龙朱一声不吭地走了出去,径直去了河边。眼下正是四月末的光景,一阵阵响雷在灰缥的天边滚过,潮闷的空气中布满了雨意。我看见龙朱的身影在河边的树林中逡巡,随后在一棵挂满果实的楝树下蹲伏下来。南风吹过来,我闻到了林中树叶腐殖的气息和一缕清新的锯末屑的香味。

我躺在门边的一张旧式藤椅上,想着龙朱的家里会出什么事,想着想着就睡了过去。

我醒来的时候,天已经黑下来了。我听见龙朱媳妇和亚农在窗下说话。龙朱媳妇对亚农说:你爹现在脑子还不好使?亚农说:写副挽联大概还行吧。听他们这么说,我就知道金子多半已经去世了。

龙朱媳妇没待多久就走了。她说她还要回去安排明天的丧事。临走前，亚农问她：树生现在怎么样？龙朱媳妇没有正面回答这个问题，而是说：这个去了，那个也就快了。这时，亚农就压低了嗓门附和她：我们家这位看起来也快了。

树　　生

天快亮的时候，玄圃让亚农将写好的字幅送来了。亚农说，为了写这些挽联，他爹在书房里折腾了整整一夜。

早上六七点钟光景，雨还在不停地下着。发丧的人吹响了唢呐，棺材就上路了。我对龙朱说，我想去送送金子。龙朱瞪了我一眼，那样子就像他不认识我似的。

你他妈的就算了吧。龙朱说。

儿子用这种腔调跟我说话，我倒也不怪他。他大概是在为我的身体着想。我如今已经老了，风吹一下都会倒下来，何况，外面还下着大雨。

虽说早在几十年之前，我就在为金子的死做准备了，可她真的离开了，我还是觉得心里空落落的。我双手扒住窗沿，看着那口漆黑的棺材摇摇晃晃地一路出了西村，走上了通往墓地的山道。雨水一个劲儿地敲打着窗户，不一会儿，我就什么都看不见了。

一个人再能活，也不能比一条道路、一棵树木更长寿。我还记得，金子第一次到麦村来，走的就是那条通往墓园的山道,那时,河边的榆树上挂满了一串串冰凌。

那年冬天,大雪一连下了好几天,最后差不多都快将河道封住了。冬至这一天,我正在门外的雪地上劈柴,看见姨妈领着两个人朝麦村走来。

一直等他们在我的茅草房前停下来,我才知道他们是来找我的。

不消说,他们的家败了。要不然,他们不会是这么一副寒酸的装扮,更不会踩着吱吱作响的冻雪赶上二十里地来到这个荒僻的村庄找我。

他们三个人依偎着站在河边的枯树林中,西北风卷着雪片从他们头顶上刮过。按理说,我应当立即将他们请进屋去暖和暖和,给他们烧碗水喝。可我没有那样做。我一想到三年前讨饭讨到他们家门口,姨妈那副爱搭理不爱搭理的样子,气就不打一处来。

我那会儿的境况已不比从前了,我学会了木匠手艺,在远村近乡也算是有了一点名气,虽说离独自打上一张雕花喜床的手艺还差一截,可做个水桶、脚盆、板凳什么的,倒也不在话下。

我的姨妈走到我跟前,只叫了一声"树生",眼泪就像断了线的珍珠一般流下来。她这一哭,我的鼻子也跟着一阵阵发酸,不管好歹,她毕竟是我的姨妈啊。她抬起袖管擦了擦脸,指了指河边的那个高个子男人:那是你的姨父。

我的姨父朝我远远地点了点头,没有说话。他戴着一条灰白色的旧围巾,侧着身子站在篱笆墙外,不拿正眼瞧我。

剩下的一个人不用姨妈介绍,我也知道她就是金子。在我母亲还活着的那些年月里,我曾经看见过她几回。

这时,我看见在河边拣树枝的桂婶正在树林里朝这边张望。桂婶老远地向我挥了挥手:

树生,愣着干什么?亲眷来了,还不快让进屋去!

我这才将他们请到了屋里。谁知姨妈进了屋,立刻就变了一个人。她兀自在屋里转来转去,一会儿捏捏我的被褥,一会儿看看我的米坛,就像是到了她自己的家里一样。

姨父从怀里摸出一支烟斗,叼在嘴里。

读过几年书?他冷冰冰地问道。

我说没有读过。

姨父的眼睛朝屋里瞄了一眼,指着屋里一张新打的四仙桌问我:那是你做的吗?我点了点头。

说实话,那时我还真的被他们弄糊涂了。我想,他们突然来到麦村找我,一定有什么特别重要的事情吧。

不过,我很快就知道了实情。姨妈将我的茅屋里里外外仔细察看了一通之后,来到姨父的跟前,朝他摇了摇头。随后,他们两个人就小声地嘀咕起来。当我听明白他们是在商量要不要将金子嫁给我做媳妇时,我差一点怀疑自己是在做梦。我的姨父脾气急躁,按照他的意见,不如趁热打铁,当天就让金子和我成亲算了。听他这么说,我心里就变得热乎乎的,男人毕竟是男人,做起事情来干净利落,可我的姨妈一时还拿不定主意。

正在这个节骨眼上,一阵北风将我茅草房的屋顶掀掉了一块,冷风伴着雪珠直往里灌,我姨妈的眼泪又出来了。

最后,他们还是将金子领走了。我站在门口,看着他们三个人的身影在雪地里越走越远,心里挺不是滋味。

桂婶背着柴火经过我家门口的时候,幸灾乐祸地对我说:怎么样,树生,煮熟了的鸭子又飞走了吧?桂婶这种女人就是精明,有时只消瞄上两眼,什么事都别想瞒过她。

话说回来,金子是注定了要做我老婆的。第二年棉铃吐花的时节,金子再一次来到了麦村,这一回,她是跟着一个走村串巷的戏班子来到麦村的。那是我的姨父被政府枪毙不久之后的事情。

她来的那天,身上还戴着重孝。结婚的当天,我从亚农娘那里借了一身花布褂子让她换上,她死活不肯,最后也只好由她了。

晚上,我问金子,姨妈这一回怎么没有一起来,金子没有搭理我。直到现在,我也不知道我那可怜的姨妈的下落。村里有一种说法,我的姨父被枪毙时,姨妈哭叫着闯进了法场,死拖活闹,弄得人家没办法,最后也只好给她吃了一枪了事。

不过,我并不为他们感到难过。现在解放了,我又娶了一个大户人家的闺女做老婆,高兴还来不及呢。我渐渐就明白了一个道理,一部分人过上了好日子,就会有另外一帮人倒大霉,这是没有办法的事情。

中午喝酒的时候,我将这个想法告诉年保,年保一听就哈哈大笑:那是当然的啦,要不然,你的媳妇打哪儿来?

亚　农

我闻到了樟木草药一般的气味。那股药味渐渐和砚墨的陈香混合在一起。爹推门走了进来。亚农,今天就不用描红了,他说,树生请我去喝酒,你也一起去吧。我走出了书房,来到我娘的卧房里。

我看见树生也站在那里。床上堆满了女人穿的衣裳,我娘从中挑出一件暗红色的花布褂子,两面看了看递给树生。这还是我在娘家时穿的,我娘说,你媳妇要是穿着合适,就让她留下吧。

我跟在树生和爹的身后,走进了河边的树林。树生走得飞快,我和爹落在了后面。我们走到晒场的草垛边上,看见村长挑着满满一筐玉米迎面走了过来。树生,听说你小子娶回来一个俏媳妇?村长歇下担子,笑眯眯地对树生说。

俏不俏,这会儿还不知道呢。树生说。

村长又说:你娘在的那会儿,恐怕做梦都没想到有今天吧。

树生开心地笑起来。这都是托您老人家的福,树生说,都说地主阶级从前过着卑鄙的生活,如今咱们穷人翻了身,比他们还要卑鄙。

村长的脸立刻沉了下来：树生，不懂的事就不要乱说，你知道卑鄙是什么意思吗？

树生心一慌，就反过来问村长：照您老人家说，那是什么意思？

村长想了想，脸就红了。他转过身冲着我爹摇了摇头：现在的年轻人，不学点马列主义怎么行啊。玄圃，你是读书人，你来跟他说说。

我爹的眉头皱了起来。他好像感到很为难。过了一会儿，我爹说：村长，不瞒你说，我也不知道。

那天去参加婚礼的人，大都事先没有见过金子。当新娘子跟在桂婶的身后走进屋来的时候，我爹正和村长在商量办学堂的事。金子并没有穿那件母亲送她的花裰子，而是穿着一件白色的丧服，她的胸前还佩着一朵黑色的绢花。大伙儿一瞧见金子，就全都不作声了，筵席上的气氛突然变得闷闷不乐。金子在屋里一走而过，好像她的到来不是为了跟大伙儿见个面，而只是偶尔从筵席上路过。

在喝完酒回家的路上，太阳已经躲到树篱的背后去了。福寿满脸不高兴的样子，他一边往前走，一边对我们说：他妈的，树生跟咱们半斤八两，凭什么就能娶回来这么个美人？他好像有些想不通。瞧他那副模样，不像是在生树生的气，倒有些像是在生他自个儿的气。在这一点上，年保就比他开窍，他虽然也不怎么开心，但脸上却显得若无其事：好汉无好妻，懒汉攀高枝嘛。

晚上,我娘带我去仓库选稻种。村里的女人仍然在喋喋不休地谈论着金子。她们说来说去,无非是丧服、绢花、吉利不吉利一类的话。村里的巫婆,鸭子大婶靠在一只稻箱上,一声不吭。半夜的时候,天上突然下起雨来,散工的钟声也跟着响了起来。在等待雨停的这段时间里,鸭子大婶终于开口说话了:

依我看,金子这姑娘有点不同寻常。

怎么个不寻常?一个女人赶忙问道。

鸭子大婶将灯芯捻亮,不紧不慢地说:我在世上活了这么多年,还从来没有看到过金子这副面相。她如果不是神灵下凡,便是小鬼现身。这个人日后注定了要在麦村兴风作浪,看来,往后麦村有难了。

经鸭子大婶这么一说,仓库里立刻就显得阴森森的。雨水沙沙地落在瓦楞上,一缕缕潮湿的夜气从窗口渗进屋来。油灯的火苗在风中忽明忽暗。女人们你看看我,我看看你,脸色都有几分慌乱。

我娘端着筛子凑到鸭子的身边,低声问道:大婶,你这话怎么说?鸭子大婶闭起眼睛想了一会儿,朝我娘摆摆手:

这事咱们先按下不表。

秋天很快就过去了。晚稻一割,风向转北,天上就下起小雪来。这天下午,我娘正在为我们赶做过冬的棉鞋,树生急匆匆地来到我们家。

金子不见了。他说。

我娘扔下手里的针线,给他倒了一碗水,让他慢慢说。树生从怀里摸出一张皱巴巴的纸来,递给我父亲:玄圃,你快看看,这上面都写了些什么。

我直到那会儿,才知道金子还会写字。

我爹从树生手里接过那张宣纸,并不急于看它。他打开抽屉找他那副眼镜。好像树生越是着急,他就越是要拖拖拉拉地卖关子。那副眼镜最后还是没有找到。

我爹在读信的时候,树生就眼巴巴地瞧着他。父亲皱眉头,树生也跟着皱眉头,父亲的嘴巴一张一合,树生的口水就流了出来。等到爹终于读完了那页纸,我听见树生长长地宽了一口气。

玄圃先生,你快说说,那纸上都写了些什么?

爹没有马上回答他的问话,而是用一种赞叹的语调对树生说:

树生,你媳妇写得一手好字啊!

我娘在一旁坐不住了,她心急火燎地对爹说:玄圃,你可真是个书呆子,字好不好先不忙说,你得赶紧告诉人家上面都说了些什么事啊。

我父亲这才回过神来,他将那页纸从头到尾又念了一遍,这才对树生说:

树生,你可要挺住啊,事情不太好。这是一封遗书。

他在说这番话的时候,脸上有一种按捺不住的激动和兴奋。

他看见树生仍然坐在一边呆呆地瞧着他,就又补充了一句:

你媳妇已经不在了。

树生走了以后,父亲又念念叨叨地独自欣赏起那封遗书来。我娘走过去轻声问他:玄圃,你说金子姑娘还当真寻了短见不成?

那还会有错?父亲说。

你说,这么个大雪天,她会死在什么地方呢?

这个可就说不定了,爹扬了扬手里的那页薄纸,遗书上又没写。

在往后的日子里,我时常看见父亲坐在院子里端详那封神秘的遗书。到了晚上他就在书房里通宵达旦地临摹。一九五六年,麦村办起了小学,父亲就成了学校的第一任校长。他将自己长期临摹的文字编订成册,发给学生作字帖用,以至于后来村里的许多孩子对那封遗书的内容都能倒背如流。

桂　　婶

哎,为了让金子换上那件花布裲子,我和福寿他娘把舌头都快磨破了。我对金子说,天底下只听说有敲锣发丧的,还没听说过可以穿丧服办婚事呢,好在族长这会儿已经死了,要是他活到今天,不把你吊在祠堂里抽上一百鞭子才怪呢。我和福寿他娘正劝着,树生一推门走了进来,他说大伙儿都在酒筵上等得不耐烦了,让我把金子带去照个面。我说衣裳还没换上呢,树生就摆摆手,算了算了。树生走后,福寿他娘悄悄地把我拽到一边:树生这样纵着金子,日后可没有好果子吃,你要是一开始就没法降伏一匹烈马,往后你就别想上它的身。

金子刚刚来到麦村的那几天,只为没有过门,树生让她过来跟我睡。她是大户人家的闺女,又念过书,心眼儿、性情都不比咱们庄稼人。我们躺在床上说了几句闲话,我就觉得这孩子和旁人大不一样。

金子告诉我,她打七岁那年就死过一回。幸好井里的水不深,被家里看园子的花匠救了上来。我问她,你好好的怎么会掉到井里去呢?金子说,她是自己跳下去的。她这样说,倒叫我吓了一跳。我又问她,你小小年纪怎么就会想不开了呢?金子说她跳井倒也不是想不开。接下来,任凭我怎样变着法子从她口中往外套话,她也死活不肯开口了。

这天晚上我一夜没睡着。回过头来想想,有钱人也有有钱人的难处。像我们这样的穷人,虽说没有锦衣玉食,倒也省掉了不少麻烦。能吃能喝,什么心事也不用想,一觉睡到大天亮。

福　　寿

等到寒霜遍地、玉米长熟的时节,我娘就会独自一人关上房门在床上哭上一通。我知道她是在哭我那死去多年的弟弟福禄。想想我长这么大,我娘还从来没为我哭过呢,要不然,我怎么会觉得她的心眼儿长偏了呢?

那一年的初冬,玉米早早就收上来了。我娘在灶下烤了两根玉米,我和福禄一人一根。可是我发现福禄的那根比我的大。我当时已饿得不行了,也没顾上与老娘分辩,就先将自己的那根玉米吃掉了。然后,我将福禄带到了门外的一棵枣树下。

我说:福禄,我给你从树上抓个八哥下来玩玩怎么样?福禄那双小眼睛顿时一亮,就笑了起来:你抓不到。福禄这小子鬼得很,还知道拿话来激我。我说:哥现在饿得连上树的力气都没有了。这个时候,福禄就愚蠢地将手里的那根玉米递给我。只准吃一口,他说。我满口答应,还与他拉了拉小拇指,随后立即从他手中抢过那根玉米吃了起来。

我总是说,人只要稍微动动脑筋,就不至于挨饿,而天生的笨蛋本来就活该饿死。

我正在大口大口地吃着玉米,我爹从猪栏里走了出来。要说我爹那脑子可比福禄强多了,他眼睛一扫就知道发生了什么事。这也难怪,我这种对付福禄的把戏已经不知道玩过多少回了。我爹从栅栏边抄起一把扫帚就朝我冲了过来,我见势不妙,只好丢下半拉玉米朝河边溜去。我爹在后面紧紧追过来,可惜这家伙运气不太好,跑了一会儿就叫树根给绊了个四脚朝天,还差一点跌到树生家的茅坑里。

我跑到河边的时候,迎面碰见了金子。说实话,我当时还真让她给吓了一跳。我心里说,咦,这婊子不是在半个月前就从村里出走了吗?怎么又回来啦?敢情她并没有寻短见,只不过是做做样子罢了。可她干吗要那样呢?我还是有点不明白。俗话说贱货生来就是贱货,她们要是不闹出点什么事来,心里就是不消停。

我看见金子手里提着一个包袱,站在树生家门口,瞧着屋下的一排雀巢发愣。树生的门上落了锁,看来他是到外乡做木匠去了。这时,我就对金子说:树生不在家,你就睡到我家去算了。金子转过身,朝我笑了一下。她这一笑可不要紧,我肚子里的肠子全都搅到一块儿了,腿也软了,头也晕了。这时,我看见桂婶从水码头上急匆匆地跑过来。

金子,你这次回娘家,住一个月了吧?家里人都还好吗?桂婶说。

好个屁,我心里说,她爹娘不是早就给政府毙了吗?要说桂婶这婆娘也真会说话,金子出走这件丑事叫她一句话就遮得干干净净。不用说,后来金子让桂婶给领到自己的家里去了。

往后一连几天,我总是心里说,那天要不是桂婶给搅了一下,金子说不定还真的跟我回家去了呢……

金子这女人的确有点让人琢磨不透。她的心眼比一张筛子的孔眼还要多。照理说,她寻死觅活地出走了一回,还丢人现眼地留下了一封什么遗书,如今吃了回头草之后总该太太平平地过日子吧,可她偏不。回来后不到一年,又接连寻死了两回,好像自杀是她时常要做的一件功课似的。有一回,她还差一点死成了。最后是因为绳子不牢,她从梁上摔了下来。后来,我和年保总爱拿这事跟树生开玩笑:树生,你们家怎么就找不出一根结实的绳子呢?树生听我们这样说,总是傻呵呵地一笑,远远地走开了。

自从金子嫁到麦村来之后,村里的人像是个个都变了样。女人们整天都在井台上、河边和仓库里谈论她。男人们有事没事总爱往树生的屋里钻。连玄圃那样的有身份的知识分子也沉不住气了,他在村里四处夸耀金子的文采,最后害得师母吃起醋来,跟他打了一架。

老实说,我还真的舍不得金子死掉。那年春天我们在连楚河挖泥的时候,我对年保说:河堤上那么多年轻姑娘,还真的找不出一个比金子更风骚的娘们来。要是金子死了,别的咱们先不说,那一段细皮嫩肉的身子岂不是可惜了?年保一听这话就骂我下流,还红了脸,就像金子是他亲妹子似的。

其实,你别看年保平常一副正儿八经的样子,他心里想的比我还要下流。我的话从来不会错。到了一九五八年的秋天,年保的狐狸尾巴就露出来了。

要说那年秋后的光景,也真是够惨的,村里闹了饥荒,稻子刚刚抽出花穗儿,就让人给割下来吃了。树上的榆钱也在一夜之间让人摘得精光,最后连树皮都剥下来吃掉了。村长发财就将全村的男女老少集中到祠堂里去开会,商量对付饥荒的办法。

村里的巫婆鸭子大婶给大伙儿指出了一条生路,吃观音土。

观音土就是塘泥。年保第一个举手赞成。他这小子那次的确昏了头,说什么烂泥确实能吃,过去的人常常吃燕窝,燕窝可不就是烂泥做的吗?他的这番话偏偏叫金子给听见了,她冷冰冰地瞥了年保一眼:燕窝可不是烂泥。这还是我第一回听见金子说话呢。年保看来不太高兴,金子的这句话我听上去怪舒服的,可对年保来说,它简直是要了他的命。为了证明观音土能吃,后来他比谁都吃得多。

在鸭子巫婆的带领下,我们来到了河边,将河水抽干,把河底的一层淤泥清除掉,露出了河床下煤黑的硬土。你可别说,那玩意儿刚吃的时候,还挺有一股甜滋滋的味道。我看见大伙儿争先恐后地抓起泥巴往嘴里塞,简直是丑态百出。我心里暗暗发笑,自古以来,我还没有听说过烂泥可以养活人的。要真有那么回事,我们还用得着累得像狗一样在地里种粮食吗?我没有跟着他们学。事后,我料事如神的本领又一次得到了验证,那些吃了观音土的人第二天就拉不出屎来了,肚子胀得像面鼓似的,敲上去还嘭嘭作响。年保就是村里第一个吃观音土吃得翘辫子的。

现在,大伙儿全都富裕了,不愁吃穿了,还有小孩问我:福寿老爷,五八年吃观音土那会儿,你是怎么熬过来的呢?我就得意地对那帮后生们说:你老爷我有救命的法宝。我没有往下说。实际上说出来可就有点不太体面了,我将我弟弟福禄的那份口粮抢下来吃掉了。到了人命关天的时候,亲兄弟又怎么样呢?结果是,我那苦命弟弟福禄就只能先我一步去了。

不过,这事可一点都不能怪我。如果我们兄弟两个人当中注定有一个要饿死,那么,谁死谁活到临了不是他娘的一个样?

年保临死之前,我们都去送他。照道理说,他在床上挨了那么多天,本来早该上西天取经去了。可村里的郎中却说,他不死,是因为心里还搁着一件什么事。

金子是最后一个来到他床边的人。那时,年保脑子已经糊涂了。可他一瞧见金子,两眼就突然放出绿光来。他看到金子在床头坐下来,就一把拽住了金子的手。这个不要脸的家伙居然对金子说:让我看看你的奶子吧。大伙儿都让他给吓了一跳。

村长发财见年保这么说,就摇了摇头,借故走开了。众人都不言语。地上掉根针都能听得见。要说金子这骚货可真不简单,年保话音刚落,她伸手就要解扣子。这时,年保娘就大哭起来。她一边哭一边骂:你这个不争气的东西,还是趁早死了干净……

后来的事我就不知道了。我们几个被桂婶和我娘用扁担给轰了出去。可我心里有数,瞧瞧金子刚才那架势,年保这小子八成在死前还捡了个便宜。

晚上回到家里,我向我娘打听后来的事,谁知我娘一听就火了:你要是死了,我睡觉还要笑醒呢。她接下来的话可难听了。这也不怪她。那阵子她自个儿的心情也不太好,因为我的弟弟福禄也快不行了。

他躺在床上瘦得像皮包骨似的。可他看见我,眼珠还会转那么两下。我记得他跟我说的最后一句话是:哥,什么时候你才能真的逮到只八哥。

树　生

金针树倒了一大片。看上去它不像是被风刮倒的,倒有点像什么人在上面打过滚似的。我还在金针丛中捡到了一只淡蓝色的发夹。它会不会是金子的发夹?我在地里钉了两只木桩,用麻绳将倒伏的金针树箍起来。

我十岁的那年春天,母亲带着我去姨妈家做客。我们一走进姨妈家的围院,就闻到了一股烂苹果似的味道,还有一丝淡淡的酒香。母亲说,那是树上的果子掉在地上腐烂后散发出来的味道。院子里到处是树,把阳光都挡了起来。

一道木栅栏将后院与我们隔开。杏子树粉红色的树梢从栅栏上探出头来。母亲叮嘱我不要到后院去。我们刚到的那些天,姨妈家里好像发生了什么事情。用人的脸紧绷绷的,几个道士模样的人从那道栅栏门中进进出出。

一天晚上,我刚刚睡着,我娘就将我摇醒了。她手里拿着一只翡翠发夹。我知道我娘翻过我的裤兜了。这东西你是从哪里弄来的？我娘问道。我说是从井台上捡来的。母亲说，这么说，你是去过后院啦？我说：是一个修剪树枝的花工带我进去的。我娘顺手就给了我一巴掌。

在回家的路上，金子的脸一直在我眼前晃来晃去。她躺在后院的一张睡椅上晒太阳，旁边是一棵开满了花的小树。风一吹花瓣就落下来，在地上积了厚厚的一层。我对娘说：往后我长大了，你就把金子说给我做媳妇吧。我娘一听就变了脸：你？你以为你是什么东西？过了一会儿，她又摸了摸我的脑袋：你还小，用不着替以后发愁，媳妇人人都有一个。我已经和富娣她娘说好了，等富娣长到十六岁，就让你们俩成亲。

富娣是我们村里一个寡妇的女儿，模样虽有几分凶恶，人倒也挺结实。我心里说，得了，就富娣吧。谁知富娣也没让我指望上，她还不到十二岁就病死了。

鸭　子

看来麦村有难了。

神灵就是神灵，它无处不在。在喝水的时候，我能从一只水杯中看到它。我去井台边汲水，它就化成一轮新月沉在井底。晚上我躺在床上睡觉，神灵就在梦中显像，告诉我凶吉泰否。

我们有时自以为可以想干什么就干什么，不需要神灵的指引,殊不知,在所有事情的背后,有一双看不见的手在悄悄安排尘世的一切。人算什么?神灵要他发迹,一夜之间就可黄袍加身,神灵让他死灭,他就如同一撮枯灰被风吹散了,无影无踪,连名字也不会留下来。

我曾对玄圃说,金子翠眉如弓,醉眼若梦,耳似箭羽,鼻露孤峰,主凶险、逸乱之象。玄圃自以为饱读诗书,可以窥破尘世的秘密,说什么神鬼之象信其则有,不信则无,简直是一派胡言。在我看来,他的书读得越多,世道的真相就会离他越远。玄圃平常在村里万事精通,可他的智力一旦涉及金子,就会漏洞百出,给村人留下笑柄。金子从麦村出走,他一口咬定人家已经死了,当金子回到麦村之后,他又断定金子的自杀只不过是装模作样。可事实怎么样呢?重阳节那天,金子被人从河里捞上来的时候,还不是差一点就咽了气?当玄圃陷在古字堆里沉思默想的时候,神灵就躲在他的身边暗自发笑。

有一次,我向玄圃泄露了一线天机,想给他一点教训。我对他说:树生的娘姓殷,而金子的母亲却是张姓,她们两个人成了姐妹,你知道这是怎么一回事吗?玄圃就支支吾吾地说不出话来。

金子是一颗灾星。若非经过异人指点,她也许根本活不到今天。

玄圃

天亮了。树叶落满了窗台。我推门来到院子里,看见亚农正蹲在羊圈边修他那辆破旧的平板车。秋雾稠浓,树隐篱藏,空气中透出微微的凉意。

亚农说:村长让他和福寿两个去镇上买化肥。我让他到了镇上,顺便去找一下公社档案馆的老赵,将前年修订的那本《麦村地方志》借回来。

亚农走后,我又回到床上躺上了。没过多久,亚农他娘就将我推醒了:玄圃,你听,外面是什么声音?

我走到窗下,听见河边的树林里响起了一片喧嚷之声。我的心往下一沉,就知道金子又出事了。

太阳已经从田畴的尽头露出脸来。我看见几个年轻人正把金子从河坎下抬上岸来。她双目紧闭,脸色苍白,脖子上还绕着几缕沤烂的水草。看热闹的人从村子的各个角落朝河边拥去。杂沓的脚步声将墙基都震得摇撼起来。

不一会儿,我看见树生径直朝我们家奔过来。他来到我家屋前的一排紫荆树下,指着我破口大骂。他这一骂,这个老实人心中蕴藏的邪恶就暴露无遗了。妈拉个×,你这狗娘养的,你不是说金子不会死吗?他这样说,倒像是我将金子推到河里去似的。我站在窗下,一时手足无措。这时,亚农他娘从里屋跑出来,将我一把拉开,关上了窗户。

下午,亚农从镇上回来的时候,金子已经叫村里的赤脚医生给救了过来。亚农将一大摞《麦村地方志》搬进我的书房。他看见我和他娘正在屋里生闷气,就忙问发生了什么事。亚农他娘一见儿子回来,眼泪就流了出来。她将早晨的事对亚农说了一遍,亚农听完脸一沉,就摔门出去找树生算账去了。看着他那副虎头虎脑的背影,我心头不禁一热。儿子毕竟是儿子啊。

亚农刚走,他娘就没完没了数落起我来。她说要是我平常在村里少管点闲事,也不至于有今天。人没死总还算万幸,要是死了,树生没准还会将棺材搁到咱家来呢。

静心一想,她的话也不是没有道理。读书人的本分是恪守枣梨,潜心修学。可要做到这一点,却又谈何容易。晚上我独坐灯下,翻开书卷,字里行间跳出来的竟然全是金子二字,连睡觉都会时常梦见她。

自从金子来到麦村之后,这里没有一件事不与她有涉。按照村里气象员的说法,金子的每次自杀会招致一连串的灾异之象。比如说一九五六年的江口决堤,五八年的持续半月之久的大暴雨,六二年的蝗灾,六四年的地震,诸如此类。气象员的话乍一听似乎无懈可击,可仔细推敲之下,却又不堪一驳。问题在于,金子在风调雨顺的太平年月并非不会自杀。她似乎随时随地都会生出想死的念头。

晚上,我正在灯下翻阅《麦村地方志》,村长发财从外面走了进来。他说刚刚料理完金子的事,顺便过来坐坐。

我对村长说:据地方志记载,麦村离现在最近一次自杀事件发生于明初洪武十二年。自杀者为一官宦之女。她是将一枚花瓶的碎片插入下腹致死的。事有凑巧,她也是家道中落之后从外地迁居麦村的。由于她是外乡人,地方志对她的记述仅寥寥数语,其姓氏与家族沿革均已无可稽考。

看来,村长对我的话并无太大的兴趣,他神色迷离地盯着窗外,一言不发。

我向村长列举上述事实,并不是暗示这个女人与金子之间存有什么联系,而是试图说明,自从一三七九年以来,麦村已有五百多年没有发生过自杀事件了。我敢说,在金子来到麦村之前,村里的人大概早已忘了人可以自杀这种说法。我提醒村长,眼下麦村可不能开这个先例,再说,这些年光景又不好。人活着本来就不容易,要是……

没等我说完,村长就打断了我的话:玄圃,你扯得太远了吧?

我还想跟他说些什么,村长却不耐烦地站起身来:玄圃,你还是好好教你的书。别的事能不管就不要去管它。

村长走了之后,我就上床早早睡下了。其实,刚才村长在的那会儿,我还有一件心事没有来得及对他说。金子在村里寻死觅活的同时,另一件更为可怕的事也在暗中悄悄地滋长。那就是金子对自己肉体的放纵,也许这两者在根本上是一回事。她和福寿之间的私情早就闹得满城风雨,福寿还唯恐别人不知,在村中逢人便说,大肆炫耀。最近,又听说仓库保管员也卷了进去。据说,今天早上金子被人从河里捞上来的时候,他居然当着众人的面,旁若无人地大哭起来。

亚农他娘有一回曾悄悄地对我说,她怀疑亚农……

这样想下去,我又睡不着了。

树　　生

等到秋后楝树上结出黄澄澄的果子,龙朱已经满三岁了。可村里的女人都说他长得一点也不像我。我心里就像压了一块石头似的。我拿这事去请教玄圃,谁知这老古董竟向我卖弄起学问来了,说什么寸有所长,尺有所短啦,什么物有不足,智有不明啦,我简直弄不懂他在说什么。倒是亚农他娘在一旁安慰我:这有什么好奇怪的?大白猪还能生下黑崽呢。经她这么一说,我的心里就亮堂了许多。

有一天,桂婶在河边洗衣服,她将我叫到她旁边,拐弯抹角地问了我一大堆事儿,这些事儿我想起来都会脸红,可也只有她这样年纪的女人才问得出口,我照实一一告诉她。谁知她听完了我的话就笑得趴在码头上直不起腰来。你这个白痴。她骂了我一句,就只管抿住嘴自己笑,将我扔在了一边。

我可不是什么白痴,其实我心里比谁都明白。我知道桂婶拿那些话来盘问我,是想弄清楚龙朱到底是不是我亲生的。平常不论我走到哪里,村上的人总爱拿龙朱来烦我。俗话说丑事走得比风还快,我在外乡做木匠的时候,当地人也在一个劲地谈论着这件事。那些爱管闲事的女人凭什么一口咬定龙朱是仓库保管员的孩子呢?难道就因金子曾经在仓库里宿过一夜,或者说,仓库保管员在金子跳河之后流了几滴眼泪吗?

这天下午,我在邻村马祠乡给人家打寿材,桂婶踮着小脚来找我。她是来给我捎口信的,说家里来了一位亲戚,金子让我尽快赶回去。说完话桂婶就走了。

我一边急匆匆往回赶,一边心里犯嘀咕,我们家的亲戚除了金子一族外,其余的早就停止走动了。这会儿哪儿冒出来一个亲戚呢?莫非我那消失多年的姨妈突然露面了吗?走到半路上,天就下起雨来。我也没顾上避雨,鞋底抹了油只管往家赶。

我来到家门口,天已经黑了。我走进围院,看见大门紧紧地关闭着,我敲了敲门,里边也没人应声。要说这件事,我也碰上不止一两回了,金子不开门,自然有她的道理。要在平常,我肯定会自己到外面的河滩上蹲一会儿,免得惹她生气,可是今天外面还下着雨啊。我一使性子,就将大门给踢开了。

屋子里面黢黑黢黑的,我看见一个男人从床上溜下来,正在系裤子。我想上前看个究竟,那人一把推开我,径直朝门外走去。一直等到他走到河边,我才认出那个人是谁。

村长来屋里干什么?我问金子。

村长来干什么,你不是都已经看到了吗?

金子摆出一副无所谓的态度,倒叫我一时也拿她没什么办法。

我站在门边,脑子里一片空白。雨水斜斜地打进屋来,院外的树木在大风中跳舞似的扭来扭去。我的脸上一阵凉一阵热。

我心里说,等我先将这扇让我踢坏的门修好之后再跟她算账。可说来也怪,在我修门的那阵子,心头的火也渐渐消了。你跟村长不是头一回吧?我问金子。她对着镜子拢了拢头发:不是头一回。我的心往下一落,就像一脚踏空,掉进了深渊一样。我又问她:你和村长不是真的要好吧?金子就不吱声了。过了一会儿,她索性往床上一躺,闭上眼睛,睡起觉来。我站在门边,脸上火辣辣的,那情形就像是我自己偷人养汉似的。

桂婶这回可真的把我给坑苦了。倘若她不是存心要出我的洋相,干吗要将我诓回来呢?要是我在马祠乡将那副寿材做好之后再回家,少说也已经半夜了。那样一来,什么事也不会发生,金子还是原来的金子,连一根毫毛也不会少。

不过,这件倒霉的事让我给撞上,倒不是没有一点好的地方。

晚上睡觉的时候,我提出来跟金子睡在一头,她就爽快地答应了。虽说金子和我做了十来年的夫妻,可要说睡在一个被窝里,那还是生平第一遭。我一挨到她的身子,小魂儿一下就飞走啦。女人身上有这么多好处,我还是头一回见识呢。我心里说,这事我还得好好地感谢村长一番呢。

渐渐地,我就像腾云驾雾似的被金子领到了一个从来没有去过的地方。我忽然想到在我小时候,我娘带我第一次去姨妈家做客的那会儿,我还只能隔着竹篱和木栅栏偷偷地看她一眼,可现在……我这样想着,就觉得憋不住了,浑身上下就像被凉水洗过一遍似的。

不过,这种事一完,我的魂儿又飞了回来。心里又舒坦,又难过。我脑子里突然冒出这么一个念头来,要是让我现在就死掉该有多好啊。正是在这个晚上,我又琢磨出了一个道理:有时候人死掉也是一件蛮不错的事呢。这样一想,金子一次次地寻死觅活也就没有什么可奇怪的了。要知道,如果没有亲身经历,想要明白这个道理是不可能的。这就像什么人曾经说过的那样:你想要知道梨子的味道,就得亲口尝一尝。

发　　财

天气预报说,今天傍晚麦村一带有一次降水。雨一下,成熟的麦子就要发霉烂在地里了。早上天刚亮,我就将村里的男女老幼赶到麦地里去了。

眼下天气还好。我从仓库里出来,准备去地里转转,看看麦子收得怎么样了。经过树生家门口,我想起有一件事要问问金子,就揭起门帘走了进去。

树生到外乡做木匠去了。金子一个人在后院结草绳。

她来到麦村这么多年,还没有下过地呢。我总是安排一些轻松的活儿让她干干。这倒也不是我存心偏袒她,像她这样一个大户人家的小姐,下了地也只能白白糟蹋庄稼。

金子见我进来,抬头瞟了我一眼。那模样好像不是在看我,而是在看身后的什么东西似的。她笨拙地结羊草绳,也不跟我搭话。昨天晚上我们俩在桑树林里的那回事已经叫她一股脑抛在了脑后。

院子里收拾得挺干净。早已不用的木犁、连枷、牛轭堆在墙角。一簇羊角草的藤蔓攀爬在上面,开出了一朵朵黄花。

听人说,这些天你和玄圃在村里四处打听我父亲的事?金子将结好的草绳浸在身边盛满水的一只木桶里,我的父亲已经过世这么多年了,不知道你们还有什么好调查的。

我知道金子所指的调查是怎么一回事。前些天,公社派人来追查一个旧案,据说本乡的一位交通员在解放前夕的回家途中突然失踪了,他们怀疑交通员的失踪和金子的父亲有关。遵照公社的意见,我们找树生谈了一次,希望他能够提供一些线索。

我对金子解释说,对她父亲的调查完全是上级的安排。我本人无心跟他过不去,何况,她的父亲被镇压之后,他的事也该告一个段落了。

谁知金子听了我的话,突然生起气来,她那苍白的小脸上立刻沁出了泪花。

不是镇压,是杀害,她一字一顿地说,他们就像弄死一条狗似的把他给宰了。

我没有吱声。经验告诉我,跟金子这样的女人打交道,凡事都不能认真。她的话虽说有些出格,好在眼下没人,她爱怎么说就怎么说吧。

去年秋末,公社在镇上开肃反会后,他们让专人送来通知,点名让金子到会游行。我和支书、会计几个人苦苦劝了她一个晚上,也没说动她,最后她竟然掏出一把木匠用的刮刀来。后来,还是会计机灵,他想出了一个办法,让村里的一个寡妇冒名顶替她去了公社,幸好公社的人从来没有见过金子。

村上的第二遍钟敲响了。这是工间休息的钟声。我看见麦地里的村民一听到钟声,就像田鼠一般窜到田埂上,找片树荫躺下来歇息。在通往田间的那条沙砾大道上,亚农和福寿正吃力地拉着那辆破旧的平板车,往地里送水。

等到钟声停下来,金子叹了一口气,对我说:又有什么东西在钟声里死去了……她呆呆地听着钟声的回音在远处一点点平息,眉头紧锁,过了一会儿,她又独自笑了起来。

据我们了解,树生的母亲姓殷,可你娘却姓张,这是怎么回事呢?我问她。

这一次,出乎我的意料,金子没有像往常那样躲躲闪闪,而是爽快地做了回答,不过,她让我不要往小本上记,我答应了。

> 在我五岁那年,家中一连串发生了几件怪事,我的姐姐和哥哥相继去世了。哥哥点火烧了自己的床,姐姐却投了井。我娘相信家里一定被鬼魂缠住了,就请了一个阴阳先生来算卦。阴阳先生掰起指头一算,就说,我们家命中没有子嗣,哥哥姐姐的死是前世注定了的。
>
> 阴阳先生对母亲说,厄运已经降临到这个家中,不

仅我们家的子孙保不住,就连这个家也会很快败落掉。

我娘一听他这样说就哭了。她平常在家里一直吃斋念佛,她比谁都相信阴阳先生的话。我娘问阴阳先生,有没有什么法子能躲过这场灾祸。阴阳先生站起来就要往外走。他说,物有所不足,智有所不明,数有所不逮,神有所不通。

母亲将手上的那副金镯褪下来交给他,求他给我们指条生路。阴阳先生重新落了座,想了想就说,这个家里日后只有一个人能存活下来,不过,你们必须将她嫁给一个穷人。我后来才知道,阴阳先生所指的那个人就是我。

我娘赶忙又问他,世上的穷人多如牛毛,我怎么知道应该和哪个穷人结缘呢?阴阳先生朝母亲摆了摆手:过一会儿,我自然会告诉你。他说现在天上西北方的一块乌云挡住了太阳的光亮,他的天眼的视线也被遮住了。

等到那块乌云被风吹散之后,阴阳先生悄声说道,七天之后,必然会有一个穿青布褂的农妇要饭来到你们家门前。这个人的儿子将来就是令爱的吉婿。

过了七天,那个穿青布褂的农妇果然按期来到了。这个农妇就是树生他娘。不过,我的母亲没有马上把这件事的来龙去脉告诉她,而是将她引到家中,焚香净身,结成姐妹。

我爹开始压根儿就没把阴阳先生的话放在心上。可是,到了一九四八年春上,事情就不由他不信了。那个时候,收音机里每天都在播放着共军,也就是解放军渡过黄河南下的消息。我的父亲一天天地荒唐起来了,他每天除了喝酒什么事也不做,仿佛一心等着灾难到来似的。我记得一个冬天的晚上,我父亲在半夜时分突然来到我的房里。他一个劲地抽烟,也不跟我说话。天亮之后,他和母亲就把我带到了麦村……

　　金子滔滔不绝地说着,她的话匣子一打开,想关都关不住。这些年来,我还是头一回见她说这么多话。我猜想,如果不是玄圃赶来找我,她也许会一直这样絮絮叨叨地说下去。

　　现在还是晌午,学校还没有放学。玄圃急匆匆地从学校赶回来找我,一定有什么要紧的事。我从树生家出来,走到河边的树林里,玄圃气喘吁吁地迎上来,压低了嗓门兴奋地对我说:

　　村长,我弄清了一个重要的秘密,你听了之后也许会吓一跳,树生和金子原本不是亲戚……

亚　农

　　种种迹象表明,自从金子来到麦村之后,村里的人们都像是染上了一种奇怪的病症,用我娘的话来说,她的到来使人们弄不清到底是死好,还是活着更有意思;另外,女人们把贞操也看轻了。金子在麦村折腾了几十年,到现在还活得好好的,可是几个学她样的女人却不明不白地走上了绝路。

这件事使村里的女人在一夜之间觉察到了问题的严重性。同时,她们也学会了团结。她们一旦意识到男人们指望不上,就三五成群地自发纠集在一起商量对付金子的办法。这天晚上,村里的女人在桂婶的带领下聚集到我家的堂屋里开会。她们叽叽喳喳地一直争吵到天明,弄得我一个晚上都没有睡成觉:

究竟是谁在掌管这个村子,是村长呢?还是金子?

这个女人将村里男人的心都弄花了,我们家那口子,开口金子,闭口金子,都不知道害臊。

我们家那位也好不到哪儿去。

人要是想死就死,想和谁上床就和谁上床,那不要天下大乱啦。

我们平常在地里累死累活地干,到头来还填不饱肚子,她倒好,两腿一张,什么就都有了。

…………

整整一个晚上,她们说来说去也就是这么几句话。天快亮的时候,她们终于达成了一致方案,那就是从第二天开始,她们谁都不和金子说话。可是我知道,这个方案对金子根本起不了什么作用,因为金子平常在村里就从来不屑于跟她们说话。

女人毕竟是女人,她们要是决定了去做一件事,总会显得有些孩子气。她们当中的一个妇女为了发泄心中的怨气,半夜三更悄悄翻过金子家的院墙,在他们家的井里撒了一泡尿。而我娘只要一看到金子在河边转悠,就会提心吊胆地来到窗户边朝外张望,最后她总是跟我说:亚农,你快去河边看看,别真的出什么事。我娘的菩萨心肠倒不是因为担心金子跳河而死,而是源于一种对死亡本身天生的畏惧。

女人们纠集在一起对付金子的攻势很快就瓦解了。不久之后,她们又恢复了往常那种听之任之的态度。一天下午,大伙儿在桑园采桑叶的时候,金子又将话题扯到了自杀这件事情上来,桂婶当时就顶了她一句:你要是真的想死,最好利索一点,别总是拖拖拉拉的。桂婶的话一出口,她就后悔了。金子的脸上突然浮现出一种似笑非笑的神情,她举起那把剪刀猛地朝自己的乳房扎了下去……

金子就这样再一次将她们打败了。在我的印象中,金子的每一次自杀都比上一次更让人惊心动魄,就像乡村马戏团的杂耍表演一样,不断变换着花招。

后来,在来我们家开会的那帮女人当中,有两个刚过门的小媳妇还充当了叛徒,其中一个将她那个在县城读中学的小叔子弄得差一点发了疯,另外一个则在她丈夫出门的几天里悄悄爬上了公公的床……

相形之下,男人们对金子始终保持着一种一如往常的缄默态度。按照我爹的说法,他们当中一大部分人在混乱中尝到了甜头,没有什么比放纵自己的行为更使人感到舒畅的了。可我爹在金子这件事情上也多少有点自相矛盾,平常他总是口口声声怂恿村长对金子进行必要的惩戒,他甚至还试图说服树生跟金子打离婚,让金子永远地离开麦村;可一到晚上,他就时常将金子早年留下的那份遗书拿出来欣赏一番——那份遗书曾被我母亲撕碎过一次,后来,父亲又重新用糨糊将它裱好了。

龙　朱

我娘躺在床上哼哼。她的裤子上满是血。一只玻璃花瓶在地上打碎了。我放下书包就去把老掉牙的郎中叫来了。郎中来到我娘床边看了看,就对我说:龙朱,你到河边去玩吧。我没有走。

郎中把我娘的裤子脱下来,用一把镊子将那些碎玻璃一块块地拣出来,放到桌上。

我数了五遍,也没数清那堆玻璃一共有多少块。

福　寿

你要是第一眼瞧见金子那副羞羞答答的模样,你还以为是遇见了天字第一号的贞女呢。可是你一旦将她弄到一个没有人的地方,扯下她的衣裳,她就会一下子暴露出自己的本来面目。这就证明了一个万古不变的真理,世界上压根儿就没有什么贞节女人。妇女们守住了贞操只不过是为了装装门面;姑娘们是为了替自己日后找到一个有钱的主儿积攒下一点可怜的名声。

事情就是这样简单。

我第一次将金子弄到手,还是在闹饥荒的那年秋天。一天傍晚,我看见金子提着竹篮到地里去摘金针,就悄悄地撵上了她。说实话,我当时还真有点心虚呢,可反过来一想,好事也不能自己送上门来啊。我的心一横,就什么也顾不上了。事实证明,这种事远没有我想象的那么复杂。我几乎没费什么力气就将她在金针地里放倒了。除了压坏了一片金针树之外,天也没有塌下来。看来,一个人要是打定了主意去做一件事,没有不顾一切的勇气是不行的。

在我从金针地里回来的路上,我心里别提有多高兴啦。我将这件事立即告诉我遇到的每一个人,将我的快乐与他们分享。可出乎我的意料,人们那会儿都被饥荒折磨得失去了上进心,没有人愿意静下心来听我讲故事。那帮蠢货真是俗不可耐。

如今这年头已是今非昔比。村长也老得像一堆狗屎。可他倒也没忘了向村里的年轻人炫耀自己的过去。每当他坐在弄堂口吹嘘自己和金子如何如何的时候,我总是不失时机地提醒他:如果说你的确找到了一块宝藏的话,那宝藏的大门还是我福寿打开的呢。

自打我和金子有了那回事情之后,村里的男人很快就像苍蝇闻到了鱼腥一般朝金子围过去,到最后,大伙儿谁都搞不清龙朱到底是谁下的种。

要说金子那婊子,可也真是个尤物。我们每一次做那样的事,她都会想出一些新鲜的花招来。除了冬天之外,我们俩在一起的夜晚大都在野外度过,有时是在抽穗的麦地里,有时是在红麻丛中。不过,要说我们去得最多的地方,那还是村后的墓园。我不知道金子为何总是喜欢到那里去。我们在干那件事情的时候,她还会冷不丁地冒出一两句下流话来,要知道,这种下流话旁人说说倒也没什么,可它从一个知识分子的嘴里吐出来,那味道可就不一般了。我常常被她吓出一身冷汗来。

鸭子巫婆说,凡事总有个报应,我想这话一点没错。我和金子来往了几年之后,我就发觉情形有点不妙了。起先是撒不出尿来,后来整晚整晚地睡不着觉,满脑子都是墓碑、磷火、墓栏中的树木和金子一丝不挂的样子。有一次,我半夜里爬起来照镜子,让我娘给看到了。她第二天就将我拽到郎中家里。郎中听完了我娘的话就哈哈大笑起来:

福寿啊,你快变成《红楼梦》里的贾瑞了。

如今,金子已经死去了。我也像秋后的浮萍一样枯掉了。我走路都是摇摇晃晃,恨不得咳一声都要跌倒。我落到了现在这步田地,都是当初给金子淘的。不知道从什么时候开始,村里人悄悄地给我起了一个绰号。

他们都叫我药渣。

玄　圃

金子在一个溽闷的午后突然去世了,就如一条湍急的河流终于甩掉了自己,消失在了光阴的背后。那是四月末的光景,麦村的居民正在田头收割大麦。

金子的死去带走了一段喧嚣的岁月。时光的幕帘在她的身后悄悄地合上了。仲春时节的蒙蒙细雨给第二天举行的葬礼以一种相得益彰的伤感气氛。

我已经无法记清金子的好时光是在哪一天结束的。很久之前,村里的人们就不再谈论金子了。到了一九八〇年前后,新一代的麦村居民尚在无所适从的金钱世界中寻找着自身,他们对于金子的自杀已经失去了耐心和兴趣。如果说金子过去的一举一动都牵扯着人们的神经,时至今天,它早已成了一种偶尔被人提及的传说。

在金子日益衰老的晚年,我时常看见她一如往常地在村中转来转去,手里拿着一把剪刀,或者一段绳子,向她遇到的每一个人讲述未来的自杀计划。碰到这种情景,人们不是未置一词地匆匆走开,便是心不在焉地与她敷衍两句。那时,龙朱已经二十五六岁了,像他爹树生一样,他成了一个手工精细的木匠。他曾经不止一次地对亚农说:对付我娘那样的疯子,最好的办法就是做一个木笼将她像鸡一样地关起来。倘若不是新上任的村长出面干预,我怀疑龙朱或许真的就会做成那么一只笼子。

我最后一次见到金子,是在她去世前一个月。

当我拄着手杖来到她居住的那间旧屋里的时候,她的模样就像一段芳香散尽的花枝一样,让人无法辨认。

她的头发被火燎掉了一片,脸上布满了灰褐色的灼痕。她的头上裹着一层厚厚的纱布,纱布上还在不断地往外渗着血珠。那条摔坏的左腿被两块木头夹板固定在床架上。脖子上的血痂和道道绳印清晰可见。龙朱用一根长长的麻绳将她密密匝匝地捆绑在床上。我走进去的那会儿,她正拼命地蹬踢着床板,扭动着躯体,使床架发出吱吱的声响。

看见我进来,金子停止了挣扎。她像个孩子似的朝我眨眨眼睛:

你瞧。他们像绑牲口似的将我绑在床上。他们害怕了。

过了一会儿,龙朱和一名木匠推门走了进来。龙朱没有搭理我,他从口袋里摸出一卷钢皮尺,量了量金子那张床的长度,然后转过身将尺寸告诉了那个来帮他打棺材的木匠。接着,他们俩一声不响地走了出去。

看到这副情景,我就知道金子剩下的日子已经不多了。我坐在金子的床边。几十年来,我们还是第一次挨得这样近。

我问金子还有什么话要说。金子静静地看了我一眼,那张毁损的、面目全非的脸上泛出一绺亮晶晶的光泽。她那坚毅的嘴唇抿动了一下,用一种不容置疑的口吻对我说:

我要死。

我离开金子的住处,朝家中走去。村里突然刮起了大风,沙土和树叶被风卷起,飘满了灰黄的天空。我的眼前又一次浮现出金子那具伤痛累累的躯体,心头顿时掠过一阵惘然若失的寂寞之感。有时我们自以为活着,其实那不过是死前的一种征兆而已。

雨下起来了。我看见亚农手里举起一把油布伞,沿着河边朝我匆匆走来。

一本书打开一个世界

欢迎订购、合作

订购电话：0571-85153371

服务热线：0571-85152727

KEY-可以文化

浙江文艺出版社

京东自营店

关注 KEY-可以文化、浙江文艺出版社公众号，及浙江文艺出版社京东自营店，随时获取最新图书资讯，享受最优购书福利以及意想不到的作家惊喜